JohannisFeuer

Umschlagvorderseite:	Detail vom Portal des Altstädter Rathauses, heute Stadtmuseum
Umschlagrückseite:	Am Dechsendorfer Weiher

Ines Schäfer

JohannisFeuer

Erlanger Stadtkrimi
Der fünfte Teil

FAHNER VERLAG

Impressum

Die Deutsche Bibliothek - CIP-Einheitsaufnahme

Schäfer, Ines:
JohannisFeuer - Erlanger Stadtkrimi. Der fünfte Teil/
Ines Schäfer. - Lauf a. d. Pegnitz: Fahner, 2009
ISBN 978-3-924158-96-5

Satz, Repro, Druck: Fahner GmbH, Nürnberg
www.fahner.de

1. Auflage 2009
Erschienen im Fahner Verlag, Lauf

Liebe Leserin, lieber Leser!

Zum fünften Mal begleiten Sie nun Lotte Askoleit bei ihren Ermittlungen durch die Stadt.

Doch lassen Sie sich nicht täuschen: Dass wir Wege und Plätze so gut kennen, verleitet dazu, auch die handelnden Personen für real zu halten. Sie aber existieren nur in unserer Fantasie – bis auf unseren verehrten Oberbürgermeister natürlich, der wieder mit von der Partie ist.

Halt – noch etwas entspricht der Realität: Der historische Hintergrund, eine der dramatischsten Phasen unserer Stadtgeschichte, ist gründlich recherchiert – bis hin zum Schicksal jener kleinen Kostbarkeiten, die die Toten in ihren Taschen tragen …

Und nun freuen Sie sich auf eine neue Erlanger Geschichte!

Ihre
Ines Schäfer

I

Das Feuer zischte in einer steilen Flamme nach oben. Ein giftoranges, zappelndes Lichtknäuel ballte sich im Flammenkern, Feuerzungen leckten nach links und nach rechts und breiteten sich lautlos aus. Einen glühenden Atemzug später bildete sich über dem Kern des Feuers ein bläulicher Schleier, vibrierte in der Luft und stieß eine fahle Fahne aus Rauch gegen den Himmel.

Im ersten Augenblick konnte man glauben, dass die Haut sich kaum kontrahierte, als die Flamme sie traf. Für einen Augenblick sah sie fast durchscheinend aus. Weich, elastisch und biegsam vor der rot glühenden Hitze. Dann aber loderte sie im Feuer. Und im selben Augenblick noch bog sie sich gegen die Flamme, die haarfeinen Fasern und Strukturen spannten sich, sie nahm einen gläsrig-blauen Ton an, wurde prall und straff. Man hörte ein Zischen.

Dann riss die Haut. Sie platzte auf, eine wasserhelle Flüssigkeit quoll hervor, ein paar farblose Tropfen zischten ins Feuer, das Weiß nahm eine graue Färbung an, das Feuer schoss nach oben, im zitternden Vorhang von Hitze und Helligkeit erkannte man schemenhaft, wie die Haut an einigen Stellen Blasen schlug und sich in einer Kontraktion nach oben wölbte, als versuche sie sich wegzubiegen von der Hitze. Aber Jürgen drückte die Bratwurst entschlossen wieder auf den Grill.

„Ich weiß nicht, warum du jedes Mal so ein Schlachtfest veranstalten musst. Wie wär's, wenn du einfach mal warten würdest, bis wir eine schöne Glut haben? Das ist doch ungesund, was du da machst!"

Jutta sah angewidert auf die aufgeplatzte Bratwurst, die im lodernden Feuer über dem Fleischweiß eine schwarze Färbung annahm.

„Benzpyrene!", sekundierte Margot. „Du bist doch Arzt!"

„Komm Junge, wir löschen einfach ein bisschen."

Otto nahte mit einer Bierflasche, die er im Herankommen mit dem Flaschenöffner an seinem Taschenmesser aufhebelte.

Er goss einen Schwall eiskaltes, bräunliches Bier in die Flamme. Die Bratwurst bog sich im plötzlichen Kälteschock Richtung Grill, schwärzliche Flüssigkeit tropfte von ihrer Haut auf die Kohlen, ein dicker Rauchpilz aus süßlichem Nebel stieg hoch, Margot wedelte mit der Hand indigniert gegen die Schwade, die ihr sommerliches Seidenensemble mit einer Mischung aus Bier- und Fleischgeruch parfümierte.

„Jürgen! Otto! Denkt doch an die Nachbarn! Der ganze Qualm zieht in ihr Wohnzimmer!"

„Sag ihnen einfach, sie sollen ihre Terrassentür zumachen."

Otto goss noch einmal beherzt Bier in die Flamme. Die einsame Bratwurst tropfte stärker, die Flamme wurde kleiner, die Qualmwolke dichter.

„Na los Junge! Wo bleiben die anderen Würste? Ich habe Hunger!"

Jürgen spießte zwei kalte, blasse Würste von einer Servierplatte und reichte sie Otto. Der griff mit den Fingern danach und ließ sie routiniert parallel zueinander auf den glühenden Rost fallen. Jürgen reichte weitere Würste zu.

„Das reicht doch nie für alle." Max hatte die Hände in den Jeanstaschen versenkt und sah misstrauisch auf die

Platte mit den rohen Bratwürsten:

„Papa, ich hab einen Sau-Hunger.“

„Du kannst mein Würstchen haben“, schaltete sich Lotte ein. „Ich kann sehr gerne später zu Hause einfach eine Scheibe Brot essen.“

„Quatsch“, unterbrach Jutta, „das reicht für alle. Ich habe Gemüsespießchen gemacht, aber die tun wir erst später auf den Grill.“

„Ich will ein Steak!“, maulte Max.

„Ich ess das nicht. Verkohltes Fleisch! Na toll.“

Lisbeth verzog ihr Gesicht und sah ihren Vater angewidert an, der gerade dabei war, das erste Würstchen im Dampf zu wenden.

„Es gibt ja auch Kartoffelsalat dazu“, begütigte Jutta.

„Oh“, Margot stieß alarmiert den Kopf nach oben. „Ich hoffe doch, du hast keine Mayonnaise rein getan. Ich finde, du solltest ein bisschen auf Jürgens Gewicht achten.“

„Wieso soll ich bitteschön auf sein Gewicht achten? Kann er das nicht selber machen?“, Juttas Stimme hatte einen gereizten Unterton.

„Könnt ihr mich vielleicht heute einfach mal in Ruhe ein paar Würstchen essen lassen?“, knurrte Jürgen. „Das ist mein erstes dienstfreies Wochenende seit Anfang Mai.“

„Es ist ja nur zu deinem Besten. Als Mutter macht man sich eben Sorgen“, versetzte Margot und warf ihrer Schwiegertochter Jutta einen scheelen Blick zu.

„Jürgen, ich meine, es gibt ja auch gesunde Sachen, die gut schmecken“, schaltete sich Lotte begütigend ein. „Also wir im Stift haben öfters …“

„Ich habe euch noch etwas mitgebracht“, Margot unterbrach Lotte ungerührt. Das tat sie des Öfteren, leider. Margot machte eine theatralische Geste Richtung Küche:

„Ich habe es in den Kühlschrank gestellt. Ein Mitbringsel – statt Blumen. Wir sollten es gleich essen. Otto, los, hol es doch mal!“

Otto nickte gottergeben zu seiner Gattin hin. Lotte sah, wie er in seinen kurzen Hosen entschlossen Richtung Küche lief und dass seine Waden schon sommerbraun waren.

Er kam mit der großen, flachen Schüssel aus Margots Blumenservice wieder, das sie vor Jahren in Frankreich erworben hatte. Die Schale war beschlagen vor Kälte. Margot packte den kuppelförmigen Deckel am Porzellanknauf und hob ihn in einer großen Geste hoch. Max nahm interessiert Witterung auf.

„Es handelt sich um gegrillte Doradenspießchen mit einem Hauch südfranzösischer Olivenpaste mariniert. Bitte bedient euch! Gut gekühlt sind sie am besten. Das ist allerfeinstes Fingerfood. Ich meine, es müssen ja nicht bei jeder Einladung Bratwürstchen, Gemüsespieße und Kartoffelsalat sein.“

Jutta atmete hörbar durch die Nase ein.

„Wie schön“, sagte Lotte, „das schmeckt nach Fisch. Freitags haben wir auch im Stift immer …“

„Das schmeckt nicht einfach nur nach Fisch, meine Liebe. Das ist kein tiefgekühlter Kabeljau wie bei euch da oben, sondern fangfrische Dorade. Ich hatte das Rezept letzte Woche für meine Damen gereicht, sie waren begeistert. Raffiniert und bekömmlich. Nicht wahr, Otto?“

Otto nickte stoisch.

„Ihh, das ist ja kalter Fisch! Warum sagt mir das keiner?“, kreischte Lisbeth.

„Weil du nie zuhörst“, grinste Max. „Du weißt doch, dass Oma immer so abgedrehte Sachen mitbringt. Ich will noch so 'n kalten Fisch. Die Würste reichen doch nie.“

„O Gott, die Würste – jetzt sind sie verbrannt!"

Jürgen, Otto, Lisbeth, Max und Jutta stürzten Richtung Grill, über dem eine aufgeblähte schwarze Wolke stand.

Margot blieb alleine auf dem Rasen, die große Blumenterrine mit den Doradenspießchen in beiden Händen, schutzlos den Grillschwaden ausgesetzt, die wie eine Unwetterwolke auf ihr makelloses Seidenensemble und ihre frische Dauerwellenfrisur zuwabberten. Nur Lotte stand noch neben ihr, weil sie mit ihrem Stock einfach nicht schnell genug entfliehen konnte.

„Nun leg doch mal diesen albernen Stock weg und nimm die Schüssel, Lotte. Dieser Wurstqualm ist ja widerlich."

Margot machte eine herrische Geste, sodass Lotte sich gezwungen sah, ihren Stock in die Wiese fallen zu lassen und mit beiden Händen nach der Terrine zu greifen. Margot drückte ihr die Fischschüssel in die Hände und rauschte davon, um sich auf der Toilette frisch zu machen.

Niemand zeigte mehr Interesse an den eleganten Häppchen. Die Familie stand um den Grill, Otto goss Bier ins Feuer, Jürgen wendete die rabenschwarzen Würstchen, Jutta versuchte, für ihre Gemüsespießchen ein freies Plätzchen zu finden. Der Dackel, den Jutta vorsorglich in der Gästetoilette eingesperrt hatte, schoss vor Margot in den Garten, schnupperte an Lottes im Gras liegenden Stock, hielt einen Moment inne, hob ein Bein, ließ unbeachtet einen dünnen Strahl auf Lottes Stock plätschern und kläffte dann auf den Grill zu. Lotte, die Fischschüssel in der Hand, versuchte ihn zu verscheuchen, aber sie war zu langsam. Der Hund hatte sein Geschäft erledigt und war schon am Grill. Fast hätte er ein in den Rasen fallendes Würstchen geschnappt, aber

Max war schneller. Der Dackel blaffte wütend.

Dichter Wurstdampf zog durch den Garten, schließlich beschloss man, dass die Würstchen jetzt gar seien – oder zumindest schwarz genug. Margot wies nochmals auf die schädlichen Benzpyrene und ihre Doradenspießchen hin, von denen Jürgen noch kein einziges versucht habe. Er bedankte sich und erklärte, er werde später probieren, aber jetzt seien die Würstchen fertig. Jutta holte den Kartoffelsalat aus der Küche, den sie in Wahrheit mit einer Tofucreme zubereitet hatte, aber das erzählte sie besser nicht. Lotte schaffte es, den Platz neben Otto zu ergattern, Lisbeth stand grußlos vom Tisch auf und ging fernsehen, nachdem sie konstatiert hatte, dass die Gemüsespießchen mit dem Bratwurstfett in Berührung gekommen waren, Max spießte sich gleich drei Würstchen auf, Otto erklärte, er brauche kein Bierglas, und setzte die Flasche an den Mund, Margot warf ihm einen vernichtenden Blick zu, Jürgen tat es seinem Vater nach, Jutta pries ihre Gemüsespießchen an und Lotte war glücklich, dass Otto neben ihr saß.

„Johanni", endlich kam sie einmal zu Wort, denn alle anderen aßen, „morgen ist Johanni. Ach, ich liebe diesen Tag. Wisst ihr, damals, als ich jung war … wir haben damals tagelang Reiser und Äste und ganze Baumstümpfe zusammengetragen. Dann wurden Tische und Bänke am Wasser aufgebaut und alles mit jungem Birkengrün geschmückt. Und wenn das Feuer dann brannte, sind wir auf den See hinausgerudert. Das Wasser war rabenschwarz, aber der Himmel, der Himmel wurde die ganze Nacht nicht einen Moment dunkel, es blieb immer ein rosiger Schimmer da oben. Meine Mutter hat uns Kindern erzählt, das komme da her, weil das Morgenrot und das

Abendrot zwei Fürstenkinder sind. Sie heißen Koit und Ämarik. Sie lieben sich unstillbar, aber sie dürfen nicht zueinander. Nur einmal im Jahr, um die Sommersonnenwende, in der Johannisnacht, werden sie von ihrem Zauber erlöst. Sie begegnen sich am Himmel. Koit dringt über den dunklen Himmel bis zu Ämarik vor. Er küsst sie. Und sie erglüht."

„Geil!", sagte Max. „Kann ich noch ein Würstchen haben?"

„Schön erzählt", lächelte Otto, „du hast eine sehr romantische Ader, Lotte. Prost."

Lotte merkte, wie die Röte sie überflutete. Sie schaute von ihrem Teller in die Runde, aber alle waren mit ihrem Essen beschäftigt. Der Dackel schnüffelte im Rasen an ihrem Stock herum. Nur Margot sah sie scharf an:

„Koit und Ämarik? Was sind denn das für Namen? Ist das ostpreußisch? Na, wahrscheinlich eher polnisch. Polen war ja gleich bei euch um die Ecke. Ich finde übrigens die osteuropäische Küche generell viel zu schwer. Gänseschmalz. Schmand. Wenn man das mal auf den Hüften hat, wird man es sein Leben lang nicht mehr los." Sie sah tadelnd in Lottes Richtung.

„Und was diese romantischen Geschichten betrifft", fuhr sie entschieden fort, „so finde ich, von einem bestimmten Alter an sollte man mit dieser Gefühlsduselei aufhören und sich vernünftigeren Themen zuwenden."

Lotte fühlte die nächste Röte-Welle nahen.

„Außer natürlich", Margot war nicht zu bremsen, „man hat ein Defizit. Ihr habt ja keine Männer da oben."

„Oh, da täuschst du dich."

Das konnte Lotte nicht auf sich sitzen lassen:

„Gut, Oberingenieur Wolf ist leider nicht mehr unter uns. Aber es gibt schon ein paar Herren bei uns oben.

Professor Abels zum Beispiel."

Jürgen schnaubte:

„Willst du mir den Appetit verderben?"

Lotte hatte tatsächlich für den Moment die leidige alte Geschichte mit Jürgens Staatsexamen vergessen, das fast an den hinterhältigen Anatomiefragen von Professor Abels gescheitert wäre, und setzte hastig hinzu:

„Und dann natürlich auch Herrn Winter, nur zum Beispiel."

Sie erwähnte nicht, dass sie den nicht leiden konnte, und überlegte: Wen gab es noch?

„Und Herrn Tetzel. Er wohnt vier Stockwerke unter mir, im Erdgeschoss. Er war Offizier und hat sehr gute Manieren. Er ist noch sehr vital."

„Soso!", grinste Otto.

„Also, ich find's gut, wenn ihr alten Leutchen da oben noch ein bisschen Spaß habt", schaltete Jutta sich ein, „seht ihr, jetzt bleiben doch wieder Würstchen übrig."

„Ich finde, der Kartoffelsalat schmeckt ein bisschen merkwürdig. War die Mayonnaise irgendwie nicht in Ordnung?"

Jürgen bemühte sich um einen diplomatischen Ton.

„Wie meinst du das? Inwiefern merkwürdig?"

Jutta sah ihren Mann scharf an. Aber der musste gar nichts antworten, denn Max hatte sich schon erboten, den Rest aufzufuttern, Margot erklärte, Kartoffelsalat nach achtzehn Uhr sei sowieso nicht empfehlenswert, und Otto verlangte ultimativ nach einer weiteren Flasche kaltem Bier.

Der Dackel nutzte die Gelegenheit, um noch einmal Lottes Stock zu wässern, Jutta brüllte ihn an und verbannte ihn wieder ins Gästeklo, Max maulte, er fände Katzen sowieso viel cooler, außerdem müsse man mit denen nicht Gassi gehen, Lotte stimmte bei und Jürgen machte sich auf den Weg in den Keller, um frisches Bier und den Verdauungsschnaps zu holen.

Die Herren kippten einen Klaren, Jutta ließ sich einen Silvaner bringen und zündete sich eine Zigarette an, der Dackel heulte von weitem gegen die Toilettentüre, Lotte nippte an ihrem Wasser und Margot vermerkte pikiert, die Damen letzte Wochen hätten ihren Doradenspießchen deutlich mehr zugesprochen, und schlug vor, dass Lotte die restlichen Spieße mitnehmen könne.

Schläfrige Stille senkte sich über die Tischrunde. Der Grill qualmte noch immer vor sich hin, die Luft war lau, die Vögel sangen.

„Das ist das einzig Traurige an Johanni", Lotte hing noch immer ihren nostalgischen Gedanken nach und ihre Stimme unterbrach das wohlige Schweigen:

„Nach Johanni singen die Vögel nicht mehr."

„Ach was, Lotte, und warum?"

Otto beugte sich zu ihr.

„Das Liebesspiel ist beendet", sagte Lotte, „jetzt wird es ernst."

II

Als Jutta das Malheur bemerkte, das der Dackel angerichtet hatte, war sie extra die Sagrotanflasche aus Jürgens Arzttasche holen gegangen, um Lottes Stock abzusprühen, und Otto hatte nach einer schläfrig-satten Stunde im schattigen Garten erklärt, er fühle sich trotz drei Bieren und einem Schnaps „subjektiv noch vollkommen nüchtern", und angeboten, Lotte auf dem Heimweg am Stift abzusetzen.

Im Fond des Wagens, hinter Margot sitzend, glaubte Lotte noch immer einen penetranten Geruch wahrzunehmen, der von ihrem Stock aufstieg. Sie beschloss, ihn daheim noch einmal gründlich mit Kernseife abzuschrubben.

Sie bat Otto, wenn es ihm nichts ausmache, sie doch gleich zum Hintereingang des Stifts zu fahren. Sie war müde, die Knie schmerzten. Sie hatte sich überlegt, dass sie sich ein paar Meter zu gehen sparte, wenn sie den rückwärtigen Aufzug nahm.

Otto hielt ein bisschen abrupt an, was hoffentlich nichts mit seinem Alkoholkonsum zu tun hatte, stieg aus, öffnete für Lotte die hintere Wagentüre und sie bemühte sich, nicht allzu schwerfällig beim Aussteigen zu wirken.

„Du bist zwar nicht Ämarik und ich kein Königssohn, aber ich darf dich trotzdem zum Abschied küssen?"

Sie sah die Lachfältchen um seine Augen und roch eine animierende Mischung von Bier und Aftershave, spürte die Berührung seiner Lippen nahe ihrem Ohrläppchen und die Röte, die wieder in ihr hochschoss.

„Wiedersehn, Otto, danke fürs Heimbringen!"

Sie beugte sich Richtung Beifahrersitz und rief:

„Wiedersehn, Margot. Das war ein schöner Abend!"

Der Wagen fuhr mit einem kleinen Satz wieder los, bremste aber dann noch einmal ruckartig ab.

„Lotte!", Margot hatte das Seitenfenster heruntergelassen und hielt ihr eine Plastiktüte am ausgestreckten Arm entgegen:

„Dein Essen!"

So ein Pech, nun hatte sie es doch noch gemerkt.

„Ach, tatsächlich", machte Lotte und griff nach der Tüte. Diese kalten Fischspieße! Glücklicherweise war wenigstens kein Kartoffelsalat mehr übrig geblieben. Der hatte wirklich irgendwie merkwürdig geschmeckt.

„So sparst du dir morgen das Anstaltsessen. Guten Appetit!"

Margot winkte hoheitsvoll aus dem Wagen, dann trat Otto beherzt aufs Gaspedal.

Lotte stellte die Essenstüte neben sich auf den Boden, kramte in ihrer Handtasche, umwickelte den Griff ihres Stocks sicherheitshalber mit einem Tempotaschentuch, sah müde auf die Uhr, überlegte, dass der Samstagabendfilm schon seit fünfundzwanzig Minuten lief, nahm die Tüte wieder auf und lief schwerfällig auf die Eingangstüre zu.

Ach du liebe Zeit, schon abgeschlossen. Also noch mal Tüte absetzen, Stock an die Hauswand lehnen, nach dem Schlüssel kramen, aufsperren, die schwere Glastüre mit einem Fuß aufhalten, gleichzeitig nach Stock und Fischtüte angeln, geschafft.

Die Türe hinter ihr fiel langsam ins Schloss und sperrte die Abendsonne aus. Der lange Gang war dämmrig. Der curryfarbene Nadelfilzboden schluckte das dotterfarbene Deckenlicht und tauchte alles in ein gleichmäßiges Senfgelb. Rechts und links reihten sich die Wohnungstüren mit den kleinen Türspionen.

Der lange Gang lag wie ausgestorben vor ihr, nichts regte sich. Alle Senioren saßen an diesem herrlichen Frühsommerabend hinter den Türen in ihren kleinen, vollgestopften Wohnzimmern und aus dröhnend laut gestellten Fernsehapparaten quoll die Samstagabendunterhaltung.

Lotte ärgerte sich über Margots Fisch. Warum nahm sie den nicht selbst wieder mit nach Hause? Im Stift gab es morgen Kalbsfrikassee indisch, mit Ananasstückchen. Sie freute sich schon darauf und hatte keine Lust, stattdessen alleine auf dem Zimmer zu sitzen und Margots kalten Fisch zu essen. Aber Wegwerfen kam natürlich auch nicht in Frage.

Sie ging mit schweren Schritten den Flur entlang Richtung Aufzug. Man hörte auf dem Filz nicht einmal das Quietschen ihres Stockes. Doch dann blieb sie abrupt stehen. Das Apartment von Herrn Tetzel. Ihr war beim Mittagessen aufgefallen, dass er sich öfters nachbestellte. Er schien einen kräftigen Appetit zu haben und immer gerne zu essen. Das wäre doch eine Lösung für ihr Fischproblem. Aber – konnte man ihn jetzt noch stören? Eigentlich gehörte sich das nicht.

Lotte blieb stehen. Man hörte Geräusche, Fetzen von Musik und Stimmen, aber die kamen aus allen möglichen Zimmern. Die meisten Senioren hatten abends genug von ihren hoch komplizierten Hörgeräten, nahmen diese heraus und drehten den Fernseher auf volle Lautstärke.

Sie ging dicht an die Türe heran, stützte sich mit einer Hand am Türstock ab, beugte sich vor, um mit dem linken Ohr ganz nahe an dem weiß lackierten Holz zu sein, kniff konzentriert die Augen zusammen und lauschte.

Ja, er war zu Hause. Sie hörte Geräusche. Ein Mann redete im Fernsehen. Sie verstand nur Bruchstücke:

„Hau ab, sag ich dir, hau jetzt ab!", stieß der Mann im Fernsehen mit erregter Stimme hervor. Dann hörte man einen Schrei, dann ein Krachen und ein Rumpeln.

Lotte persönlich mochte diese brutalen Geschichten gar nicht. Sie schlief sowieso schlecht. Ein Stuhl fiel um, noch einmal ein Schrei. Ob das mit dem Fisch für Herrn Tetzel eine gute Idee war? Lotte sah zweifelnd auf die Tüte in ihrer Hand. Karl, ihr guter Karl, hatte sich auch nicht gerne stören lassen, wenn der „Tatort" lief.

Max Tetzel stand mit dem Rücken zur Wand. Er hatte den Stuhl neben dem kleinen Esstisch an der Lehne gepackt, ihn hochgerissen und hielt ihn jetzt dem Angreifer wie einen Schild entgegen: „Hau ab, sag ich dir, hau jetzt ab!", stieß er hervor.

Der andere blieb lauernd stehen, wie ein Boxer vor der entscheidenden Runde. Tetzel umklammerte den Stuhl, die Knöchel seiner Finger färbten sich weiß. Im nächsten Augenblick schleuderte er dem anderen den Stuhl mit einem Schrei entgegen. Aber der Stuhl war schwerer als gedacht und flog nicht einmal zwei Meter. Er krachte auf den Boden, der andere hatte sich in Erwartung des Angriffs geduckt, gesehen, dass der Stuhl ihn verfehlen würde, hatte beide Hände kampfbereit geballt, die Nackenmuskeln angespannt, bereit zum Gegenangriff.

Max Tetzel löste sich von der Wand des Zimmers und sah sich panisch um. Er stieß gegen den Tisch, machte zwei ungelenke Schritte seitwärts und ging hinter seinem Lesesessel in Deckung.

Der andere kam auf ihn zu, rammte den Sessel. Der Sessel kippte, polterte, fiel um. Tetzel schrie wieder.

Der andere hielt abrupt in seiner Vorwärtsbewegung inne, die Augen waren nur noch blitzende Schlitze. Etwas wie ein siegessicheres Grinsen lief über sein Gesicht. Er warf einen sekundenlangen Blick erst auf seine bloßen Hände, dann auf Tetzel. Dann bewegte er sich langsam rückwärts Richtung Küchenzeile, ohne Tetzel dabei aus den Augen zu lassen.

Lotte überlegte. Es war nach halb neun. Herr Tetzel ließ sich sicher nicht gerne beim Krimischauen unterbrechen – oder? Sie rieb instinktiv die linke Ohrmuschel, als könne sie dadurch besser hören. Hatte er jetzt nicht seinen Fernseher ausgemacht?

Sie ging so nahe an die Türe, dass ihr Ohr etwas unterhalb des Spions auf der hölzernen Türfüllung lag. Man hörte nichts mehr. Sollte sie klingeln? Klopfen war vielleicht dezenter? Sie hatte schon den Knöchel des rechten Mittelfingers an der Türe, da hörte sie, dass der Film doch noch lief:

„Was soll das? Tu das verdammte Ding weg!“, schrie jemand. Und dann noch einmal: „Tu das Messer weg!“ Ein anderer antwortete Unverständliches. Wieder Gerumpel, Ächzen, eine klirrende Vase. Die Filme im Abendprogramm wurden immer brutaler.

Der andere fixierte Tetzel, während er rückwärts ging, unablässig. An der Küchenzeile angekommen, tastete er mit der Hand nach hinten, zog die oberste Schublade auf und ließ die Hand hineingleiten, fingerte herum, bekam ein großes Messer zu fassen und näherte sich, das gezähnte Brotmesser in der Hand, wieder Tetzel.

„Was soll das? Tu das verdammte Ding weg!“, stieß

Tetzel hervor. Und noch einmal, in Panik: „Tu das Messer weg!“

Der andere umklammerte den orangen Griff und zischte halblaut:

„Überleg's dir, sonst mach ich dich fertig!“

Tetzel schüttelte den Kopf. Seine rechte Hand glitt in die Hosentasche. Er fasste den flachen Gegenstand fester, der sich darin befand.

Der andere umspannte das Messer, hob den Arm, zog nach hinten auf. Tetzel rumpelte mit dem Bein gegen das Sofa. Er ächzte. Der andere kam näher. Tetzel sah sich panisch um, bewegte die Arme unkoordiniert und mit einem eigenartigen, unangemessenen Schlenkern vor dem Körper, machte ein paar Schritte zur Seite, klirrte gegen den Coachtisch, eine Vase fiel herunter und zerbrach. Der andere kam mit dem Brotmesser näher.

Lotte fand es generell schade, dass ihre Stiftsgenossen so viel Zeit vor dem Fernseher verbrachten, umso mehr an so einem lauen Sommerabend. Sie selbst bevorzugte im Allgemeinen ein Buch. Manchmal sah sie auch einfach aus dem Fenster, über die Birken und Nadelbäume, hinter denen sich die Stadt verbarg. Aber Herr Tetzel schien mit dem heutigen Fernsehprogramm zufrieden zu sein. Nun gut, erstens war er ein Mann und zweitens Offizier gewesen. Vielleicht war das ja auch ein Kriegsfilm, den er da gerade sah, es hörte sich nach einem Nahkampf an. Jedenfalls ging es nicht zimperlich zu. Lotte hörte raue Töne, Ächzen, dumpfes Fallen, undefinierbare Geräusche. Ob sie doch klingeln sollte?

Tetzel hatte keine Chance. Der andere kam mit dem Messer näher. Die schartige Klinge des Brotmessers war matt, ein paar klebrige Teigreste saßen an den Graten.

Der andere riss die rechte Hand hoch, in einer exakten, bogenförmigen Linie raste der ausgestreckte Arm herunter, der Wellenschliff der Klinge fieberte. Tetzel warf sich im letzten Augenblick seitlich gegen einen Polstersessel. Die Klinge ratschte mit einem Sirren durch den Plüsch, Schaumstoff quoll hervor, das Messer stak fest.

Tetzel nützte die Chance, hinkte Richtung Telefon. Der andere riss das Messer aus dem Polster und kam hinterher.

Ein Stapel Bücher krachte von einem Bord, Tetzel hatte dem anderen jetzt halb den Rücken zugewandt. Er griff nach dem Telefonhörer.

In dieser Sekunde blitzte das Messer und gab ein schmatzendes Geräusch von sich, als es zwischen zwei rückwärtigen Rippen eindrang. Tetzel stöhnte auf, der altmodische Telefonapparat rumpelte vom Tischchen, hing zappelnd an der Schnur in halber Höhe. Der andere zog das Messer wieder heraus, es schimmerte matt, Blut tropfte herunter, die Teigreste waren verschwunden.

Tetzel ließ den Telefonhörer fallen, der schwarze Apparat schlug auf dem Boden auf, Tetzel stöhnte, spürte ein Brennen unbestimmbarer Herkunft in seinem Rücken, versuchte sich aufzurichten und die Wohnungstüre zu erreichen.

Der andere war schneller.

Wieder zuckte das Messer, verschwand bis zum Schaft, Tetzel gurgelte nur leise, er sackte zusammen, Blut schoss heraus, sickerte auf den Teppichboden. Tetzel, mit letzter Kraft, versuchte, auf den linken Ellenbogen gestützt, zur Eingangstüre zu robben, die Rechte um den flachen Gegenstand gekrampft. Dann knickte der Ellenbogen ein, Tetzel kippte flach auf den Boden, bot seinen Rücken dar. Der andere stach und stach, stumm, mit zusammengepresstem Mund, der Messerstahl verschwand wieder und wieder dort unten tief im Fleisch. Dann war es still.

Lotte ärgerte sich über sich selber. Nun stand sie hier auf diesem dämmrigen Flur, lauschte an fremden Türen bei irgendwelchen idiotischen Fernsehfilmen, nur weil sie sich nicht entscheiden konnte, was mit Margots Fischspießchen passieren sollte.

Klingle ich jetzt oder klingle ich nicht? Sie zögerte. Ihr Finger näherte sich Tetzels Klingelknopf rechts neben seiner Tür. Jetzt schien er den Fernseher abgestellt zu haben. Es war ganz still. War er womöglich schon auf dem Weg ins Bett?

Lottes Finger lag auf dem kühlen Klingelknopf. Der Knöchel spannte sich schon.

Nein. Kommt doch gar nicht in Frage. Wer bin ich denn, dass ich wegen Margots Fisch spätabends bei fremden Männern klingle?!

Sie wickelte das Tempotaschentuch wieder fester um ihren Stock, trat ein paar Schritte von der Türe zurück und ging entschlossen Richtung Aufzug.

Sie betätigte den Aufzugknopf und wartete. Dann hatte sie eine Idee.

Direkt hinter dem Aufzugschacht war der Müllraum mit den drei großen blauen, in Gestängen montierten Müllsäcken. In einer plötzlichen, ärgerlichen Aufwallung packte sie ihren Fisch und warf ihn samt Plastiktüte mit Elan in den Behälter für Biomüll. Dann fuhr sie zufrieden mit dem Aufzug hoch zu ihrem Apartment.

Memento I

Ostersonntag. Dieser Sonntag mit dem leeren Grab und einem Toten, der verschwunden ist. Es ist das letzte Fest, bevor alles zu Ende ist.

Jemand hat trotz allem, was hier geschieht, Stiefmütterchen im Garten gepflanzt.

Von Westen her donnert es.

Wie viele Sonntage bleiben ihnen hier in Erlangen noch? Sie wissen es noch nicht. Es werden noch genau zwei sein. Dann wird das Dach der Neustädter Kirche zusammenbrechen. Noch aber steht es. Der Universitätsprediger hat sich einen Psalm als Predigttext ausgesucht: "Der dort oben im Himmel wohnt, der lacht. Der Herr spottet ihrer."

Ein höhnisches Lachen? Macht der da oben sich lustig über das, was er schon sieht und was hier unten noch keiner weiß?

III

Der Kommissar drückte sie gegen den schuppigen Stamm der Kiefer, beugte sich ein bisschen hinunter, denn er war zwar nicht groß, aber sie war dennoch kleiner als er, und sog ihren Pfefferminz-Atem ein. Sie schlang die eine Hand um seine Taille, mit der anderen fuhr sie sich erst breitfingrig durch ihr so unglaublich dichtes Haar, dann legte sie ihre Hand auf seinen Hinterkopf, zog ihn ganz zu sich und küsste ihn leidenschaftlich.

Der schwere, geflochtene Picknickkorb, den er in der Linken trug, plumpste auf den Waldboden.

Die meisten Leute, die vorbeikamen, beachteten sie nicht weiter, nur einer pfiff durch die Zähne, jemand anderes knurrte, halb belustigt, halb indigniert: „Na, ihr könnt's wohl gar nicht erwarten." Auf dem Fußpfad vom Waldparkplatz bewegte sich zwischen den Bäumen eine schier endlose Schlange von Besuchern wie auf einem Ameisenpfad in Richtung auf den schmalen Gittereinlass zum Weiher.

Kommissar Manfred Groß schnaufte auf und löste seine Lippen von Carlas Mund. Sie lehnte noch immer an dem Baumstamm, das Becken ein wenig zur Seite gekippt, die Lippen leicht geöffnet und schimmernd. Was für eine Frau.

Er brauchte noch einen Moment, um wieder in der Gegenwart anzukommen, dann bückte er sich nach dem Picknickkorb, räusperte sich und sagte:

„Wir müssen los, sonst sind die guten Plätze weg,

amore."

Carla lachte. Sie hatte eine unnachahmliche Art, alltägliche Dinge zu ignorieren. Kein Wunder. Sie war wie eine Katze, sie fiel immer auf die Füße.

Trotzdem, er wollte jetzt los. Er packte den Picknickkorb und machte sich entschlossen auf den Weg, sie schlenderte in ihren hochhackigen Schläppchen hinterher.

Sie drängelten sich hinter einer Gruppe von Besuchern mit Klappstühlen und Decken durch den engen Durchlass, der das Weiherareal begrenzte, und nun wollte er eigentlich rechts herum, ein Stück am schmalen, höher gelegenen Ufer des Gewässers entlang laufen, bis fast zur Gegenseite.

Er dachte sich eine einsame Stelle, eine Wolldecke nahe am Wasser, er dachte an die fallende Nacht, das Feuer auf der anderen Seite des Sees und Carla …

Dabei hätte er inzwischen wissen sollen, dass Carla nicht ohne Not spazieren ging. Sie blieb stehen, deutete nach links auf den Fußweg am Wasser entlang, dann auf ihre Schuhe und schnurrte mit diesem unwiderstehlichen Akzent in seine Richtung:

„Manfrrred, no."

Er kam auf sie zu, fuhr ihr durch die Mähne, zog sie zu sich, küsste sie kurz und heftig und flüsterte:

„Alles, was du willst, Süße."

Auf der linken Seite, Richtung Bootsverleih und Campingplatz, war die Liegewiese zum Wasser schon dicht belagert, überall Grüppchen mit Campingstühlen, Familien, die kleine tragbare Grills montierten und Grillkohle auf der Feuerfläche verteilten, Liebespaare, die auf ausgebreiteten Decken einen ebenen Untergrund für ihre Sektgläser und Proseccoflaschen suchten.

Manfred Groß sah sich suchend um. An ein romantisches Tête-à-tête war hier nicht zu denken. Carla hatte inzwischen ihre Riemchenschuhe abgestreift und sie aufs Baguette in seinen Korb gelegt.

„Manfrrred", ihre Stimme war weich an seinem Ohr, „wo ist das große Feuer, von dem du mir erzählt hast?"

„Ein Stück weiter nach links, dort hinten, auf der freien Fläche vor dem Bootsverleih. Aber das dauert noch, bis es angezündet wird. Es muss erst dunkel werden."

Sie trat nahe an ihn heran, blitzte ihn mit diesen Kohleaugen an und flüsterte:

„Zeig mir das Feuer, amore ..."

Da stand er. Ein riesiger Holzstoß, zusammengefügt aus Holzpaletten, dürren Stangen und den langen, federnden Stämmen von Föhren, wie sie rings um den Weiher wuchsen. Ein mächtiger, kreisrunder Riesenkegel aus Holz, sorgsam in tagelanger Arbeit aufgeschichtet, dicht an dicht, Lage auf Lage, Holz an Holz, kunstvoll gefügt und hoch aufragend in den blassblauen Abendhimmel, hoch fast wie die Föhren ringsum.

Carla stand und schaute und sah ihn dann an, als habe er höchstpersönlich dies fragile Kunstwerk für sie errichtet:

„So etwas habe ich noch nie gesehen, Manfrrred. Ich will hier bleiben. Wir müssen sehen, wie es brennt."

Ganz nah am flachen, sandigen Rand des Weihers fanden sie noch einen Platz für ihre Decke, den Rotwein und die teuren Köstlichkeiten, die Manfred Groß extra schon am gestrigen Samstag in einem italienischen Feinkostladen in einer Nebenstraße der Stadt gekauft hatte: gefüllte Oliven, Parmaschinkenröllchen, Geflügelspießchen, ein Plastikdöschen mit marinierten Scampi.

Ein trautes Liebesmahl hätte es werden sollen, nun

saßen sie zwischen grillenden Großfamilien und palavernden, Bier trinkenden Freundesgruppen, aber gerade das schien Carla zu gefallen.

Als sie fertig gegessen hatte, ließ sie sich rücklings auf die Decke ins Gras fallen, schlug die Beine übereinander, sodass ihr Rock ihre olivfarbenen Oberschenkel fast vollkommen freigab, und Manfred Groß küsste ihr die letzten Krümel des Baguettes aus den Mundwinkeln. Dann wandten sie beide ihre Gesichter dem Himmel zu.

Die Sonne glomm wie ein chinesischer Lampion kurz über dem Weiherrand. Das Wasser hatte einen sahnigen Ton angenommen. Rötliche Schlieren zogen in wirren Linien über den Horizont. Schwalben schossen im Sturzflug über den Himmel. Die Sonne stand so schräg am tiefen Himmel, dass es aussah, als jagten die spielenden Kinder ihren eigenen bläulichen Schatten nach. Dann kam die Nacht.

Gegen zweiundzwanzig Uhr dreißig löste sich vom gegenüberliegenden Ufer eine lodernde Feuersäule vom flachen Sand. Sie trieb lautlos auf den See hinaus. Sie kam näher. Sie wanderte langsam, ganz langsam über das Wasser auf die Zuschauer zu. Das Feuer warf Reflexe auf die schwarze Wasserhaut, die im Gegenschein zu glühen schien. Glitzernde Wellen zuckten und irrlichterten um das näher tanzende Feuer. Es schien über dem Wasser zu vibrieren und sich leise, flüsternd und zum Himmel leckend über den See vorwärts zu wälzen. Immer mehr vom Feuer entzündete Wasserreflexe rollten glimmend auf die Zuschauer zu.

Manfred und Carla richteten sich auf.

Die anderen ringsum taten das auch.

Sie starrten auf den See hinaus.

Sehr spät erkannten sie, dass es ein flaches Floß war,

das das Feuer trug. Es glitt langsam heran, still und wie von Zauberhand bewegt, aus einem fernen Land, als kehre der Schwanenritter zurück, um die Welt in Brand zu stecken.

Noch später erkannten sie, dass rechts und links zwei schnurrende Elektroboote das Floß flüsterleise an langen Seilen über das Wasser zogen, direkt auf die Zuschauer zu. Das Floß glitt näher und näher heran, lautlos, wie aus einer anderen, lodernden Welt.

Erst als die über das Wasser wandernde Feuersäule fast das Ufer und die Zuschauer erreicht hatte, erkannten diese im Widerschein der Flammen, dass es etwa zwanzig Fackelträger waren, die, Fackeln eng an eng über ihre Köpfe zum Himmel gereckt, die Feuersäule bildeten.

Aber da landete das Floß schon knirschend im Sand, die nassen Bohlen ächzten auf, die Fackelträger mussten für einen Moment die Balance halten, dann sprangen sie an Land, die Fackeln über dem Kopf, und rannten zu dem Feuerstoß, bildeten einen Kreis um den stumm und dunkel wartenden Holzriesen und für einen Augenblick war es ganz still, nur die Fackeln sirrten in der Luft und das Floß im Hintergrund ächzte schwankend.

Dann schrie jemand das Kommando.

Die Fackeln senkten sich zeitgleich im Kreis zu dem gewaltigen Holzstoß hin, die Flammen blakten, der Himmel zeigte letzte Reste von Rosa und Blaugrau.

Zunächst geschah nichts. Nur feine, anämisch-weiße Feuerschnüre sprangen an den dürren Ästen nach oben und ließen das Holz ein wenig knacken. Doch dann, ohne Vorzeichen, spuckte der Holzkoloss aus seiner Mitte einen Glutstrahl in den Himmel. Wie aus dem Maul eines Drachens schoss eine Garbe von Funken nach oben und knisterte glühend im Herabfallen und einen Atemzug später explodierte der Holzstoß in einer Lohe von

Licht. Er schien wie von innen angestrahlt, das Feuer fraß sich nach allen Seiten, nach außen, nach oben.

Die ersten Zuschauer wichen zurück. Mit jedem Atemzug wurde der lodernde Kegel heller, heißer und gleißender. Eine vulkanische Rauchsäule stand nach wenigen Minuten über dem See. Das Feuer schien wie in einem Krater zu kochen, es schlug den Menschen glühende Hitze ins Gesicht und trieb sie immer weiter auseinander. Schon begann auch das Gras rund um den Feuerstoß zu rauchen, dann zu glimmen, dann lichterloh zu brennen.

Aber darauf war man vorbereitet.

Niemand hatte bisher auf die Feuerwehrleute geachtet, die sich, unbemerkt von den Zuschauern, schon bereit hielten, denn auch archaische Rituale verlangten ihre Ordnung.

Sie liefen zu den längst ausgerollten Schläuchen, die Hebel an den Ventilen wurden umgelegt, die Strahlrohre ausgerichtet und Augenblicke später standen Stöße von kaltem Löschwasser wie ein tropisch-feuchter Vorhang vor der roten Hitze der Flammen und verdampften in der Luft, ehe sie ihr Ziel erreichten.

Gegen die unbändige Macht des himmellodernden Feuerkegels wären die Salven aus den Schläuchen sowieso machtlos gewesen, aber das eifrige Hantieren mit den schwerfälligen, dunklen Schlauchreptilien verfolgte sowieso nur den Zweck, das Entflammen der Grassoden ringsum zu verhindern und den Zuschauern das beruhigende Gefühl zu vermitteln, dass auch die archaischsten Rituale sich noch unter dem wachsamen Auge öffentlicher Fürsorge entfalteten.

Und so loderte der Holzstoß weiter. Bald war er durchsichtig wie ein Feuer speiendes Skelett mit glühend schwarzen, dürren Rippen aus Holz. Unlöschbar und von höllischer Hitze.

Überall standen nun diese glühenden Scheiterhaufen des Sommers, auf den Bergkuppen der Fränkischen Schweiz, in den Tälern der Wiesent, auf den Anhöhen der Obstwiesen, an den Ufern der Karpfenweiher. Ein archaischer Feuerzauber, ein lodernder Gruß an die Sonne, eine rot glühende Hymne an die längsten Tage und ein feuerheißer Abschiedskuss für die am höchsten Punkt stehende Sonne, die nun von Tag zu Tag an Macht verlieren würde.

Carlas Wangen glühten. Sie rümpfte die Nase:

„Manfrrred", sagte sie. „Es stinkt."

Er schob den Arm unter ihre nach hinten aufgestützten Ellenbogen, rollte sich auf seiner Picknickdecke zu ihr herüber und erwiderte:

„Klar, amore. Der Weiher stinkt im Sommer immer. Blaualgen. Sie kriegen es nicht in den Griff."

Carla verzog den Mund:

„Neinnein, das riecht ekelhaft. Süßlich."

Manfred Groß zuckte die Schultern, legte sein Bein über ihren nackten Oberschenkel, wollte sich gerade über sie beugen, um sie erneut zu küssen, da gab es einen vielstimmigen Aufschrei.

Der riesige, weiß lodernde Holzstoß geriet mit einem trockenen, fast lautlosen Ächzen ins Wanken. Die sorgsam verschachtelte Konstruktion aus langen, dünnen Baumstämmchen verlor ihr Gleichgewicht, die schwarz versengten Föhrenstangen brachen wie brennende Mikadostäbe zusammen, kippten ohne Vorwarnung in eine Richtung, Richtung Bootsverleih, begruben Paletten und brechende Holzstangen unter sich und fauchten einen Schwall von glühenden, sengenden Holzpartikeln in den

Himmel.

Die Leute, die auf der Westseite des großen Holzstoßes saßen und standen – glücklicherweise schon in respektvoller Entfernung, denn die Hitze war unerträglich geworden – schrien noch einmal in Panik auf.

Die Feuerwehr freilich reagierte sofort. Auf ein gebrülltes Kommando des Zugführers rannte ein Trupp auf die Westseite, alle verfügbaren Schläuche richteten sich auf den zusammenbrechenden Feuerriesen, wieder standen die Wassersäulen dampfend in der Luft.

Carla war aufgesprungen, stand barfuß auf ihrer Decke, starrte mit glühenden Backen zu dem gestürzten Flammenturm und warf sich im nächsten Moment in Manfreds Arme, den es ebenfalls nicht mehr in seiner Liegeposition gehalten hatte.

„Manfrrred." Ihre Stimme bebte. „Ich habe Angst vorrr dem Feuerrr."

Eine Wolke ihres dunklen Haares nahm ihm die Sicht.

„Keine Angst, amore, ich bin ja da."

Er war hier der Held und Beschützer.

„Du glühst ja von diesem Höllenfeuer. Komm, wir suchen uns ein anderes Plätzchen, mein Engel. Eines ganz für uns."

Sie nickte stumm und dankbar.

Und während die anderen Zuschauer sich rasch wieder beruhigten, ihre Unterhaltungen fortsetzten, langsam wieder näher an das immer noch hoch auflodernde Feuer rückten, nutzte Manfred Groß seine Chance.

Er raffte die Picknicksachen zusammen, verkorkte die noch halb gefüllte Rotweinflasche, warf Carlas Schühchen in den Korb und zog seine Liebste hinter sich her. Sie stolperte, trippelte und taumelte barfuß und von seiner Hand gezogen durch das Dunkel und er dirigierte sie immer noch ein Stück weiter weg, dorthin, wo sie alleine waren, wo der unangenehme Geruch und die Hitze einer wohltuenden Kühle wichen, dorthin, wo das Feuerschauspiel nur noch eine flackernde Kulisse vor dem rauchigen Himmel war, dorthin, wo der Märchenprinz doch noch seine Chance hatte, über den Himmel zu Ämarik vorzudringen, bis sie errötete.

IV

Es war eine atemlose, wahrhaft feurige Nacht geworden. Erst am Weiher, dann, als der Himmel schon wieder auf der anderen Seite, im Osten, Farbe annahm, im Bett von Manfred Groß.

Als sein Handy auf dem Beistelltischchen schrillte, hatte er das Gefühl, nicht nur sein Kopf, sondern auch sein Unterleib sei anästhesiert. Carla grunzte entzückend und wälzte sich zur Mitte des Bettes, während er die grüne Taste suchte, um das Gespräch entgegenzunehmen.

„Wie spät ist es denn? Acht Uhr zwanzig? Was soll denn dieser blödsinnige Anruf? Ich bin doch sowieso schon fast im Büro."

Er setzte sich taumelig auf, fuhr sich über den Schädel und hielt genervt das Telefon etwas von seinem Ohr weg. Das war zwar geistesgegenwärtig reagiert, aber weiß Gott gelogen. Er hatte vergessen, den Wecker zu stellen, sah an sich hinunter und konstatierte, dass er nackt war. Carla neben ihm übrigens auch. Sie schlang gerade im Schlaf ein Bein um seine Bettdecke, die sie nun umarmte und ihm so ihre hinreißende Rückansicht zuteil werden ließ.

Kein Wunder, dass er unter diesen Umständen nicht ganz mitbekam, was der Kollege am Telefon gerade gesagt hatte. Er hielt den Hörer wieder dichter ans Ohr und ließ sich noch einmal berichten, was geschehen war.

Genau acht Minuten später saß er in seinem Wagen. Er hatte nicht einmal geduscht. Weil die Nachricht des Kollegen wirklich der Hammer war? Oder weil er wenigstens Carlas Geruch auf seiner Haut behalten wollte, wenn das schon so ein lausiger Tag werden würde?

Carla hatte sich nur noch einmal im Halbschlaf umgedreht, seine Bettdecke zwischen den Knien, hatte sich quer ins Bett gelegt, sich sein Kopfkissen auf das von ihrem dunklen Haarwasserfall halb verdeckte Gesicht gepackt und weitergeschlafen.

Vor dem Haupteingang des Stifts parkten bereits ein Streifenwagen, mehrere graue BMWs und ein Notarztwagen. Er sah, dass der Notarzt auf dem Beifahrersitz saß und telefonierte.

Er setzte seinen Wagen ins absolute Halteverbot, halb auf den Gehweg, nahe an die mit Tagetes bepflanzten Rabatten, und lief mit schnellen Schritten die behindertengerechte Rampe Richtung Haupteingang hoch.

Der Pförtner war nicht in seiner Loge, sondern stand mitten in der Eingangshalle, umringt von einem Tross von Senioren, fast alle mit Gehwägelchen oder Krückstöcken.

„Sind Sie der Kommissar?"

Der Pförtner stürmte auf ihn zu. Er trug eine dunkelblaue Jacke aus festem Stoff mit zwei Schüsseln auf den Schulterklappen.

Der Tross aus Gehwägelchen hinter ihm rückte nach.

„Das wurde aber auch Zeit!"

Die Senioren im Hintergrund nickten beifällig, die Gehwägelchen rollten langsam auf ihn zu.

Manfred Groß kratzte sich unbehaglich am Ohr:

„Vielleicht hätte ich doch duschen sollen", dachte er, „Carla passt nicht hierher."

Laut aber sagte er:

„Ich leite die Ermittlungen. Lassen Sie mich bitte durch."

„Kommen Sie, links herum."

Der Pförtner winkte gebieterisch.

Die Wand aus Stiftsbewohnern teilte sich, der Kommissar nickte so entschlossen, wie es ihm angemessen schien, und schritt zwischen all den Alten mit ihren gebeugten Rücken und den verstörten Gesichtern hindurch, hinter dem Pförtner her.

In seinem Rücken hörte er aufgeregtes, hochfrequentes Murmeln und Wispern und das Quietschen der Gehwägelchen. Sie folgten ihm.

Der Pförtner vorneweg, dann der Kommissar, dahinter eine Schwadron von Neugierigen durchquerten die große Halle des Foyers mit ihren viel zu niedrigen Sitzgruppen, dem großen Aquarium, dem Sammelcontainer für Altbatterien und dem Aufsteller mit dem heutigen Menüplan vor dem Speisesaal.

Manfred Groß hörte das Quietschen und Murmeln in seinem Rücken. Es schien ihm direkt auf den Fersen zu sein. Dazu roch es säuerlich nach Zwiebeln.

Am Übergang zum hinteren Gebäudekomplex sah Manfred Groß quer über den Flur ein rotweißes Absperrband.

Der Pförtner hielt es für ihn hoch, Manfred Groß ging in die Knie und schlüpfte in einer raschen Bewegung darunter durch. Ein Hauch von Carlas Geruch stieg aus seiner Kleidung auf.

Hinter sich hörte er, wie das Gemurmel in aufgeregtes, ja erbostes Lärmen überging.

Er drehte sich um, straffte die Schultern und wischte in einer instinktiven Bewegung Carlas Geruch weg:

„Meine Damen und Herren. Ich kann Sie in dieser außergewöhnlichen Situation nur um Ruhe bitten. Ich kann Ihnen versichern, dass wir die Ermittlungen mit allergrößter Entschlossenheit durchführen werden. Niemand von Ihnen befindet sich in akuter Gefahr. Bitte bleiben Sie ruhig und halten Sie sich zur Verfügung. Wir brauchen Sie alle dringend als Zeugen und werden Sie im Laufe des Tages befragen. Bitte bewahren Sie Ruhe. Vielen Dank."

Er drehte sich um, hörte in seinem Rücken das Gewirr der Stimmen, schrill, ängstlich, erbost, alarmiert.

Er sah schon, wo er hin musste, denn der Kollege von der Streife stand dort hinten, im Gegenlicht der rückwärtigen Glastüre, vor einem Apartment.

Der Fußboden in dem engen Eingangsbereich und im vorderen Teil des Wohnzimmers war von einer dickflüssigen, dunklen Masse überkrustet. Der kurzflorige Teppich hatte das Blut zwar über Stunden langsam geschluckt und in einen zusehends wachsenden, schwärzlich-stumpfen, riesigen Flecken verwandelt, aber diese Mengen hatte er nicht aufsaugen können. Die Beamten hatten beim Betreten des Apartments gar nicht anders gekonnt, als in die großen, schmierig-feuchten Lachen zu treten, Spurensicherung hin oder her.

Manfred Groß überlegte, ob er versuchen sollte, einen riesigen Schritt über die schwarzen Lachen zu machen. Seine teuren hellen Lederschuhe – ein Tribut an Carlas Geschmack – waren fast neu. Er beschloss, erst mal in der Türe stehen zu bleiben.

Das enge Wohnzimmer war so voll mit Menschen wie wohl nie zu Lebzeiten seines Besitzers. Es roch nach Schweiß, sommerstickiger Luft und Blut. Niemand hatte gewagt, ein Fenster zu öffnen. Manfred Groß grüßte kurz zu den Kollegen und fragte dann in den Raum hinein:

„Und, wo ist er? Habt ihr ihn inzwischen gefunden?"

„Nichts!"

Ein Kollege kam auf ihn zu:

„Es gibt keine Leiche, nur Blut."

Er wies auf die Spritzer an den Wänden des kleinen Flures: „Überall."

„Wie heißt er und wer hat diese Sauerei entdeckt?"

„Max Tetzel, siebenundachtzig Jahre. Die haben so eine Aufpasserin hier. Auf jedem Stockwerk. Die guckt morgens, ob es allen noch gut geht. Sie ist im übernächsten Zimmer. Der Arzt ist gerade bei ihr."

Der Kommissar nickte:

„Ich schau dann erst mal zu ihr rüber. Gebt ihr mir dann gleich ein Paar Plastiküberzieher für meine Schuhe? Die waren teuer."

Er trat auf den Flur hinaus. Auch die übernächste Türe stand offen. Offenbar war dies eine Art Stationszimmer. Manfred Groß sah einen Schreibtisch, ein Spritzentischchen und eine schmale Liege. Darauf lag eine vollständig bekleidete Frau mittleren Alters. Ein Arzt, offensichtlich der des Stifts, hatte eine Blutdruckmanschette um ihren Oberarm gelegt. Er hielt ihr eine Plastiktüte vor den Mund und befahl ihr immer wieder, langsam und flach zu atmen.

Er machte eine unwirsche Bewegung in die Richtung von Manfred Groß:

„Können Sie nicht nachher wiederkommen? Sie ist normalerweise hart im Nehmen, aber im Moment hyperventiliert sie ein bisschen. Frau Gütlicher ist die Etagendame. Das war für sie ein Schock, als sie die Türe aufgesperrt hat."

Manfred Groß nickte, die Frau auf dem Bett war bleich im Gesicht. Der Arzt begann wieder, beruhigend auf sie einzureden und ihr leise Atemkommandos zu geben.

„Herr Kommissar", ein junger Kollege von der

Spurensicherung, den Manfred Groß nicht kannte, steckte seinen hochroten Kopf zur Türe herein:

„Schauen Sie sich bitte das mal an."

Er winkte Manfred Groß aufgeregt in den Flur.

Der junge Kollege lief vor ihm. „Die werden immer jünger", dachte Manfred Groß. „Wie die Schulbuben. Uns hat man damals ernst nehmen können, als wir angefangen haben."

Der junge Kollege sah mit seiner grünen Uniform und den übergroßen Plastiküberziehern über den Schuhen wie ein Riesenfrosch aus. Manfred Groß folgte ihm durch den Flur, den Weg zurück, den er eben gekommen war.

Sie gingen fast bis zu dem rotweißen Sperrband. Dahinter scharten sich immer noch aufgeregte Alte, als wollten sie im nächsten Moment das Band durchreißen, den Flur entlang rollen, das Blutbad in Augenschein nehmen und dann ausschwärmen, auf der Suche nach einem der Ihren, auf der Suche nach Max Tetzel, dem Opfer, das nirgends zu finden war.

Der junge Kollege war jetzt am Aufzug angekommen.

„Habt ihr den abgestellt?", brummte Manfred Groß.

Der Junge drehte sich diensteifrig um:

„Jawohl, Herr Kommissar, in diesen Trakt kommt erst mal keiner rein. Die Leutchen müssen den Aufzug auf der anderen Seite benutzen, bis die Spurensicherung durch ist. Links herum bitte."

Er stolperte vor Diensteifer fast über seine Froschschuhe.

Nun erst nahm Manfred Groß wahr, dass hinter dem Aufzug noch eine Abstellkammer lag. Über drei große Metallgestänge waren dicke blaue Plastiksäcke gezogen, darüber an der Wand befanden sich Metallschilder mit der Aufschrift „Nur für Papier“, „Nur für Biomüll“, „Nur für Restmüll“.

Im Gestänge für den Biomüll fehlte der Müllsack. Auf dem Boden daneben lagen ein Häufchen von Apfel- und Kartoffelschalen und eine kleine, zusammengeknüllte Plastiktüte.

Der Kommissar machte ein Zeichen. Der Junge bückte sich rasch, hob mit seiner plastikbehandschuhten Hand die Tüte auf, öffnete sie und hielt sie Manfred Groß mit einer servilen Geste hin. Der schnupperte. Es roch nach Fisch.

„Fischspieße, igitt, wer isst denn so was?“, sagte er. „Asservieren Sie das für alle Fälle erst mal.“

Der andere nickte devot, holte aus seiner Uniformtasche eine durchsichtige, wieder verschließbare Tüte und ließ den Fund hineinrutschen.

„Sehen Sie, der Müllsack fehlt,“ versetzte er dann triumphierend.

„Das sehe ich“, brummte Manfred Groß. „Und?“

„Schleifspuren. Wir haben Schleifspuren vom Apartment zur hinteren Türe. Der Täter hat sein Opfer in den Plastiksack gesteckt und es zur Hintertüre rausgebracht. Wahrscheinlich in seinen Wagen.“

„Was sagt der Pförtner?“

„Der Pförtner? Der sagt, woher soll er das wissen. Es gibt keine Videoüberwachung. Er sagt, das ist ein Seniorenstift und kein Gefängnis.“

„Na, ich weiß nicht“, brummte der Kommissar. „Für mich gibt es durchaus Gemeinsamkeiten.“

Sie waren wieder aus der Müllkammer herausgetreten und die Senioren drängten sich immer noch hinter dem Absperrband.

Die beobachten einen ständig, der Kommissar kratzte sich am Kopf. Da pikste etwas. Hinten am Hemd auch.

Er fuhr sich in den Kragen, kratzte sich wieder. Ah, jetzt spürte er etwas zwischen den Fingernägeln. Er nahm die Hand aus dem Nacken. Was war das? Ach Carla ... Zwei Kiefernnadeln.

Er fuhr sich noch einmal durchs Haar, wo es pikste. Noch zwei Kiefernnadeln. Er steckte sie unauffällig in die Hosentasche. Irgendwie waren sie beide von ihrer Decke auf den Waldboden gerollt. Was für eine Nacht, über dem See das Feuer, über ihm Carla. Deshalb hatte er auch das Hemd von gestern noch mal angezogen – für diesen Geruch ...

Sie waren schon wieder auf dem Rückweg zum Tatort, der Junge wieselte in seinen Plastiküberschuhen voran, der Kommissar folgte mit schweren Schritten, er wirkte geistesabwesend.

Unmittelbar vor der Eingangstüre von Max Tetzels Apartment blieb der Uniformierte abrupt stehen.

„Mooo-ment mal."

Er bückte sich und sah nun noch mehr wie ein Frosch aus. Dann kam er wieder hoch.

„Schaun Sie mal, Herr Kommissar!"

Seine Stimme klang alarmiert. Er hielt ein kleines Büschel Kiefernnadeln in der Hand.

„Was sagt uns das?"

Seine Stimme sprang um eine Terz nach oben.

„Kiefernnadeln! Kam der Täter etwa aus dem Wald?"

Er sah Manfred Groß erwartungshungrig an.

Manfred Groß kratzte sich erneut im Nacken.

„Nun ja", knurrte er schließlich, „asservieren Sie das für alle Fälle mal."

Memento II

Eine Krone über dem Frankenland und eine Zuflucht. Seit fünfhundert Jahren.

In diesen Jahren tagen die Ingenieure hier und beraten über Straßenbauten und Brückenkonstruktionen und Autobahntrassen.

Gleich nebenan stehen Denkmäler aus Erz, Fridericus Rex und Bismarck.

Die Berliner Philharmoniker kommen mit ihren Instrumenten.

Die Burg quillt über von Schätzen.

V

Lotte stampfte ärgerlich mit dem frisch geschrubbten Gehstock auf dem Boden auf. Der Aufzug kam einfach nicht. Wahrscheinlich hielt wieder jemand im dritten Stock endlos die Türe auf, weil vom hintersten Ende des Flures noch eine Bekannte herannahte.

Sie plante, vor dem Mittagessen noch ihren Wocheneinkauf in dem kleinen Spar-Laden im Erdgeschoss des Stiftes zu erledigen. Ein Päckchen Teebeutel, Schnittbrot, Marmelade, zwei Käseecken und ein abgepacktes Stückchen Kalbsleberwurst standen auf ihrem Einkaufszettel, den sie wie immer auf einem abgerissenen Kalenderblatt säuberlich notiert hatte.

Zu ärgerlich, dieser Aufzug. Gleich nachher, wenn alle zum Speisesaal strömten, war es ganz besonders schlimm.

Sie wandte sich im Warten zu dem Mitteilungsbrett, das sich auf jedem Stockwerk neben den Aufzügen befand. Da standen der Name der Hausdame, die Nachricht, wann der Fensterputzer wieder zu erwarten war, die Aufforderung, zwischen dreizehn und fünfzehn Uhr Ruhe zu wahren, da die Senioren dann ihr Mittagsschläfchen hielten, und daneben hing der Speiseplan.

Mit dem Kalbsfrikassee indisch gestern Mittag war Lotte, im Gegensatz zu den meisten ihrer Tischgenossen, durchaus zufrieden gewesen. Sie mochte es sowieso eher mild und war keine Freundin exotischer Gewürze.

Heute gab es Püree und saure Zipfel. Lotte schüttelte

sich. Karpfen blau aß man zwar auch mit einem Essigsud und Zwiebeln, das kannte sie aus ihrer alten Heimat, aber schon der Name dieses Gerichtes! Das gehörte sich einfach nicht.

Aber nun waren Margots Fischspießchen im Müll, da konnte man nichts mehr machen.

Sie drückte noch mal auf den Aufzugknopf.

Ja du lieber Himmel, außer Betrieb! Hatte diese rote Schrift gerade schon geleuchtet? Sie war sich nicht sicher. Sehr ärgerlich. Wenn sie sich nicht beeilte, waren die Aufzüge sowieso alle blockiert. Sie machte sich missmutig auf den Weg über den langen Flur, zum anderen Aufzug.

Die Halle unten war leer. Merkwürdig, gegen Mittag versammelten sich ihre Bekannten oft schon eine halbe Stunde vor der Essenszeit in Trauben vor den Türen des Speisesaales, um als Erste auf ihrem Platz zu sein – warum auch immer. Heute fand sich keine Menschenseele weit und breit.

Sie sah auf ihre Uhr, schaute sich wieder um. Von irgendwo her war doch vages Stimmengewirr zu hören! Irgendetwas stimmte hier nicht. Oder stimmte in ihrem Kopf etwas nicht?

Das war schon seit Jahren eine Sorge von ihr, dass man irgendwann die Kontrolle über seine kleine Welt verlor, die Dinge taumelig wurden, zu schwanken begannen, ihre Konturen verloren und man hilflos und orientierungslos durch die Tage ruderte, bis wohlmeinende Anverwandte beschlossen, dass es so nicht weitergehen könne, und einem in kindisch-gönnerhaftem Ton erklärten, dass es „für alle“ besser sei, wenn man sein Leben auf der Pflegestation beschlösse.

Endlich – da hinten tauchte jemand auf und näherte sich mit festen, ausgreifenden Schritten. Es war Frau Gütlicher. Sie trug einen Trenchcoat, ihre üblichen flachen Schuhe, hatte den Kopf gesenkt und beide Hände in den Taschen vergraben. Lotte sah wieder auf die Uhr. Nun war es also soweit. Es war besser, sie rief Jürgen an und erklärte ihm, sie wisse selbst, dass es an der Zeit sei, in die Pflegeabteilung zu übersiedeln.

Frau Gütlicher sah nicht auf, fast schien es, als werde sie Lotte einfach über den Haufen rennen. Im letzten Augenblick blieb sie aber doch mit einem Ruck stehen und sah Lotte so konsterniert an, als sei diese soeben aus dem Schnürboden aufgetaucht.

Einen Moment lang starrte sie Lotte geistesabwesend an, dann fing sie sich und grüßte mechanisch:

„Ah, Frau Askoleit, wie geht es immer so?"

Lotte fühlte einen Schwindel im Kopf. So fing das also an, wenn die Dinge im Kopf nicht mehr zusammenpassten, sondern wie ein ausgeschüttetes Puzzle durcheinander fielen. Sie sah zur Sicherheit noch einmal auf die Uhr. Diese Stille hier. Keine Menschenseele, und dann Frau Gütlicher um diese Uhrzeit im Mantel in der Eingangshalle. Wahrscheinlich war es gar nicht später Vormittag, sondern bereits Abend. „Zeitlich und örtlich nicht mehr orientiert" würde Jürgen auf ihrem Krankenblatt notieren.

Sie sah Frau Gütlicher unsicher an und begann dann zaghaft:

„Es ist doch vormittags, oder? Es ist fast schon Tischzeit, nicht wahr? Aber hier ist niemand und ich habe Sie in all den vielen Jahren noch nie um diese Zeit vom Dienst nach Hause gehen sehen … Ich bin mir nicht sicher", ihre Hand zitterte, „ob mit mir noch alles in Ordnung ist …"

„Sehn Sie, Frau Askoleit", Frau Gütlichers Stimme klang belegt, „möglicherweise sind Sie die Einzige hier im Stift, die es noch nicht bemerkt hat …"

„Doch", unterbrach Lotte, „ich weiß, es geht so nicht mehr mit mir weiter. Sie haben recht, Frau Gütlicher, wahrscheinlich ist es besser, wenn ich meine Zustimmung gebe, dass mein Neffe und meine Nichte mich …"

„… dass es einen Todesfall gab."

Lotte stutzte, ihr Gesicht spiegelte für einen Augenblick Unverständnis, dann hellte es sich auf, ja – sie lächelte.

„Sie wollen damit sagen, es liegt nicht an mir? Mit meinem Kopf ist alles in Ordnung? Die Zeit stimmt, es ist tatsächlich Vormittag, es kommen auch sicher gleich alle zum Essen, es hat nur eben einen Todesfall gegeben?"

Frau Gütlicher nickte, auch wenn ihr Lottes Reaktion befremdlich vorkam.

„Ja, leider ein Todesfall, ein ganz besonders tra..."

„Jaja," unterbrach Lotte, „media vita in morte sumus. Mitten im Leben sind wir vom Tod umfangen. Traurig, aber so ist es. Wir müssen alle eines Tages gehen, nicht wahr? Wer ist es denn diesmal?"

„Herr Tetzel, Frau Askoleit. Es ist Herr Tetzel."

„Das kann nicht sein. Das ist unmöglich."

„Doch, liebe Frau Askoleit. Leider. Ich selbst war unglücklicherweise diejenige, die es entdeckt hat."

Ihre Stimme hatte mit einem Mal wieder diese Atemlosigkeit. Sie zwang sich, ruhig durch die Nase zu atmen.

„Aber am Samstagabend saß er doch noch vor dem Fernseher. Ich wollte ihm … Ach, nichts …"

Lotte schnaufte schwer. Frau Gütlicher hatte für einen Moment ihre Hand stützend unter Lottes Ellenbogen gelegt.

„Woran ist er denn so plötzlich gestorben?"

Frau Gütlicher löste ihre Hand wieder von Lottes Arm, sie stand mit dem Rücken zum Sommerlicht, das kühl von der Nordseite des Waldes in die Eingangshalle flutete. Ihre drahtigen, geraden grauen Haare standen wie ein Heiligenschein rund um ihren Kopf ab, im Gegenlicht sah ihr Gesicht fast weiß aus. Ihre beiden Arme hingen schlaff nach unten.

„Es ist leider so, Frau Askoleit, dass er ermordet wurde. Aber er ist nicht mehr hier. Seine Leiche – sie ist verschwunden. Nur noch ganz viel Blut in seinem Apartment …"

Sie war eine routinierte Frau. Kräftig und zupackend, in vielen Jahren mit Schwächeanfällen, Kollapsen und Schwindelattacken vertraut, und so war sie zur Stelle, fing Lotte auf, schleifte sie halb zum nächsten Sofa, legte ihren Kopf tiefer, die Beine höher, befahl ihr, tief durchzuatmen, und sich selbst, das auch zu tun und nicht mehr an diese angetrockneten schwarzen Lachen auf dem Fußboden von Herrn Tetzels Zimmer zu denken.

Und so machte sie sich selbst und der kreidebleichen Lotte Askoleit wieder Mut, tupfte mit einem Tempotaschentuch aus ihrer Manteltasche Lottes Stirn, half ihr wieder zum Sitzen auf, reichte ihr den Stock, der ihr aus der Hand gefallen war, blieb noch einen Moment neben ihr stehen, als sie sich wieder aufrichten konnte, ging vorsorglich ein paar Schritte mit ihr, bis Lotte versicherte, nun sei wieder alles gut und sie, Frau Gütlicher, solle doch nun um Gottes willen endlich nach Hause gehen, nach diesem schrecklichen Erlebnis.

Und so verabschiedete sich Frau Gütlicher und lief, die Hände in den Manteltaschen, mit den ihr eigenen ausgreifenden Schritten Richtung Ausgang, endlich fort.

Lotte stand noch ein paar Augenblicke, sie fühlte sich schwach, die Beine zitterten und es schien ihr, als pulse ihr Herzschlag laut in den Ohren. Aber dann fasste sie ihren Stock und lief los. Wahrscheinlich, dass die Polizei noch im Hause, ja in seiner Wohnung war. Sie hatte eine wichtige Aussage zu machen.

Spätestens am Übergang zum rückwärtigen Wohntrakt wusste sie, woher dies vage Stimmengewirr gekommen war. Es war mittlerweile in ein vielstimmiges, dennoch gedämpftes Redegewirr übergegangen, unterlegt von gelegentlichen erregten, schrill klingenden Ausrufen. Hier also waren all diejenigen, die sonst vor den Türen des Speisesaales warteten. Offensichtlich hatte sich die Nachricht wie ein Lauffeuer herumgesprochen. Nur sie, Lotte, hatte mal wieder nichts mitbekommen.

Von wegen Aussage machen! Der Trakt des Flures zu Herrn Tetzel, den sie am Samstag im abendlichen Dämmerlicht so alleine entlang gegangen war, war mit einem rotweißen Plastikband abgesperrt. Eine der Türen auf der rechten Seite, wo die Etagendame ihr kleines Büro hatte, stand offen. Weiter hinten im Gegenlicht knieten zwei Männer in weißen Schutzanzügen auf dem Fußboden, fotografierten und sammelten etwas in Plastiktütchen.

Die Türe zu Herrn Tetzels Apartment war geschlossen, die anderen Wohnungstüren standen zumeist offen, einige Bewohner lehnten in den Türen. Offensichtlich ließ man sie nicht in den Flur hinaus. Ein Mann in Zivil mit unförmigen Plastiküberziehern an den Füßen kam gerade aus einer der Wohnungen heraus und rief:

„Meine Herrschaften – noch einmal: Bleiben Sie in Ihren Wohnungen, die Spurensicherung ist noch bei der Arbeit. Bitte den Flur nicht betreten! Wir kommen der

Reihe nach in Ihre Wohnungen und nehmen Ihre Aussagen zu Protokoll. Einer nach dem anderen! Ich muss Sie vorerst aber noch um Geee-duld bitten."

Seine Stimme klang schneidend und gereizt. Lotte kannte ihn. Das war Kommissar Groß. Ein alter Schulfreund von Jürgen.

Lotte drängte sich bis zu dem Absperrband vor. Gerade nahte aus dem kleinen Stationszimmer ein junger Polizist – auch er mit Plastiküberschuhen. Er hatte ein Klemmbrett mit beschriebenem Papier in der Rechten, sein Kopf war gesenkt, er kam näher, die Augen auf den Fußboden geheftet.

Lotte streckte den Arm über das Absperrband nach ihm aus und rief laut und deutlich:

„Hallo!"

Er reagierte nicht. Wie redete man ihn an? Herr Wachtmeister, das klang so komisch.

Sie versuchte es noch einmal:

„Entschuldigung! Hallo!"

Er zeigte wieder keine Reaktion, drehte sich vielmehr direkt vor ihr um, ging in die Knie und starrte den Fußboden an. Sie sah seinen gebeugten Rücken und er erinnerte sie an einen großen grünen Frosch.

Es blieb ihr nichts anderes übrig, als ihren Stock zu nehmen und ihn über das Absperrseil hinweg von hinten sachte anzustupsen. Er fuhr hoch und herum und starrte sie mit gerötetem Gesicht an, auf dem sich hektische Flecken gebildet hatten. Er war noch sehr jung.

„Tut mir le-i-j-d, Herr Wachtmeister, das mit dem Stock", sagte Lotte, „aber ich muss dringend eine Aussage machen." Wenn sie aufgeregt war, brach manchmal ihr ostpreußischer Dialekt durch.

Die Stressflecken auf seinem kindlichen Gesicht reichten von den Wangenknochen bis zum Hals.

„Ich muss den Kommissar sprechen. Ich kenne ihn gut."

„Wohnen Sie auf dieser Etage?"

„Ne-i-j-n, aber ..."

„Sie kommen alle noch dran. Wir brauchen von jedem von Ihnen eine Aussage. Aber gedulden Sie sich bitte, bis wir die wichtigsten ..."

„Es ist wichtig!"

„Ja?"

Der Junge mit seinem Klemmbrett kam dicht ans Absperrseil, die Umstehenden drängten sich um Lotte, um sich kein Wort entgehen zu lassen.

„Ich heiße Askole-i-j-t. Aus dem vierten Stock. Ich fühle mich verpflichtet, Ihnen das gle-i-j-ch zu erzählen. Ich weiß nämlich, dass Herr Tetzel vorgestern Abend noch lebte. Er hat ferngesehen."

„So? Und?", machte der junge Polizist und wartete.

„Ja, er lebte noch!", wiederholte Lotte nochmals mit Nachdruck.

Der Polizist atmete tief durch, zählte bis fünf, wie er das auf der Polizeischule gelernt hatte, und sagte dann: „Das war's?"

„Ja", sagte Lotte. „Er hatte den Fernseher ziemlich laut gestellt. Das ist doch wichtig."

Der junge Polizist zählte im Stillen noch einmal bis fünf und sagte dann:

„Natürlich ist das wichtig. Ich notiere es sofort. Danke fürs Erste für Ihre Aussage. Wir kommen darauf in den nächsten Tagen zurück."

Er wusste inzwischen von der linken Nachbarin des Toten, dass der seine schmutzigen Schuhe gerne vor dem Apartment abgestellt habe, was die Stiftsordnung verbiete. Von der rechten Nachbarin hatte er erfahren, dass der Tote oft abends noch nach elf Uhr geduscht habe und dass dies ebenfalls gegen die Stiftsordnung verstoße. Und die übernächste hatte zu Protokoll gegeben, dass der Tote dem letzten Stiftsfasching unentschuldigt ferngeblieben war. Offenbar wusste man hier alles über seine Nachbarn – und nichts. Das mit dem Fernsehen würde er sich notieren.

Er wandte sich zum Gehen, denn der Kommissar am anderen Ende des Flures winkte ihm gebieterisch.

Lotte war gekränkt. Schließlich und endlich ging es ja um die Todeszeit. Dieser junge Polizist hatte offenbar keinerlei Erfahrung und an den Kommissar kam sie nicht heran. Aber Jürgen, Jürgen kannte diesen Kommissar doch aus der Schulzeit. Jürgen musste helfen. Sie würde ihn jetzt sofort anrufen.

Aber dann kam ihr in der großen, leeren Eingangshalle Frau Dr. Grabert, ehemalige Französischlehrerin an einem hiesigen Gymnasium, entgegen. Sie trug ein knöchellanges, gebatiktes Gewand in einem durchdringenden Orange, das ihr rotes Haar noch roter machte. Es war unmöglich, ihr in der leeren Halle auszuweichen.

„Endlich", tönte Frau Dr. Grabert ihr mit durchdringender Stimme entgegen und ihr weites, luftiges Gewand blähte sich beim Näherkommen, „endlich passiert in diesem Altersheim mal etwas."

Sie schien den tragischen Vorfall eher von der dramaturgischen Seite zu nehmen.

„Die meisten werden es bedauern, nehme ich mal an, dass es ausgerechnet einen Mann erwischt hat. So viele gibt's hier oben ja sowieso nicht."

Sie machte eine kurze Pause und setzte dann trocken hinzu:

„Na, mir kann's egal sein."

Lotte hatte zwar die angeborene Fähigkeit, Dinge, die sie nicht wahrhaben wollte, einfach zu verdrängen. Aber dass Frau Dr. Grabert in ihren – nun ja – Neigungen in eine andere Richtung tendierte, war ein offenes Geheimnis.

„Gehen Sie mit mir essen? Ich habe zwar keine Ahnung, was sie uns heute wieder vorsetzen, aber was soll's. Kommen Sie!"

Frau Dr. Grabert sagte das mit der Bestimmtheit einer Pädagogin, die es in jahrzehntelanger Unterrichtspraxis gelernt hatte, keinen Widerspruch zu dulden.

Der Speisesaal war gähnend leer. Alle Senioren drängten sich offenbar noch vor dem Absperrband.

Frau Dr. Grabert nahm Platz, griff in den sehr geräumigen Lederbeutel, den sie meist mit sich führte und in dem sich immer mindestens zwei angebrochene Päckchen mit Zigaretten und mehrere Einwegfeuerzeuge befanden, holte ihre Rotweinflasche hervor und knallte sie auf den Tisch.

Es war ihr in hartem Nahkampf mit dem Stiftsleiter erstrittenes Recht, dass sie als Einzige beim Mittagessen ihren Tischwein mitbringen durfte. Sie hatte erklärt, sie sei dies aus ihrer Studienzeit in Frankreich so gewöhnt und nur so fühle sich dem Stiftsessen gewachsen.

„Was gibt's denn heute? Noch mal indische Schonkost? Oder heute zur Abwechslung etwas aus der teutonischen Küche?"

Sie lachte kehlig und goss sich Rotwein ein.

„Saure Z..."

„Ich habe Sie nicht verstanden, Frau Askoleit. So sprechen Sie doch laut und deutlich, bitte schön!"

„Saure Z..."

„Frau Askoleit, eine pron处cierte, zwerchfellgestützte Sprechweise ist das A und O wirkungsvoller Kommunikation. Sehn Sie mal: So!"

Sie nahm Lottes Hand und legte diese unter ihren wallenden Busen auf das wallende orange Gewand.

Lotte zuckte zurück, als habe sie sich die Hand verbrannt.

„Vorsicht mal, Ihr Essen."

Eine Küchenhilfe im rosa Nylonkittel stand mit zwei schweren, rechteckigen Porzellantellern hinter den beiden. Etwas dampfte und roch nach Zwiebeln. Lotte und Frau Dr. Grabert zogen die Köpfe ein und die vierfach unterteilten, weißen Teller rumsten auf den Tisch.

„Was ist das denn?"

Frau Dr. Graberts Stimme entfaltete ihr volles Volumen.

„Saure Z...ipfel", hauchte Lotte und senkte den Kopf.

„Ha!", machte Frau Dr. Grabert. „Sagen Sie das noch mal! Wie heißt das Zeug?"

Aber dann gab sie sich selbst dröhnend die Antwort:

„Saure Zipfel? Na dann Mahlzeit."

Sie griff zu Messer und Gabel und Lotte glaubte zu bemerken, dass sie geradezu lustvoll in das blasse Würstchen stach, das da zwischen ebenfalls blassen Zwiebeln auf dem Teller schwamm.

Dr. Grabert kaute systematisch und entschlossen und noch bevor sie den ersten Bissen hinuntergeschluckt hatte, verkündete sie ihr Urteil mit vollem Mund:

„Das Essen ist zwar eine Schande, aber der Name gefällt mir."

Und dann dröhnte sie noch einmal:

„Saure Zipfel! Na dann Mahlzeit!"

Lotte stocherte lustlos zwischen Kartoffelbrei und Zwiebeln, während Frau Dr. Grabert geräuschvoll und, wie Lotte fand, mit einer sadistischen Freude aß.

Schließlich unterbrach ihre Tischgenossin einen Moment ihr Tun, sah Lotte scharf an, stach dann wieder in die sauren Zipfel, spießte einen großen Bissen auf, besah sich das blasse Stückchen Wurst mit der schrumpeligen, weißlichen Pelle und sagte zu Lotte gewandt:

„A propos, ma chère, woran ist das arme Würstchen denn eigentlich gestorben?"

Da stand Lotte grußlos auf und verließ fluchtartig die sauren Zipfel und Frau Dr. Grabert.

In ihrem Apartment lehnte sie ihren Stock gegen die Türe und griff sofort zum Telefonhörer, denn es war höchste Zeit, etwas zu unternehmen.

„Ich weiß, dass Sie die Tante sind. Aber der Herr Oberarzt ist im Moment unmöglich zu sprechen."

Lotte kannte diese Ausreden:

„Sie wollen mir doch nicht erzählen, dass mein Neffe um diese Zeit schon zu Tisch ist?!"

„Im Gegenteil. Er macht gerade eine Koloskopie. Worum geht es denn mal wieder?"

„Es geht um einen Mord. Ich muss dringend den Kommissar sprechen!"

„Tut mir leid, aber hier ist nicht die Polizei. Sie sind mit dem Universitätsklinikum verbunden. Gastroenterologie. Wir haben zu tun hier! Wiederhören."

Fünf Minuten später war Jürgen in der Leitung:

„Die Schwester sagte mir, du redest wirres Zeug. Sie sagte, du wärest der Meinung gewesen, mit dem Kommissariat zu telefonieren. Ist alles in Ordnung mit dir, Tante Lotte? ... Ein Mord? ... Bei euch da oben? ... Bist du sicher, dass mit dir alles stimmt? ... Ganz sicher? Na gut. Und jetzt? ... Du willst Manni deshalb unbedingt sprechen? Wieso denn das? Nein, nein, erklär mir das lieber ein andermal. Ich habe noch Patienten. Ich ruf Manni an und sage ihm, dass er bei dir vorbeikommen soll, wenn du meinst, dass es so dringend ist. Nein, nein, erzähl das nicht mir, erzähle ihm das alles. Und vor allem: Reg dich nicht auf. Das ist nicht gut für dich. Geh doch erst mal essen. Ich versuche inzwischen, Manni zu erreichen. Was gibt's denn heute bei euch zu essen? Ich versteh dich nicht! Saure Zipfel? Das ist doch wunderbar. Tante Lotte? Bist du noch dran? Nein. Na gut. Dann nicht."

Er legte den Hörer auf. Er merkte, dass er Hunger hatte.

Memento III

Vom Sternbild ist er Waage. Man sagt den Waagegeborenen eine besondere Fähigkeit nach. Sie seien in der Lage zu lieben, ohne Bedingungen zu stellen.

Der fünfzigste Geburtstag wird sein letzter sein. Ist man mit fünfzig Jahren alt genug zum Sterben? Das kommt darauf an, was man erlebt hat. An diesem letzten Geburtstag hat er jedenfalls keinen Grund zum Feiern. Oder vielleicht doch? Es geht ihm besser. Seine Verletzungen sind verheilt. Seine Schwester kümmert sich um ihn. Eine eigene Familie hat er nicht. Keine Frau, keine Kinder, obwohl er selbst mit vielen Geschwistern groß geworden ist. Aber es hat sich eben nicht ergeben. Er ist ein pflichtbewußter Mensch. Er tritt seinen neuen Dienst in einer Stadt an, die er kaum kennt.

Er hat noch genau eine Woche zu leben. Von Montagmorgen bis zum nächsten Montagmittag, gegen vierzehn Uhr.

Er bezieht ein rotes Backsteingebäude in der Schillerstraße, strafft die Schultern und übernimmt das Kommando.
Zum Schlafen bleibt kaum Zeit.

VI

Die Spurensicherung war immer noch bei der Arbeit.

Manfred Groß besah sich das Arsenal von Beutelchen, das vor ihm auf dem Tisch lag: Küchenabfälle aus dem ausgeleerten Müllsack, in den der Täter die Leiche gesteckt hatte, mehrere Plastiktütchen mit dünnen, langen Kiefernnadeln, über deren Herkunft er nur allzu gut Bescheid wusste, ein Säckchen mit stinkendem Fisch und – in der Ecke des kleinen Büros – eine schwergewichtige, plastikverhüllte Rolle.

Der Stiftsleiter hatte ein durchdringendes Lamento angestimmt, als er, hinter der Absperrung stehend, mit ansehen musste, wie die Beamten den Teppichboden von der Wohnungstüre Tetzels bis zum Hinterausgang aus den Randleisten rissen, um ihn in Plastik zu packen und ins Labor zu überstellen. Blutreste waren schließlich schon mit bloßem Auge zu erkennen.

Zuletzt hatte man auch den Bewohnerinnen und Bewohnern des gesperrten Flurtrakts erlaubt, endlich aus ihren Zimmern zu kommen, und auch das rotweiße Sperrband entfernt. Nun hasteten die einen ausgehungert Richtung Speisesaal, die Schaulustigen von der anderen Seite zog es magnetisch Richtung Tatort, obwohl es da nichts zu sehen gab.

Die Türe zu Tetzels Apartment war geschlossen. Was die Spurensicherung da drinnen noch immer zu tun hatte, das sah man nicht. So blieb nur, im gelblichen Licht des Flures, der durch den herausgerissenen Teppichboden und die klebrigen Gummireste seines Untergrunds provisorisch und trostlos wirkte, über Tetzel zu sprechen.

Manfred Groß hatte erst einmal genug. Sein Rücken juckte ihn. Vermutlich steckten da hinten immer noch Nadeln in seinem Hemd. Er fühlte sich wie ein vertrocknender Weihnachtsbaum. Vielleicht sollte er einfach mal duschen und eine Kleinigkeit frühstücken.

Außerdem wieselte dieser junge Kollege mit einem aufdringlichen Diensteifer um ihn herum, stellte Fragen, entwickelte ungefragt Theorien zum Tathergang und zu den bisher befragten Zeugen. Dabei hatte, nach derzeitigem Kenntnisstand, kein Einziger der Nachbarn irgendeinen sachdienlichen Hinweis geben können.

Der Kommissar wusste mittlerweile nur, dass vorgestern Abend eine gewisse Carmen Nebel in der ARD die Sendung „Unsterbliche Lieder einer Sommernacht" in einem azurblauen Seidenkleid moderiert hatte und dass André Rieu den altersschwachen Karel Gott (offenbar lebte der noch) auf seiner schluchzenden Geige zu dem Lied „Wenn bei Capri die rote Sonne …" begleitet hatte. Das zumindest waren die Informationen der weiblichen Flurbewohner. Die einzigen beiden Herren auf dem Korridor hatten „Kommissarin Bella Block" geschaut. Der eine hatte ausgesagt, die ZDF-Polizistin erinnere ihn an seine dominante Mutter, der andere hatte zugegeben, dass er erst wieder zu den Spätnachrichten aufgewacht sei.

Die Sache ließ sich nicht gut an.

„Das wär's erst mal. Ich fahr jetzt ins Kommissariat", brummte Manfred Groß zu den Kollegen, die sich um den Tisch mit den Fundsachen versammelt hatten.

„Ihr macht hier weiter."

Die anderen nickten gottergeben. Wie viele Alte lebten hier? Es konnte Tage dauern, bis man aus ihren weitschweifigen Erzählungen herausgefiltert hatte, was jeder Einzelne in den zurückliegenden achtundvierzig Stunden getan hatte und wer Tetzel gesehen hatte, seit er das letzte Mal beim gemeinsamen Mittagessen gesessen hatte.

Der junge Kollege drängelte schon wieder voll Diensteifer, ob er den Herrn Kommissar begleiten dürfe, das taktische Vorgehenskonzept in diesem ungewöhnlichen Fall interessiere ihn sehr.

Der Kommissar kratzte sich und knurrte:

„Nichts da, Sie bleiben hier", und machte sich aus dem Staub.

Er lief mit gesenktem Kopf und so energischen Schritten, dass niemand auf dem Flur ihn anzusprechen wagte.

Hinter der Windschutzscheibe seines Wagens im absoluten Halteverbot und neben der Tagetes-Rabatte klemmte ein Strafzettel. Welcher Idiot …? Na klar, das war bestimmt der Neue, dieser servile Frosch gewesen. Er zerknüllte den Strafzettel und warf ihn zwischen die gelben Tagetes-Pflänzchen.

Schon klar, der Weg ins Kommissariat führte nicht zwangsläufig über seine Wohnung. Aber er musste dies Kratzen und Piksen in seinem Rücken loswerden – und diesen Geruch von schaler Luft, Zwiebeln und Mottenkugeln, der sich in den letzten Stunden wie ein klebriger Film über ihn gelegt hatte.

Carla war sicherlich längst weg. Für einen Moment, während er aus der Einfahrt des Stifts nach rechts, hinab in die Stadt, abbog, flammte in seiner Erinnerung das Feuer der letzten Nacht wieder auf. Carla hatte ihm zugeflüstert, in Italien trage man zu besonderen Anlässen rote Unterwäsche.

Er ließ das Seitenfenster herunter, um den kühlen Fahrtwind hereinzulassen. Unglaublich, was man in seinem Alter noch erlebte. Hätte er sich selbst gar nicht zugetraut.

Er gab Gas, drehte das Radio auf und summte den nächsten Sommerhit mit, den der Moderator gerade angesagt hatte. Ein Ohrwurm, der sich in seinem Kopf festsetzte und den er noch immer vor sich hin pfiff, als er seine Wohnungstüre aufschloss.

Schon im Gehen knöpfte er sein verschwitztes Hemd auf, griff zur Gürtelschnalle, zog das Gürtelende heraus, öffnete die Hose, war schon auf dem Weg zum Badezimmer und zur ersehnten Dusche, da bemerkte er, dass Carla immer noch in seinem Bett lag. Sie sah ihn katzenhaft an, schnurrte irgendetwas in sein Kissen und kullerte auf die Seite.

Nein, er sah gar nicht hin, brummte nur etwas von „schwierigem Fall“, „schnell wieder weg“, und „geh nur rasch duschen“ und schloss die Badezimmertüre hinter sich.

Als er tropfnass den Duschvorhang wieder zurückzog, stand sie vor ihm. Mit olivfarbener Haut, dem Wasserfall von dunklem Haar, der ihre nackte Schulter bedeckte, dem warmen Geruch von Schlaf in ihren Achselhöhlen und dem Feuer, das ihn blitzartig ansprang. Er nahm sich nicht einmal die Zeit, sich abzutrocknen.

Sein Handy hörte er nicht. Er war in einen entrückten, erschöpften Halbschlaf gefallen, verschlungen in Carlas schweißnassen Körper. Sie löste sich von ihm, tappte barfuß über den Fußboden, wühlte im Bad in seiner Hose und brachte ihm sein immer noch quäkendes Handy.

„Was ist denn los, verdammt? Was soll das heißen – ob ich verschollen bin? Bin eben auf dem Weg ins Büro aufgehalten worden. Was ist denn jetzt schon wieder passiert? Am Weiher?"

Dann sagte er nichts mehr. Carla setzte sich auf die Bettkante, beugte sich zu ihm, ließ ihre Finger durch sein Brusthaar krabbeln und hatte plötzlich eine Kiefernnadel in den Fingern, mit der sie kokett von seinem Bauchnabel abwärts strich.

Manfred Groß setzte sich mit einem Ruck auf, schob ihre Hand weg und fuhr sie so unwirsch an, dass ihre Katzenaugen ganz schwarz wurden:

„Hör doch mal auf mit dem Getue, Carla! Ich muss wieder los! Wo ist meine Hose?", und in Richtung Telefon: „Was? Ach, ihr seid noch in der Leitung? Nein, nein, nichts ist los. Ich war sowieso schon unterwegs ..."

Die örtliche Feuerwehr und die Wasserwacht hatten vor Johanni gemeinsam den gewaltigen Holzstoß am Weiher aufgerichtet. Eine Arbeit, die eine jahrelange Erfahrung verlangte. Erst die dicken Stämme, wie ein komfortables, kreisrundes Indianerzelt. Dann eine Schicht mit Paletten, senkrecht gestellt, dann das nächste Indianerzelt. Holzstangen, dicht an dicht, immer höher, bis sich die längsten Stangen ganz oben zu einem runden Fächer gegen den Himmel öffneten und der gewaltige Holzstoß aussah wie ein riesiger, auf den Kopf gestellter Rosenstrauß, dem jemand die Blüten abgehackt hatte.

Das Feuer der letzten Nacht hatte die ganze, meterhohe Konstruktion in sich zusammenknicken lassen. Geblieben war nur ein wirrer Haufen von knapp armlangen Holzstümpfen, deren verkohlte Oberfläche wie die schrumpelige Gesichtshaut alter Frauen aussah. Der schwarz verglühte Rasen ringsum war matschig und schmierig von der Löschaktion aus den vielen Schläuchen letzte Nacht.

Nun war man dabei, in Gummistiefeln endlich Ordnung zu schaffen. Die Köpfe waren noch schwer vom Bier und vom schlechten Rotwein, denn irgendwann war keine Gefahr mehr von dem langsam verglühenden Feuer ausgegangen und auch die Brandwache hatte damit begonnen, nunmehr ausschließlich den eigenen Durst zu löschen.

So stapfte man mit wummerndem Kopf in der schwülen Sonne des Nachmittags und dem modrigen Geruch, der bei diesem Wetter vom Wasser herüberzog, durch die Aschereste und sammelte das verkohlte Holz in ein paar Schubkarren.

Bis einer der Jungs, die sonst regelmäßig auf dem erhöhten Ausguck am Weiherrand saßen und die Badenden beobachteten, einen dieser schwarzen Stümpfe aufhob und in der Hand ein anderes Gewicht spürte als eben noch. Schwerer und auch härter. Kein Holz. Ein stabiles Gestänge, kohlschwarz. In der Mitte ein mehrgliedriges Scharnier, unten etwas Ähnliches. Der unterste, kürzeste Teil des Gestänges stand in nahezu rechtem Winkel ab. Das Ganze sah aus wie das Bein eines Robotermenschen aus einem Science-Fiction-Film.

Der Wasserwachtler stieß einen unbestimmten Laut aus und ließ das Ding fallen. Es schlug mit einem matten Geräusch auf dem weichen Teppich von Asche und Holzrestchen auf. Das Gelenk in der Mitte spannte sich im Aufschlag auf den Boden. Etwas, das aussah wie die Zehen eines Fußes, stand nun aus der Asche hoch. Der junge Wasserwachtler winkte aufgeregt seine Kollegen herbei. Die konnten nicht so recht glauben, was da lag. Aber dann riefen sie die Polizei.

Kommissar Groß musste seinen Wagen fast an der gleichen Stelle abstellen wie am Vorabend, als er mit Carla hier diesen unvergesslichen Abend erlebt hatte. Der schmale Durchlass am Zugang zum Weiher war nicht breit genug für seinen Wagen. Hier passten höchstens zwei Fußgänger aneinander vorbei.

Die Kollegen von der Spurensicherung hatten mal wieder gepennt. Oder hatten sie absichtlich das Absperrgitter für die Notfallfahrzeuge wieder geschlossen, um ihn in den Genuss eines Fußmarsches kommen zu lassen?

Er lief ärgerlich an mehreren verwitterten Gebäuden mit feucht-grauem Putz entlang. Es roch nach Urin und Pommes frites. Vorbei am stählernen Ausguck der Wasserwacht dicht an dem See, den Umkleidekabinen, den Toiletten und dem Imbiss-Stand verlief der Weg am Weiher entlang bis zum Bootsverleih und weiter Richtung Campingplatz, auf dem in dieser Jahreszeit Scharen von holländischen Durchreisenden wie Zugvögel auf der Rast für eine Nacht auf dem Weg nach Süden einfielen. Noch vor dem Campingplatz lag der Feuerplatz von letzter Nacht.

Wo, verdammt, war die Spurensicherung? Keine Absperrseile, keine neutralen Dienstfahrzeuge, kein Streifenwagen, keine weiß vermummten Gestalten, die Gegenstände in Plastiktütchen sammelten und alles fotografierten – nur ein paar übernächtigte Gestalten, die um die verkohlten Reste eines archaischen Feuerrituals herumstanden.

Die Wasserwachtler hatten sich die Wartezeit und den Schrecken über ihren Fund – denn was da lag, das ähnelte doch ziemlich einem skelettierten menschlichen Bein, nur stahlschwarz und mit ein wenig weißer Asche überpudert – mit dem gestern übrig gebliebenen Biervorrat vertrieben. So standen sie mit ihren lauwarmen Bierflaschen im Kreis und sahen den Kommissar alarmiert, aber auch vorwurfsvoll an. Einer tippte mit der Unterkante seiner Bierflasche auf seine Uhr und knurrte:

„Das hat jetzt eine Dreiviertelstunde gedauert, bis sich von euch mal einer blicken lässt."

Manfred Groß knurrte nur. Er näherte sich, so weit es ging – ohne dass er sich seine hellen Lederschuhe versaute –, dem schwarzen Feuerkreis.

Viel war ja nicht von dieser lodernden Feuersäule übrig geblieben, wenn man es bei Licht betrachtete. Ein Haufen Kohlestümpfe, Löschwassermatsch und Aschereste. Scheiße, jetzt waren die Lederschuhe doch versaut.

Das da in der Mitte, das sah tatsächlich verdammt noch mal wie ein Bein aus. Allerdings rappeldünn, wie ein schwarzes Skelett.

Die Wasserwachtler sahen ihn erwartungsvoll und sensationsheischend an.

Manfred Groß' Miene war undurchdringlich. Er war todmüde. Irgendwie fühlte sich seine untere Körperhälfte wie Pudding an. Er hatte keine Lust auf noch einen komplizierten Fall und immer noch nichts gegessen. So brummte er nur:

„Holt mir einer mal da vorne einen Kaffee und eine Portion Pommes und macht die Zufahrt für die Spurensicherung auf?"

Die Wasserwachtler waren es offensichtlich gewohnt, Befehle gemeinschaftlich auszuführen, denn sie machten sich geschlossen auf den Weg Richtung Imbissbude (wegen der Pommes für den Kommissar), Toilette (wegen des warmen Flaschenbieres) und Zufahrt (wegen der zu erwartenden Einsatzfahrzeuge).

Manfred Groß blieb alleine an der toten Feuerstelle

zurück. Er umrundete die große schwarze Narbe, die die Flammen in den Rasen gebrannt hatten, ging in die Knie, starrte Richtung Mitte, wo das schwarze Gestänge lag.

Da hörte er, wie hinter ihm etwas kläffte. Jemand schrie. Dann schoss ein niedriger, schwarzweiß gefleckter Kugelblitz an ihm vorbei, durchpflügte die Asche, schnüffelte, bellte begeistert, schnappte sich ein Stück verkohltes Zeug, stob durch die Asche Richtung Wasser, schoss kläffend über das schmale Sandstück, das den Übergang zum Wasser markierte, und paddelte mit allen vieren, den Kohlerest im Maul, Richtung Seemitte. Irgendwo hinten stand ein Hundehalter und schrie.

Manfred Groß schrie auch: „Dies ist ein Tatort!", schrie er. „Holen Sie Ihre gottverdammte Töle zurück! Hat der ein Stück Holz im Maul oder ist das etwa ein Knochen? Wo bleibt die Spurensicherung?!"

Auch der Hundehalter hinter ihm schrie. Er schrie nach seinem Hund. Aber die Töle reagierte nicht. Sie paddelte mit ihrer Beute im Maul Richtung Seemitte. Manfred Groß wünschte dem Vieh, es möge an den Blaualgen krepieren.

Hinter ihm hupte es. Er drehte sich um. Na endlich, die Kollegen von der Spurensicherung.

Die Fahrertüre schlug auf, heraus sprang eine Gestalt, die in einem schneeweißen Einmal-Overall steckte. Manfred Groß erkannte das Gesicht sofort. Es war der junge Kollege, dieser servile Frosch aus dem Altersheim.

Der Frosch lächelte diensteifrig:

„Alle Mann sind noch im Stift beschäftigt. Da hab ich mir einen Overall geschnappt und bin schon mal losgefahren."

Er sah den Kommissar um Anerkennung heischend an.

Manfred Groß wollte etwas raunzen, aber da kamen die Wasserwachtler zurück. Einer von ihnen reichte ihm eine spitze Papiertüte, auf deren Oberfläche sich fettige Flecken abzeichneten und die an einigen Stellen rote Ketchupflecken durchschimmern ließ. Manfred Groß griff mit bloßen Fingern zu. Die Fritten waren glutheiß und versalzen. Seine Zunge brannte. Zumindest an dieser Körperstelle schien noch Leben zu sein.

Er wollte sich gerade die Tasse mit dem heißen Kaffee reichen lassen, da schnärrte in seiner Hosentasche das Telefon. Er kramte mit fettigen, salzigen Fingern danach.

Aber es war nicht etwa die Leitstelle, die endlich Verstärkung ankündigte, es war Dr. Jürgen Kallfels.

„Jürgen, du? Lange nichts mehr von dir gehört. Sorry, aber es passt leider im Moment gerade überhaupt nicht“, sagte Manfred Groß. (Eigentlich war das ja Jürgens Standardantwort, wenn die Tante anrief.)

„Ärger? Das kann man wohl sagen“, Manfred Groß fuhr sich durch die Haare:

„Das ist schon der zweite Tatort an diesem Tag. Ich habe schon zwei Leichen. Oder ist es nur eine? Bei Licht betrachtet habe ich eigentlich noch gar keine … Nein, ich bin nicht besoffen. Das ist nur eine verdammt verzwickte Sache hier. Und von meinen Leuten ist auch noch keiner hier. Jedenfalls niemand, den man gebrauchen könnte.“

Er warf dem Jungen einen bösen Blick zu.

„Aber halt mal, Jürgen, wenn ich dich schon an der Strippe habe: Vielleicht kannst du mir für den Moment weiterhelfen. Du bist doch sicher noch in der Klinik um diese Zeit? – Das dachte ich mir. Ich habe hier nämlich gerade etwas gefunden. Sieht aus wie ein Bein. Ich nehm das gleich mit ins Labor. Kannst du zuvor einfach mal einen Blick drauf werfen? Ich weiß, du bist kein Gerichtsmediziner. Ich möchte auch nur wissen, ob das hier eine ernste Geschichte wird. Kann ich dich anpiepsen lassen, wenn ich an der Klinik bin?"

Er nickte zufrieden. Sein Zeigefinger hinterließ auf der Aus-Taste seines Handys einen hässlichen, fettigen Abdruck.

Gedankenverloren griff er nach der Kaffeetasse, die einer der Wasserwachtler ihm hinhielt, nahm einen großen, gierigen Schluck, ächzte, spuckte die glühend heiße Flüssigkeit samt einem Rest durchgekauter Kartoffelstückchen ins Gras und versank wieder in Schweigen. Er hatte große Lust, sich jetzt ins Bett zu legen, alleine, ohne Carla, ausnahmsweise. Zur Abwechslung mal wieder ungestört schlafen … Jemand neben ihm räusperte sich.

„Ähm", machte Manfred Groß, „also …"

Er verstummte wieder. Der weiße Overall des Jungen knisterte. Auch die Wasserwachtler wandten ihm ihre Gesichter zu.

„Ähm", machte Manfred Groß noch einmal. „Also, wie gesagt …" Die anderen sahen ihn erwartungsvoll und verständnislos an. Schließlich deutete er, ein rot verschmiertes Frittenstück zwischen den Fingern, erst in Richtung auf den jungen Kollegen, dann auf den schwarzen Feuerkreis und raunzte schließlich:

„Fotografieren Sie alles und dann packen Sie mir dies Eisendings ein. Ich bring es selbst zu den Kollegen … Und passen Sie mir auf, dass hier kein Hund rumschnüffelt und so … Und fragen Sie nach, wo die Spurensicherung bleibt ... Und asservieren Sie alles, jedes Fitzelchen … Und bezahlen Sie meinen Kaffee … Ich geh dann schon mal."

So verließ Manfred Groß den zweiten Tatort dieses

Tages. Der junge Kollege sah ihm stolz, aber auch unsicher nach. Er war jetzt die Staatsgewalt. Er trug hier vor Ort die Verantwortung. Sehr schön. Aber wo blieben die anderen? Er fühlte sich unwohl in seiner Rolle. War er jetzt der Einsatzleiter? Die Wasserwachtler sahen ihn misstrauisch und geringschätzig an.

Manfred Groß aber lief davon wie ein Schlafwandler. Unter dem Arm trug er das Eisendings, das der junge Frosch-Kollege in eine durchsichtige Plastikfolie gesteckt hatte. Erst zu Jürgen, dann ins Bett. Nein, das ging ja nicht. Erst noch das Eisendings im Labor abliefern.

Er betätigte die Fernbedienung an seinem Autoschlüssel, die Rücklichter flammten kurz auf, er bediente mit der Linken den Schnapper für den Kofferraum. Verdammt, da waren ja noch die Picknicksachen von letzter Nacht. Egal. Er legte das Eisendings dazu. Dann fuhr er zur Klinik.

Jürgen war erstaunlicherweise schon ein paar Minuten, nachdem Manfred Groß ihn von der Pforte aus hatte anpiepsen lassen, an der Kliniktüre. Sein weißer Kittel spannte über dem Hosenbund, während er auf Manfred Groß zukam. Er streckte seinem alten Kumpel schon von weitem die Hand entgegen. Man sah sich viel zu selten. So viele alte Freunde hatte man ja nicht. Andererseits, immer dieser Stress …

„Du hast Ringe unter den Augen, alter Kumpel. Was ist los, Manni?“

„Zu wenig Schlaf …“

„Ärger?“

„Auch.“

„Und sonst noch was Neues?“

„Na ja – eine neue Frau ...“

„Ehrlich? Eine neue Frau? Glückwunsch! Ich dachte,

nach dem Drama beim letzten Mal …"

„Ich hab's auch nicht geglaubt. Aber sie ist toll. In jeder Beziehung …"

„Bist du hergekommen, um mir das zu erzählen?"

„Nein."

„Was dann?"

„Schaust du mal in den Kofferraum?"

„Ist das Blut oder Rotwein?"

„Scheiße, ich habs gewusst. Das ist der Rotwein von gestern Abend. Läuft natürlich genau über das Eisendings."

„Das in der Plastikfolie?"

„Ja."

„Mh."

„Wollte nur wissen, wofür du das hältst."

„Hm."

„Jetzt sag schon! Denkst du, was ich auch denke?"

„Bin kein Orthopäde."

„Aber???"

„Na ja, sieht verdammt so aus, als war's mal 'ne Beinprothese. Schaft für den Oberschenkel. Kniegelenk. Unterschenkel. Ist meistens eine Mischung aus Holz und Karbon. Am Fuß fehlt die Kunststoffummantelung. Warum ist die Prothese so schwarz?"

„Feuer."

„Und der Rest? Ich meine, der, der das getragen hat?"

„Weiß ich nicht. War vielleicht auch im Feuer. Vielleicht aber auch nicht."

„Na, mit dir möchte ich auch nicht tauschen."

„Danke jedenfalls. Hast mir sehr geholfen."

„Gerne, Manni. Schlaf dich mal wieder aus. Bist auch nicht mehr der Jüngste. Glaub mir das."

„Hm. Jedenfalls danke."

„Manni?"

„Hm."

„Weshalb ich dich eigentlich vorher angerufen habe:"

„Hm?"

„Meine Tante liegt mir in den Ohren. Will dich unbedingt sprechen. Sagt, sie müsse in einem Mordfall eine dringende Aussage machen. Keine Ahnung, worum es geht. Aber bitte, tu mir den Gefallen. Sie ruft mich sonst dauernd deshalb an."

„Heute noch?"

„Hm."

„Dachte, ich könnte ins Bett."

„Mensch, Manni, mach langsam, denk an dein Alter."

„Quatsch, nicht das, was du meinst. Einfach mal wieder schlafen. Aber klar. Mach ich, ich fahr zu ihr. Hast mir ja schließlich auch geholfen."

„Na ist doch klar, alter Kumpel."

„Also dann, Jürgen."

„Und … Manni – denk an dein Alter."

VII

Lotte Askoleit sprach mit ihrer Tomatenpflanze. Es war nur eine kleine. Sie hatte mehrere zartgelbe Blüten, kleiner als ein Fingernagel, mit sternförmigen, sich nach außen wölbenden Blütenblättern. An einer Stelle hatte sich in der Mitte schon ein stecknadelkopfgroßes, hellgrünes Kügelchen gebildet.

Es war Lottes erste Tomate. Sie überlegte, was sie damit machen würde. Auf jeden Fall würde sie die Tomate nicht zu früh ernten. Man musste Geduld haben, bis die Frucht tiefrot und prall war. Aber entscheidend war der Geruch. Er musste diese spezielle warme, sonnensatte Note haben, vorher musste man der Versuchung widerstehen, die Tomate zu pflücken.

Und dann würden sie reif werden, eine nach der anderen, ihre eigenen Tomaten … Jeden Tag würde sie eine ernten. Sie würde die Augen schließen und hineinbeißen. Kein Salz, kein Pfeffer, gleich hier auf dem Balkon. Es würde warm schmecken, saftig, süß, nach Sommer und nach früher und nicht wie diese Tomate da auf ihrem Teller.

Es klingelte. Lotte strich noch einmal über die zarten Härchen der Pflanze und stand schwerfällig auf. Na endlich. Ihre Anrufe bei Jürgen in der Klinik hatten also doch gefruchtet. Sie fühlte eine Spur Triumph, machte einen großen Schritt über die Schwelle vom Balkon ins Wohnzimmer, lief so schnell es eben ging in Richtung auf den winzigen Flur und zur Wohnungstüre und riss sie auf, ohne auch nur einen Blick durch den Türspion zu tun.

Tatsächlich, da stand er, der Kommissar. Es war also doch Verlass auf ihren Neffen. Allerdings war es fast schon sieben Uhr abends. Reichlich spät. Man hatte sie fast einen halben Tag warten lassen, bis sie endlich ihre Aussage machen konnte.

Der Kommissar stand vor der Eingangstüre. Er sah sie gar nicht an. Zwischen seinem rechten Ohr und der rechten, hochgezogenen Schulter klemmte sein Handy. Er kündigte irgendjemandem an, dass er gleich noch vorbeikommen werde, er habe da was in seinem Wagen liegen, das heute noch unbedingt untersucht werden müsse.

Er trat von einem Bein aufs andere und im Profil sah er mit seiner längst ausgewachsenen Kurzhaarfrisur aus wie ein räudiger Igel.

„Ja bitte?", Lottes Begrüßung fiel bewusst knapp aus, als er endlich sein Telefonat beendet hatte.

Er stand vor ihr, wühlte noch in seiner Hosentasche nach irgendetwas und nuschelte geistesabwesend:

„N'Abend, ich komme nur auf einen Sprung vorbei, weil Jürgen es so außerordentlich dringlich gemacht hat. Ich habe auch nur eine Minute Zeit, Frau äh, Frau ..."

„Askoleit", erwiderte Lotte hoheitsvoll, „wir kennen uns nun wirklich lange genug, Herr Kommissar."

Ja, ja, ja. Natürlich kannte er sie. Popelinhut, Dauerwelle, Stock und immer alles besser wissen. Das hatte sie mit seiner Mutter gemein. Aber der Name, ihr Name war ihm momentan partout nicht eingefallen, obwohl er ihn doch eben noch auf dem Namensschild neben der Klingel gelesen hatte. Kein Wunder nach diesem Tag.

„Jürgen meinte, Sie müssen dringend noch etwas loswerden ..."

„Ich glaube, da liegt ein Missverständnis vor, Herr Kommissar. Ich wollte eine wichtige Aussage machen. Dazu bin ich doch verpflichtet, oder?"

„Natürlich, natürlich. Deshalb bin ich ja hier. Schießen Sie los!"

„Wie meinen Sie das? Wollen Sie nicht hereinkommen?"

Manfred Groß zuckte bedauernd die Achseln: „Tut mir leid. Es gibt Tage, da überschlagen sich die Ereignisse." Und das in jeder Hinsicht, dachte er. Zwei Tatorte, dafür keine Leichen, stattdessen Carla im Übermaß ...

„Also gut, Herr Kommissar", sagte Lotte kühl, „wenn Sie sich nicht die Zeit nehmen wollen, dann werde ich wohl hier, zwischen Tür und Angel", sie deutete anklagend auf ihren dämmrigen kleinen Flur, „zu Protokoll geben müssen, was ich beobachtet habe."

Der Kommissar nickte matt und wartete. Lotte schwieg. Nach einer ganzen Weile der Stille sagte sie mit deutlicher Schärfe im Ton:

„Ich dachte eigentlich schon, dass sich die Polizei in solchen Fällen Notizen macht. Ich hatte jedenfalls eben nicht den Eindruck, dass Ihr Gedächtnis überdurchschnittlich gut funktioniert."

Was bildete sich diese alte Schachtel eigentlich ein? Gab einem das Alter grundsätzlich das Recht auf Unverschämtheiten und persönliche Beleidigungen? Hatte man, wenn man selbst schon an der Grenze der Zurechnungsfähigkeit war, das Recht, alle unter achtzig wie Schulkinder herumzukommandieren? Seine Mutter war jedenfalls auch dieser Ansicht.

Aus zahllosen Konflikten mit seiner Mutter hatte er aber auch gelernt, dass man in solchen Situationen nur eine Chance hatte: Deeskalieren. Nachgeben. Einlenken. So nickte er schwach und murmelte:

„Wissen Sie, es war ein harter Tag und er ist noch nicht zu Ende. Aber Ihre Aussage war mir so wichtig, dass ich persönlich vorbeigekommen bin. Ich werde mir sofort im Büro eine Gesprächsnotiz …"

„Gesprächsnotiz? Heißt das jetzt so, wenn man eine wichtige Aussage in einem Mordfall aufnimmt?"

„Ich bitte Sie, Frau Askoleit, ich hatte wirklich einen harten Tag. Sie sollten nicht jedes Wort auf die Goldwaage legen. Sie können versichert sein, dass Ihre Aussage..."

„Also gut." Lotte straffte sich. „Wenn das bei der Polizei heute alles so hopplahopp gehen muss, werde ich Ihnen eben hier im Flur erzählen, was ich vorgestern gehört habe."

Der Kommissar nickte gottergeben und erschöpft.

„Obwohl …", Lotte war immer noch nicht so weit und Manfred Groß entfuhr ein matter Seufzer.

„... obwohl ich gehbehindert bin und das lange Stehen …"

Manfred Groß nickte stoisch und versuchte sich an einem aufmunternden und interessierten Gesichtsausdruck.

„Also gut. Ich war Samstagabend beim Grillen bei Jürgen und Jutta. Die Zwillinge waren auch endlich einmal wieder dabei. Das ist ja gar nicht so selbstverständlich in ihrem Alter, obwohl ich finde, dass gewisse Spielregeln in jeder Familie …"

Der Blick von Manfred Groß traf sie und irgendwie hatte sie den Eindruck, das Thema interessierte ihn nicht.

„Ich will es kurz machen, Herr Kommissar. Ich sehe, die Details des Falles sind nicht Ihre Sache."

Der Kommissar schnaufte tief, sein Lächeln wirkte festgefroren.

„Es waren außerdem auch Margot und, ja, und eben

Otto da. Jürgens Eltern. An die werden Sie sich ja wohl noch erinnern, oder? Jürgen erzählte mir, dass Sie in Schulzeiten oft zu Gast waren bei der Familie Kallfels, bevor Sie dann vom Gymnasium abgegangen sind."

Das war jetzt der Gipfel der Unverschämtheit. Manfred Groß presste die Lippen aufeinander. Diese Frau Askoleit hatte eine heimtückisch-harmlose Art, einen zu beleidigen.

„Margot hatte Fischspießchen mitgebracht."

„Frau Askoleit. Ihre Detailschilderungen sind wirklich bemerkenswert. Es ist nur so ...", er sah auf die Uhr.

Lotte schwieg.

Dann sagte sie kühl:

„Ich war gerade am entscheidenden Punkt meiner Aussage angekommen."

Sie schwieg wieder. Sie schien beleidigt zu sein. Wie seine Mutter. Dabei hatte er allen Grund, beleidigt zu sein. Was ging sie seine misslungene Schulkarriere an? Aber dann raffte sie sich doch auf, weiterzureden. Klar, ihr Mitteilungsdrang war größer. Das kannte er.

„Auf dem Heimweg wollte ich die Fischspießchen Herrn Tetzel reinreichen. Sie waren köstlich. Aber er hat nicht aufgemacht. Er sah fern. Irgendeinen Kriminalfilm, eine Messerstecherei. Ich habe die Stimmen gehört. Es klang ziemlich blutrünstig. – Warum sehen Sie mich so an? Es war sehr laut. Es war nicht so, dass ich lauschen wollte, nicht dass Sie denken …"

„Frau Askoleit, ich glaube, ich würde jetzt doch gerne kurz hereinkommen."

„Sehen Sie, das hatte ich ja gleich vorgeschlagen."

Sie sah ihn vorwurfsvoll an, dann ging sie voraus, warf einen kurzen Blick auf ihre plüschgrüne Sofagarnitur, überlegte es sich dann aber anders und meinte:

„Ich muss mir ja wegen Ihnen keine Umstände machen, oder? Ich war gerade auf dem Balkon, kommen Sie doch einfach mit raus."

Der Balkon war winzig. Er ging nach Südwesten. In einer Ecke standen ein Tischchen mit einer altmodisch bestickten Decke mit Häkelbesatz, eine mickrige grüne Pflanze im Übertopf und die Reste eines Abendessens: ein klein geschnittenes Käsebrot und eine blasse Treibhaustomate auf einem Tellerchen, daneben ein spitzes Tomatenmesser. Vor dem Tisch stand ein Balkonstuhl, von dessen Armlehnen bröselige weiße Farbe blätterte, die Bespannung aus breiten Plastikstreifen hatte einen gelblichen Ton. Er erinnerte sich, dass sie früher zu Hause auch solche Gartenstühle gehabt hatten.

„Nehmen Sie doch Platz", Lotte zeigte auf ein zweites, ganz ähnliches Exemplar in der Ecke des Balkons.

Manfred Groß nahm Platz, die gelblichen Plastikstränge seufzten unter seinem Gewicht.

Der Balkon war so eng, dass er nicht einmal seine Beine ausstrecken konnte, ohne gegen die fest bestrumpften Füße dieser Frau Askoleit oder ihren Stock zu stoßen.

„Schön haben Sie's hier ..."

Die untergehende Sonne blendete ihn, aber er hatte plötzlich das instinktive Gefühl, er sollte für gute Stimmung sorgen, weil er diese Frau Askoleit womöglich noch brauchte.

„Schön haben Sie's hier ...", wiederholte er deshalb ein wenig bemüht und unsicher, „schönes Plätzchen zum Abendessen ... und ... die Sonnenblume auf dem Tisch ... sehr schön ..."

„Die Sonnenblume ist eine Tomate, Herr Kommissar. Ich dachte immer, Polizisten hätten von Natur aus eine scharfe Beobachtungsgabe."

Sie konnte es nicht lassen. Wie seine Mutter. Aber er

würde es ignorieren. Er beugte sich vor und sah die alte Dame mit ihrem wirren weißen Lockenkopf scharf an:

„Erzählen Sie mir doch bitte genau, was das für ein Film war, den Herr Tetzel gesehen hat. Wortwörtlich, wenn es geht. Erzählen Sie mir alles. Jedes Detail."

Na also. Lotte nickte kurz und zufrieden. Nun kam er ja zur Vernunft, der Kommissar.

„Es war ein Kriminalfilm. Ich mag so etwas ja nicht. Mir ist das zu blutrünstig. Ich finde heutzutage, wo sowieso überall auf der Welt ..."

„Wortwörtlich, bitte, Frau Askoleit."

„Nun ja, ich habe nur einige Wortfetzen verstanden. Es war ja nicht so, dass ich lauschen wollte ..."

„Frau Askoleit ..."

„Der eine sagte: ‚Hau ab, hau ab.' Man hörte Schreien und Rumpeln und Krachen. Dann hat er noch einmal gesagt: ‚Hau ab.' Das muss ein Kampf gewesen sein, eine Messerstecherei, irgendein Kriegsfilm, Herr Tetzel war nämlich ..."

„Frau Askoleit, ich brauche es genauer ..."

„Ich wollte ja nicht lauschen. Der eine hat dann gerufen: ‚Tu das verdammte Ding weg.' Und dann noch: ‚Tu das Messer weg!' Das hat gerumpelt, ein Stuhl ist umgefallen, dann war es still. Herr Tetzel hat den Fernseher ausgemacht."

Der Kommissar starrte sie unverwandt an, dann sagte er kurz:

„Waren das zwei Männerstimmen?"

„Ja natürlich. Ich meine, in solchen Krimis ..."

„Sind Sie sicher? Das könnte wichtig sein."

„Wieso soll ich sicher sein? Ich meine ... ich denke ... es ist doch immer so in diesen Kriminalfilmen ..."

„Haben Sie eine der beiden Stimmen erkannt?"

„Nein. Nein. Wieso hätte ich ..."

„Wie viel Uhr war es?"

„Es war schon nach halb neun. Ich weiß das, weil die hintere Eingangstüre schon zugeschlossen war und die wird immer um acht Uhr abgesperrt."

„Haben Sie eine Fernsehzeitung da?"

Auf einmal hatte der Kommissar etwas so Entschlossenes an sich, dass Lotte sich fast eingeschüchtert fühlte. Er stand mit einem Ruck auf, drängelte sich ungeniert an ihr vorbei, ging ungefragt ins Wohnzimmer, langte in die schmale Ablage unter ihrem Fernseher, zog die Illustrierte hervor, die dort lag, blätterte und fuhr dann schweigend mit dem Finger über das Programm.

Lotte sah ihn vom Balkon im matten Staubgeriesel des späten Sonnenlichts, das durch die Wohnzimmerscheibe fiel, und auf einmal war ihr unwohl. Nervös fuhr sie mit den Fingern an ihrem Stock entlang. Sie fingerte auf dem Tisch herum, fuhr über die Falten der Decke, schnippte einen Brotbrösel vom Tisch, nahm das Tomatenmesser in die Hand – und starrte auf einmal auf diese, ihre eigene blau geäderte, mit Altersflecken übersäte Hand, die das Messer hielt – so dicht über der unversehrten Haut der geschmacklosen Treibhaustomate, die sie heute Abend eigentlich essen wollte, und das Messer fiel ihr mit einem Klappern aus der Hand und schlug auf den Fliesen des Balkons auf.

Der Kommissar stand inzwischen in der Balkontüre, die Programmzeitung hatte er weggelegt. Er sah sie an.

Und Lotte Askoleit flüsterte:

„Me-i-j-nen Sie etwa, was ich da gehört habe, war gar ke-i-j-n Film, sondern ...?"

„Möglich", er antwortete zögernd. „Auf den ersten Blick passt kein Film auf das, was Sie erzählt haben."

Er sah in ihre aufgerissenen Augen.

„Aber das muss ja noch nichts heißen. Ich muss Ihnen aber leider sagen, dass der Mörder tatsächlich wohl ein Messer benutzt hat. Es gibt also Übereinstimmungen."

Lotte saß regungslos, nur ihre Unterlippe zuckte unkontrollierbar.

Der Kommissar dachte einen Moment nach, dann fragte er so behutsam, wie es ihm möglich war:

„Hat die Wohnung des Mordopfers einen Türspion?"

Erst schien die alte Dame ihm gegenüber den Sinn dieser Frage nicht zu begreifen. Doch dann bückte sie sich wortlos, wie in Trance, nach dem heruntergefallenen Tomatenmesser zu ihren Füßen. Sie schloss ganz langsam ihre Rechte um den Griff, starrte das Messer an, hob es dann plötzlich mit einem Ruck hoch und stieß es der Tomate auf dem Tisch ins Fleisch. Man hörte nichts, aber als die Klinge die pralle rote Haut durchdrang, da spritzte etwas hell und wässrig in einem dünnen Strahl heraus und rann von ihren Fingern Richtung Handgelenk.

Sie sah den Kommissar an und dann stieß sie hervor:

„Und wenn ich nun tatsächlich zufällig e-i-j-nen Mord mit angehört hätte … und wenn der Mörder mich zufällig gesehen hätte durch den Spion ... und wenn der Mörder wüsste, dass ich die e-i-j-nzige Zeugin bin ... dann ..."

Sie brach ab und legte das Messer zitternd neben sich.

VIII

„Kommt überhaupt nicht in Frage. Nicht einen Tag länger bleibst du in deiner Wohnung. Du ziehst selbstverständlich erst einmal zu uns. Ich hole dich ab. Du machst die Wohnungstüre nicht mehr auf, bis ich bei dir bin."

Lotte unternahm nicht einmal den Versuch, sich auch nur pro forma gegen Juttas Entschluss zu wehren.

Gestern Abend, nachdem der Kommissar gegangen war, hatte sie als Erstes nach der aufgeschlagenen Fernsehzeitung gegriffen. Um zwanzig Uhr fünfzehn war am Samstag im Ersten Programm eine Musiksendung gelaufen, im Zweiten hatte es tatsächlich einen Krimi gegeben, aber darin war es um eine Giftmischerin gegangen. Die privaten Sender hatten um diese Zeit nur Spielshows, Kochshows und Dschungelcamps im Angebot gehabt. Und Arte hatte über eine seltene Bärenart in der Mandschurei berichtet. Nichts passte auf das, was sie an der Türe von Max Tetzel gehört hatte.

Ihr Herz raste. Mehrmals glaubte sie, vor ihrer Wohnungstüre Geräusche zu hören. Sie sah durch ihren Spion, so wie es der Messermörder vorgestern vielleicht auch getan hatte. Aber da war nichts weiter zu sehen als die gegenüberliegende Wand und ein Stück des gelblichen Flurteppichs.

Der Kommissar hatte ihr im Gehen geraten, vorerst „auf der Hut" zu sein, und angekündigt, er werde, „wenn nötig, für ihre Sicherheit sorgen". Was das konkret heißen sollte, hatte er nicht erwähnt.

Vor dem Schlafengehen tappte sie noch einmal barfuß zur Türe, überprüfte, ob abgeschlossen war, schleifte einen Stuhl aus dem Schlafzimmer in den Flur und lehnte ihn, nur auf die beiden hinteren Stuhlbeine gekippt, gegen die Wohnungstüre.

Der Schlaf kam erst in den Morgenstunden, als es draußen schon wieder hell war, in dieser kurzen Juninacht.

Sie träumte, dass der Kommissar Sturm klingelte, um ihr mitzuteilen, dass der Mörder sich freiwillig gestellt habe. In ihrem Traum krachte etwas auf den Boden, genau so, wie sie das neulich an der Türe gehört hatte. Der Mörder kam.

Sie fuhr aus ihrem Traum auf, umklammerte ihre voluminöse Bettdecke, ihr Herz vollführte einen pochenden Salto, sie hörte Schritte im Wohnzimmer, sah, wie die Schlafzimmertüre langsam aufging, hörte ihr leises Quietschen, schloss die Augen, umklammerte ihr Federbett und erwartete den tödlichen Messerstich. Warum wartete er so lange? Sicher holte er jetzt gerade mit dem Arm aus. Gleich stach er zu. Die Klinge raste schon auf sie zu. Gleich würde sich ihre schöne Bettdecke mit Blut tränken. Ach, nun war es gleich vorbei.

„Frau Askoleit, warum machen Sie nicht auf? Fühlen Sie sich krank? Warum haben Sie den Stuhl gegen die Türe gelehnt?"

Lotte blinzelte gegen das Morgenlicht, ihre Bettdecke immer noch umkrampft zwischen den Armen.

Das klang nicht wie die Stimme eines Mörders. Das war eine Frauenstimme. Die kannte sie. Sie blinzelte noch einmal. Im streifigen Gegenlicht der Jalousie stand eine Frau. Groß und gerade, mit einem grauen Strahlenkranz von Haar. Es war Frau Gütlicher, sie hatte einen Schlüsselbund in der Hand.

Lotte setzte sich in ihrem Bett auf, die Haare wirr und schweißnass, die Augen aufgerissen.

„Ich bin auf meiner Morgenrunde. Tut mir leid, wenn ich Sie geweckt habe, aber Sie haben nicht aufgemacht. Sie kennen ja unsere Stiftsregeln. Ich muss mich vergewissern, dass es Ihnen gut geht."

„Natürlich, natürlich. Es ist ja zu unserem Besten. Normalerweise bin ich um diese Zeit längst auf. Ich hatte eine scheußliche Nacht. Seit wann arbeiten Sie auf dieser Etage?"

Frau Gütlicher war zum Fenster gegangen und hatte den Rollo hochgezogen, die Morgensonne tanzte über ihre grauen Haare.

„Seit heute. Die Stiftsleitung wollte es mir nicht zumuten, weiter im Parterre zu arbeiten, nachdem ich dort in Tetzels Wohnung all das Blut vorgefunden habe. Obwohl ich gesagt habe, ich schaffe das schon ..."

„Herr Tetzel ... mein Gott! Frau Gütlicher, wer macht so etwas nur? Einen alten Mann umbringen, der sowieso nicht mehr lange leben wird. Wo ist bloß die Leiche des Ärmsten jetzt? Wer macht so etwas nur? Und warum? Er hat doch niemandem etwas getan! Und wir, Frau Gütlicher, wir beide hängen nun in dieser schrecklichen Geschichte mit drin. Ich fürchte mich so."

„Deshalb der Stuhl vor der Türe, Frau Askoleit?"

Lotte nickte stumm.

„Eine Falle, falls jemand ins Zimmer kommen will?"

Lotte nickte wieder.

„Aber wir sind hier schließlich in der vierten Etage. Weit weg vom Tatort! Das hat doch nichts mit Ihnen zu tun."

„Hat es doch!", stieß Lotte hervor und warf in ihrer Erregung ihre Bettdecke zurück:

„Stellen Sie sich nur vor, sehr wahrscheinlich habe ich

den Mord mit angehört! Unfreiwillig. Ich stand vor der Türe, als es passiert ist. Vielleicht hat der Mörder mich durch den Spion gesehen. Er will mich umbringen. Ich bin mir ganz sicher. Ich bin seine e-i-j-nzige Zeugin. Er bringt mich um!"

Frau Gütlicher setzte sich auf die Bettkante. Lottes blasse, nackte Beine sahen unter dem Flanellnachthemd hervor. Frau Gütlicher griff ganz sanft nach dem Federbett, deckte Lotte wieder zu, strich über den Bezug und fragte behutsam:

„Und, haben Sie den Mörder denn an der Stimme erkannt?"

„Natürlich nicht", stieß Lotte hervor und ihre Hände krampften sich um ihre Bettdecke.

„Ich habe nur Wortfetzen gehört. Zwei Stimmen. Ich glaube, es waren zwei Männerstimmen. Aber je länger ich darüber nachdenke, umso unsicherer bin ich mir."

„Wenn Sie ihn nicht wiedererkennen würden, dann müssen Sie doch keine Angst haben ..."

„Aber er we-i-j-ß doch nicht, dass ich nichts weiß! Er denkt vielleicht, ich habe se-i-j-ne Stimme erkannt, und jetzt wartet er nur darauf, bis er mich ..."

Ihre Stimme erstarb.

Frau Gütlicher blieb noch einen Moment an Lottes Bett sitzen, aber dann sah sie auf die Uhr. Altenpflege war Kampf gegen die Uhr. Sie musste weiter. Lotte verbarrikadierte sich wieder hinter ihrem doppelt verriegelten Türschloss und dem gekippten Stuhl, sagte die morgendliche Fußpflege ab und ging auch nicht zum gemeinsamen Mittagessen.

Am frühen Nachmittag war der Kommissar am Telefon. Seine Stimme klang müde und besorgt. Einen Kampf mit einem Messer hatte es am Samstagabend zur Hauptsendezeit auf keinem Programm gegeben. Er empfahl Lotte noch einmal, auf der Hut zu sein, und fragte, ob er jemanden vorbeischicken sollte.

Was denn? Sollte jetzt ein Polizist auf einem Stuhl vor ihrem Apartment sitzen, als sei sie ein angeschossener Mafiaboss im Krankenbett? Nein, sie würde erst einmal Jürgen anrufen.

Die Schwester erklärte wie immer, der Herr Oberarzt sei unabkömmlich. Lotte hatte heute nicht die Kraft, ihr zu widersprechen, und beschloss, lieber Jutta anzurufen. Jutta hörte sich Lottes Geschichte an und dann sagte sie:

„Kommt überhaupt nicht in Frage. Nicht einen Tag länger bleibst du in deiner Wohnung. Du ziehst selbstverständlich erst einmal zu uns. Ich hole dich ab. Du machst die Wohnungstüre nicht mehr auf, bis ich bei dir bin."

Lotte war unendlich froh. Wie wohltuend war es doch, in Notfällen eine Familie zu haben. Man würde ihr gut zureden, den Fall im Familienkreis beim Abendessen besprechen und alle würden gut auf sie aufpassen.

„Ich muss gleich wieder weg. Das macht dir doch nichts?", sagte Jutta, als sie mit Schwung Lottes Übernachtungsköfferchen auf den Rücksitz warf:

„Die Zwillinge haben Nachmittagsunterricht. Lisbeth ist dann noch zum Squash-Spielen verabredet. Du kannst dich also erst mal in Ruhe eingewöhnen."

Lotte nickte stumm.

Der Dackel kläffte schon, noch bevor Jutta die Haustüre aufgeschlossen hatte. Er schoss als Erstes auf Lotte und ihren Stock zu und schnüffelte daran. Witterte er daran noch immer einen vertrauten Geruch? Der Dackel knurrte. Vielleicht behagte ihm das Putzmittel nicht, mit dem Lotte den Stock gescheuert hatte.

Jutta war schon mit Lottes Köfferchen unterwegs in die erste Etage, wo Lotte in Jürgens Arbeitszimmer übernachten sollte.

Lotte stand noch immer im Flur. Der Dackel fletschte die Zähne, er knurrte bösartig und funkelte den Stock an. Dann biss er zu. Seine gelblichen Eckzähne schlugen in das Holz des Stockes, die Kiefer fassten die Beute und sein brauner, spitzer Kopf schlug im Kampf nach rechts und links, während er versuchte, dem bösartigen, feindlichen Stock den Garaus zu machen.

„Sch!", machte Lotte. „Schsch! Hör auf!"

Der Dackel kämpfte verbissen weiter. Lottes Stockende schlug in unregelmäßigem Takt auf dem Boden auf, während sie entschlossen war, den Griff nicht loszulassen.

Der Dackel warf sich auf die Fliesen, ließ für eine Sekunde den feindlichen Stock los, aber nur, um seine Zähne umso wütender in seine Beute zu schlagen. Er lag jetzt auf dem Rücken, sein dicker, haariger Bauch zeigte nach oben, der Stock war über ihm, man sah die Zähne, die sich in das Holz verbissen, daneben schon ein Intarsienmuster von Dackelzähnen.

„Spielt ihr schön?"

Juttas Schuhe klapperten die Treppe runter:

„Jaja, er liebt einfach diese Stöckchenspiele."

Sie lachte ein unbekümmertes Lachen.

„Deine Sachen sind oben. Bis später. Mach's dir bequem."

Weg war sie. Lotte gab dem Dackel einen Tritt. Das war offensichtlich die Sprache, die er verstand. Er ließ von Lottes Stock ab und trollte sich beleidigt in die

Küche.

Lotte floh ins Wohnzimmer und machte die Türe hinter sich zu. Sie hatte nicht vor, das Tier hereinzulassen. Sie wartete. Niemand kam.

Gelegentlich hörte sie auf dem Flur trockenes Tapsen. Gelegentlich winselte das Vieh. Ein Trick. Es wollte herein und den Stockkampf wieder aufnehmen. Lotte blieb hart.

Die Zeit verrann langsam. Auf dem niedrigen Wohnzimmertisch lagen Zeitschriften. Modezeitschriften von Jutta. Magen-Darm-Zeitschriften von Jürgen. Nichts für sie. Es ging schon auf fünf Uhr zu. Lotte las einen Artikel über die angesagtesten High-Heels-Shops in New York und einen über die Differenzialdiagnose des Reizdarmes. Dann war es sechs Uhr. Sie las einen Artikel über das Comeback der Retro-Mode im Eighties-Stil und einen über die Ursachen von Blähungen. Dann war es halb sieben.

Sie hörte den Dackel vor der Türe erst winseln, dann kläffen. Nichts da. Du bleibst draußen. Sie hörte einen Schlüssel im Haustürschloss. Die Türe klappte. Der Dackel jaulte vor Freude. Sie hörte Jürgens Stimme. Wie schön. Er war ungewöhnlich zeitig dran.

„Oh, wir haben Besuch! Schön, dass du da bist. Was machst du denn hier, Tante Lotte? Wo ist Jutta? Wir müssen gleich wieder weg."

„Ach", Lottes Stimme klang dumpf, „wie schade."

„Tja", machte Jürgen, „ich hätte jetzt auch gerne Feierabend, aber ich muss mein Weihnachtsgeschenk einlösen."

„Wir haben Ende Juni, Jürgen!"

„Das ist ja das Problem. Jutta war schon beleidigt, weil ich angeblich immer eine Ausrede hatte. Sie hat mir einen Tanzkurs zu Weihnachten geschenkt."

Seinem Gesichtsausdruck nach schien sich Jürgens Freude in Grenzen zu halten.

„Sie meint, wir sollten mal wieder was zusammen unternehmen. Gemeinsame Hobbys pflegen et cetera. Ich nehme mal an, sie hat das in ihren Zeitschriften gelesen", er deutete auf den Stapel auf dem Wohnzimmertisch.

„Kannst du Walzer? Wie war das noch mal mit der Linksdrehung?"

Er sah sie hilfesuchend an.

„Walzer, also Walzer habe ich wahnsinnig gerne getanzt", Lottes Augen schlossen sich träumerisch. Immer im Kreis, immer im Kreis. Jener Abend auf dem Schlossgartenfest in Ottos Armen, immer im Kreis, Schwindel, Nebel, flirrende Lichter, das gelbe Gesprenkel in Ottos braunen Augen so nahe, Schwindel, Wirbel, Fliegen, schwerelos ...

„Also, mit welchem Fuß fang ich jetzt an?"

Jürgen starrte zu Boden. Er hatte vergessen, seine weißen Klinikschuhe auszuziehen.

Die Haustüre ging wieder. Der Dackel bellte, man hörte das Tak-tak von Juttas schnellen Schritten. Sie rief schon vom Flur aus:

„Jürgen, bist du umgezogen? Wir müssen los!"

Sie stieß die Türe auf und warf einen kurzen, kritischen Blick auf ihren Mann:

„Also wirklich, wenigstens ein Jackett könntest du dir für mich anziehen. Und bitte nicht wieder deine alten Turnschuhe!"

Jürgen nickte gottergeben und machte sich auf den Weg nach oben.

„Es kann später werden", Jutta war schon wieder vom Wohnzimmer in den Flur unterwegs, um sich vor dem Garderobenspiegel die Lippen nachzuziehen:

„Wir gehen danach mit den anderen aus dem Kurs

noch essen. Lisbeth kommt irgendwann. Und Max hat heute Abend bei uns Probe mit der Schulband. Nur damit du Bescheid weißt. Du musst dich aber um nichts kümmern. Die machen sich selbst was zu essen. Jürgen!!! Komm, es ist spät! Hast du anständige Schuhe an? Nun komm schon! Tschüs, Tante Lotte. Mach's dir gemütlich!"

Weg waren sie. Wenigstens den Dackel hätten sie mitnehmen können.

Lotte fütterte das Tier mit einer großen Dose Hundefutter, die sie in der Küche fand.

Offenbar war die Portion etwas reichlich ausgefallen, denn der Dackel schmatzte erst gierig, dann immer langsamer, war aber offensichtlich zu dumm und zu gefräßig, um aufzuhören, obwohl er längst satt war. Als sein Napf endlich leer war, schleppte er sich zu seinem Hundekorb, ließ sich seitlich hineinfallen und begann übergangslos zu schnarchen.

Der Dackel war offensichtlich gesättigt, Lotte aber hatte seit dem Frühstück nichts mehr gegessen. Sie öffnete den Kühlschrank, fand eine Batterie von Magerjoghurts unterschiedlichster Geschmacksrichtungen, mehrere Packungen mit eingeschweißtem, kalorienreduziertem Käse, Döschen mit vegetarischem Brotaufstrich und einen Klebezettel mit der Aufschrift „Finger weg von meinem Hüttenkäse! Lisbeth", obwohl sie vermutete, dass weder Max noch Jürgen vorhatten, sich an Lisbeths Hüttenkäse zu vergehen.

Im untersten Fach hinten, sozusagen in der Schmuddelecke des Kühlschranks, entdeckte sie schließlich eine stattliche Leberwurst mit eingetrockneten Rändern und ein Häufchen Bierschinken in zerknülltem Frischhaltepapier. Das war offenbar die eiserne Reserve von Max und Jürgen.

Sie schmierte sich ein Leberwurstbrot, das sie im Stehen aß, während sie den schweren Atembewegungen des Dackels in seinem Hundekorb zusah. Es war schon nach sieben. Wo blieben die Kinder? Und wo würde das Schulorchester proben? Hatten überhaupt alle Platz im Wohnzimmer? Max hatte nie erwähnt, dass er ein Instrument spielte.

Jutta hatte zwar gesagt, Lotte müsse sich um nichts kümmern, aber die empfand es als ein Gebot der Höflichkeit und Gastfreundschaft, den Kindern ein paar Schnittchen vorzubereiten. Sie teilte Leberwurstbrote in kleine Dreiecke, dekorierte Käseschnittchen mit etwas Tomate und Petersilie und vergaß über ihrer Küchenarbeit fast den Grund, warum sie hierher geflohen war.

Dann knallte draußen die Haustüre, der Dackel grunzte kurz und schlief weiter. Lautes Stimmengewirr war zu hören, häpperndes, tiefes Lachen, jemand schien etwas auf den Fußboden zu werfen, die Toilettenspülung rauschte, wieder dröhnendes Gelächter, dann entfernte sich der Lärm.

Lotte öffnete die Küchentüre. Niemand war zu sehen. Im Flur lagen nur ein paar Rucksäcke und Jacken auf einem Haufen. Von unten waren entferntes Lachen und Reden zu hören.

Dann brach das Gewitter los. Ein kreischendes Jaulen aus fiebrigen Gitarrenriffs, wummernden Bässen, schrägen Instrumentalsolos und einem hysterisch sich überschlagenden Sprechgesang. Das Ganze unterlegt von dröhnendem Schlagzeuggetrommel. Lotte sah, wie im offen stehenden Kühlschrank die Magerjoghurts zitterten.

Sie schob die Platte mit den vorbereiteten Häppchen auf

die Seite, ließ sich auf den Küchenstuhl fallen und hielt sich die Ohren zu. Den Lärm dämpfte dies jedoch kaum. Lotte hatte das Gefühl, das eben gegessene Leberwurstbrot wummere in ihrer Magengrube. Die Stimme des Sängers war so laut, als brülle er ihr aus nächster Nähe ins Ohr.

Da unten im Keller musste eine gewaltige Mikrofonanlage stehen. Trotzdem war kein Text zu verstehen, nur geschriene, gestammelte Wortfetzen, vermutlich auf Englisch.

Sie sah zu dem Dackel hinüber. Er musste tot sein, wenn er das nicht hörte. Aber sein vorgewölbter Bauch hob und senkte sich gleichmäßig.

Für einen Moment schöpfte sie Hoffnung, als der barbarische Sprechgesang verstummte, aber da knallte das Schlagzeug los. Erst in gleichmäßigen Schlägen, dann in ein immer schnelleres Trommelfeuer übergehend, das sich mit einem Stakkato von abgehackten, peitschenden Wirbeln abwechselte. Dazwischen klingelte etwas – oh, das war das Telefon.

Lotte hinkte in den Flur und hob ab. Sie verstand nichts. Sie lief zurück in die Küche, schloss die Türe und hielt sich das freie Ohr zu.

Es war Otto.

„Lotte? Bist du zu Besuch bei Jürgen und Jutta? Was machst du denn für einen Lärm?"

„Ich weiß auch nicht. Das Schulorchester probt. Es scheint ein modernes Stück zu sein. Ich bin quasi auf der Flucht hier, nur vorübergehend."

„Ah? So so. Ist mein Sohnemann schon aus der Klinik heimgekommen? Ich wollte ihn fragen, ob er mit mir in den neuen James-Bond-Film gehen will", schrie Otto in den Hörer.

„Ich glaube kaum", schrie Lotte zurück.

„Er ist mit Jutta zu einem Tanzkurs gegangen."

„Wie? Ich hab das jetzt nicht verstanden. Sagtest du Tanzkurs? Das wundert mich. Armer Kerl. Na gut, dann geh ich alleine. Ach – Lotte, wenn es dir zu bunt dort wird, du kannst auch zu uns fliehen, ich kenn mich aus mit Agentenstorys."

„Mach dich bitte nicht lustig über mich, trotzdem vielen Dank", schrie Lotte.

„Und sieh zu, dass bei deinen Schlagzeugsolos nicht der Putz von der Decke rieselt. Jürgen hat das Haus noch nicht abbezahlt", lachte Otto und dann legte er auf.

Lotte fiel erst jetzt auf, dass der Lärm im Keller vor wenigen Augenblicken ausgesetzt hatte.

Hinter ihr stand Max. Seine Haare waren schweißnass, sein T-Shirt klebte an seinem mageren Oberkörper. Er sah sie erstaunt an:

„Tante Lotte? Was machst'n du hier?"

„Ich sagte es eben schon. Ich bin auf der Flucht."

„Geil", sagte Max. „Und wovor?"

„Ich war zufällig Zeugin eines Mordes."

„Und jetzt will dich der Mörder umbringen? Geil." Max machte ungerührt den Kühlschrank auf, griff sich eine Flasche Orangensaft und trank in gierigen, laut gluckernden Schlucken.

„Und, wie fandst du's?"

Lotte sah ihn fragend an.

„Na mich. Ich bin der Leadsänger."

„Mh", machte Lotte. „Interessant irgendwie. Spielt ihr auch klassische Stücke?"

„Klar", nickte Max, „AC/DC, Metallica ..."

„Schön", sagte Lotte. „Ich habe euch Schnittchen gemacht."

„Geil", sagte Max und schnappte sich den Teller, „danke."

Dann ging er und der Lärm brach wieder los.

Lotte floh ins Wohnzimmer, versuchte die Abendnachrichten zu sehen, versuchte einen medizinischen Bericht über Obstipation im Alter und einen Modebericht über Jungdesigner in Berlin zu lesen, aber es ging nicht. Ihr Magen vibrierte, ihre Ohren dröhnten, ja selbst ihr Krückstock zitterte auf dem Parkett.

Dann aber war schlagartig Ruhe. Getrappel auf der Treppe, Reden und tiefes Gelächter, die Haustür schlug und – Stille.

Es war so still, dass es fast unheimlich war. Nur in Lottes Ohr, da brummte es unaufhörlich weiter. Aber die Stille währte nicht lange. Lotte hatte es sich gerade vor dem Fernseher gemütlich gemacht, da ging die Haustüre wieder. Die Meute kam zurück. Lotte wappnete sich schon für eine neuerliche Attacke auf ihr Trommelfell, aber es blieb ruhig. Fast irritierte sie das noch mehr als vorher der Lärm. Was führten die Kinder nun im Schilde? Sie fühlte sich verpflichtet, nachzusehen.

In der Küche stand ein Trupp halbwüchsiger Jungs mit Bierflaschen in der Hand um den Backofen.

„Das ist meine Tante, das heißt, eigentlich meine Großtante. Sie ist auf der Flucht wegen einem Mord", stellte Max vor.

„Hey", murmelten einige der dürren Gestalten mäßig interessiert.

„Wir warn bloß kurz bei der Tanke. Bier und Tiefkühlpizzas holen", erläuterte Max.

„Haben euch die Schnittchen nicht geschmeckt?"

„Doch. Aber jetzt haben wir Hunger. Magst du auch 'ne Salamipizza haben? Ist echt kein Problem!"

Max wies auf einen Stapel von geschätzt einem Dutzend Pizzaschachteln neben dem Herd.

„Vielen Dank, mein Junge. Viel Spaß noch beim Musizieren. Ich glaube, ich gehe jetzt lieber ins Bett. Gute Nacht, Kinder.“

Sie legte sich ins Gästebett in Jürgens Zimmer, stopfte sich die Enden des Kopfkissens in die Ohren und schlief sofort ein, denn die letzte Nacht war eine Katastrophe gewesen.

Sie hörte im Nebel ihrer Träume das Lachen der Jungs in der Küche, Lisbeths Stimme, dann Jutta und Jürgen, die von ihrem Tanzkurs nach Hause kamen. Sie fühlte sich sicher und aufgehoben im Kreis ihrer Familie und schlief sofort wieder ein.

Gegen drei Uhr morgens musste sie auf die Toilette. Die Türe zu Max' Zimmer war nur angelehnt.

Um die schlafende Familie nicht zu stören, tappte sie im Dunkeln die Treppe hinunter, zur Gästetoilette.

Und plötzlich fühlte sie an ihrem nackten Bein etwas Haariges, Struppiges. Es jaulte und tappelte schwerfällig Richtung Haustüre. Der Dackel wollte Gassi gehen.

„Schsch“, machte Lotte, „lass mich in Ruhe. Das hat Zeit bis morgen.“

Sie ging auf die Toilette.

Als sie die Türe wieder öffnete, stand in den dunklen Schatten des Flures ein Mann vor ihr. Er war groß und dünn. Sein Oberkörper war nackt und unbehaart. Er trug nur eine dünne Stoffhose, die ihm auf die Hüften gerutscht war. Lotte stieß einen Schrei aus. Dann sah sie, dass der Fremde ein Stück Pizza in der Hand hatte.

„Hey“, sagte der Fremde. „Ich bin ein Kumpel von Max und schlaf heute hier. Sind Sie schon wieder auf der Flucht oder wolln Sie auch noch 'n Stück Salamipizza?“

„Vielen Dank, junger Mann“, Lotte japste nach Luft, „für mich nicht. Guten Appetit.“

Sie strich ihr Flanellnachthemd glatt und nahm sich vor, ungerührt und hoheitsvoll wieder zu ihrem Bett hinaufzusteigen. Sie war schon fast an der Treppe, da platschte ihr nackter linker Fuß in eine lauwarme Flüssigkeit. Der Dackel hatte doch nicht mehr bis zum Morgen mit dem Gassi-Gehen warten können.

IX

„Juttalein, ich hoffe, du bist mir nicht böse. Ich fürchte, ich bin eurem turbulenten Familienleben nicht gewachsen. Otto hat gestern angeboten, dass ich für eine Weile zu ihm und Margot ziehen könnte. Ob wir vielleicht die beiden noch einmal deshalb anrufen könnten? Also, ich meine – ob du vielleicht Otto deshalb noch mal anrufen könntest?"

Aus dem temperamentvollen und immer ein bisschen chaotischen Haushalt von Jutta und Jürgen, wo alle immer so ungeheuer beschäftigt waren, wo ein ständiges, undurchschaubares Kommen und Gehen herrschte und den ganzen Tag irgendwo ein Handy klingelte, ein Hund bellte, Kinder die Treppe herunterpolterten oder fremde junge Männer nachts Pizza aßen, wechselte Lotte in Margots majestätische Welt.

Sogar die Sofakissen schienen farblich auf ihre pastellfarbenen Seidenensembles abgestimmt zu sein. Im Wohnzimmer stand eine Kredenz mit geschliffenen Bleikristallgläsern und hauchdünnem Wedgewood-Teegeschirr. Die Bilder an der Wand hatten goldene Barockrahmen und zeigten bäuerliche Szenen. Auf dem Couchtisch lag ein spinnwebzartes, schneeweißes Spitzendeckchen, darauf arrangiert ein Prachtband über venezianische Veduten und eine stilvolle Vase mit einer einzelnen Duftrose.

Margot schien ihren Haushalt so fest im Griff zu haben, dass dieser sich keine Disziplinlosigkeiten zu erlauben wagte. Es gab keine Schlieren auf den großen Blumenfenstern, wenn nachmittags die Sonne hereinschien, auch im Gegenlicht war nicht ein Staubflöckchen auf den dunklen Möbeln auszumachen und selbst der beige Teppich war zu furchtsam, um schmutzig zu werden.

Nicht nur das Inventar hatte sich ihren strengen Qualitätsmaßstäben zu beugen. Sie legte Wert darauf, dass Otto seine Morgentoilette bereits beendet hatte, wenn sie um acht Uhr mit ihm zu frühstücken gedachte. So erschien er frisch geduscht, in Hemd und heller Hose, darüber einen dünnen, dunkelblauen Morgenrock.

Lotte fand, dass er geradezu dekadent gut aussah.

Auch Lotte unterlag Margots Disziplinierungsmaßnahmen:

„Wenn es dir recht ist, vereinbare ich für dich einen Termin mit meiner Friseuse. Ich finde wirklich, um deine Haare muss sich endlich ein Fachmann kümmern, Lotte."

Sie schwieg einen Moment, um dann fortzufahren:

„Nicht dass ich es dir missgönnen würde, Lotte, aber du solltest nicht so viel von der Orangenmarmelade auf den Toast tun. Denk an dein Gewicht."

Das Thema schien sie nicht ruhen zu lassen, denn nach einer Pause, in der alle drei schweigend aßen (Margot schätzte es nicht, wenn Otto beim Frühstück die Zeitung las), verkündete sie:

„Ich glaube, es würde uns allen gut tun, wenn wir uns in nächster Zeit wieder einmal eine Vitaldiät gönnen würden."

Otto warf Lotte einen amüsierten Blick zu, den Lotte angesichts von Margots Drohung zunächst nicht verstand.

Am nächsten Morgen gab es weder Orangenmarmelade noch Toast. In der Mitte des Tisches thronte weiter nichts als eine Etagere mit frischem Obst: gewaschenen Weintrauben, halbierten Erdbeeren, klein geschnittenen Apfelstückchen und Pfirsichachteln. Es war nur für zwei Personen gedeckt.

„Otto, du weißt ja, ich habe ein paar schwere Tage vor mir. Ich muss mit den Damen vom Vorstand unsere Jahreshauptversammlung vorbereiten. Manchmal glaube ich, ich bin die Einzige, die diese Dinge wirklich ernst nimmt. Ich hoffe, ihr kommt fürs Erste ohne mich zurande. Ich bin rechtzeitig zum Mittagessen wieder da."

Otto nickte stoisch.

Kaum war sie zur Türe hinaus, grinste er Lotte an und sagte:

„Toast oder Orangenmarmelade?"

„Gerne. Beides", erwiderte Lotte.

Dann fragte er:

„Macht's dir was aus, wenn ich beim Frühstück die Zeitung lese?"

Nichts hätte sie gestört in seiner Gegenwart.

Er schlug die Beine übereinander, sein Kopf verschwand hinter der Zeitung, nur gelegentlich raschelte das Papier beim Umblättern.

In die lange, friedliche Stille hinein hörte Lotte plötzlich, wie er mit der Hand gegen eine aufgeschlagene Seite klopfte, die Zeitung sinken ließ und sie ansah:

„Du hast dich bisher ja beharrlich darüber ausgeschwiegen, warum du eigentlich hier bist. Ist das hier vielleicht der Grund? Hör zu:

Mysteriöses Verbrechen in Altersheim
Blut – aber kein Opfer

Eine Angestellte hat am Montagmorgen in einem Apartment im Erdgeschoss eines Erlanger Seniorenstifts ein Blutbad entdeckt. Eine mysteriöse Blutlache, Blutspritzer an den Wänden und eine blutige Schleifspur auf dem Flur sprechen für ein Gewaltverbrechen. Von dem Opfer fehlt derzeit allerdings noch jede Spur. Das Apartment wurde von Max T. bewohnt, einem renommierten und geschätzten Förderer der örtlichen Kunstszene. Um die Ermittlungen nicht zu behindern, hatte die Polizei die Presse zunächst um Stillschweigen über das Verbrechen gebeten. Die Indizien weisen, so ein Polizeisprecher, darauf hin, dass der Täter sein Opfer mit einem Messer attackiert hat. Die Ermittlungen laufen auf Hochtouren."

Weder Otto noch Margot hatten bisher direkt danach gefragt, warum Lotte eigentlich hier, an diesem Frühstückstisch, saß.

Nun nickte sie:

„Ja. Das ist der Grund. Ihr habt mich am Samstag nach dem Grillen nach Hause gebracht. Ich wollte gerne, dass Herr Tetzel einmal von Margots wirklich köstlichen Fischspießchen kostet. Ich stand vor seiner Türe. Ich habe mit angehört, was passiert ist. Vielleicht hat der Mörder mich gesehen. Ich habe Angst, Otto."

Otto schwieg für einen Augenblick, dann streckte er seinen Arm über den Tisch, griff nach ihrer Hand und sagte entschlossen:

„Mach dir keine Sorgen, Lotte, ich bin ja da. Ich passe auf dich auf."

Es wurden zauberhafte Tage. Nachdem sie mittags mit Margot eine geeiste Sauerampfersuppe, eine klare Tomatenessenz oder eine milde Ochsenschwanzbrühe gegessen hatten, fuhren sie los.

Sie spazierten über die verschlungenen Wege des Aromagartens und schnupperten am wilden Majoran, zerrieben die unterschiedlichsten Sorten von Basilikumblättchen zwischen den Fingern und zupften blaue Borretsch-Blütensternchen von den Rispen.

Danach setzten sie sich unter dem Blätterdach bei den Kellern an eine hölzerne Bierbank und aßen Emmentaler und Brezen.

Sie stiegen die Wiesenhänge des Burgberggartens hoch, wanderten über Terrassen und Mulden durchs hohe Gras, angelten sich ein paar Kirschen von den knorpeligen Bäumen und stellten die Posen der kindlichen Bronzeskulpturen nach, die von den Steilhängen ins Tal blickten.

Danach aßen sie Erdbeereis und warfen die pappigen Tütchen von der Brücke in die träge fließende Schwabach.

Sie wanderten im Buchenwald, den Blick nach Westen und später nach Norden bis zu den verwitterten jüdischen Grabsteinen und weiter zum verwunschenen Gartenhaus des jungen Grafen, der hier vor fast zweihundert Jahren einen Sommer lang seiner Schwermut und der Lyrik gelebt hatte.

Danach machten sie Picknick im Schatten der Bäume.

Sie standen auf der zweibogigen Sandsteinbrücke vor dem Atzelsberger Schloss, betrachteten die Löwen über dem Dreiecksgiebel und suchten im felsigen Graben nach der Quelle des alten Wasserschlosses.

Danach holte Otto auf einem großen Tablett Bratwürste im nahen Wirtsgarten.

Sie fuhren hinaus bis zu der tausendjährigen Linde, liefen im Slalom zwischen den Stützen der uralten Äste, ließen die Finger nebeneinander gleiten über die rissige Rinde und erzählten sich Geschichten aus ihrer Kindheit.

Danach machten sie Brotzeit auf der Terrasse des Schlosses von Marloffstein und sahen in der Ferne den Felsklotz der Nürnberger Burg liegen.

Lotte gewöhnte sich an, an Ottos Weizenbier zu nippen. Ja, an diesem Nachmittag auf der weinbewachsenen Terrasse des Schlosses hatte sie sich sogar selbst ein Weißbier bestellt.

Sie hätte es nicht tun sollen. Die Strafe folgte auf dem Fuße. Zu Hause bei Margot wartete Besuch. Es war der Kommissar.

In diesen glücklichen, frühsommerwarmen Tagen an der Seite von Otto hatte sie nicht nur fast ihre Arthroseschmerzen vergessen, sondern auch den Mord.

Manfred Groß saß auf der chintzbezogenen Chaiselongue in Margots Wohnzimmer und sah ihr grimmig entgegen:

„Sie waren wie von der Bildfläche verschwunden! Abgetaucht! Kein Mensch wusste, wo Sie stecken! So geht das nicht! Sie sind meine einzige Zeugin!"

Und an Otto gewandt:

„Tut mir leid, ich hätte mich gerne über die guten alten Zeiten unterhalten, damals, als ich als Jürgens Freund hier immer Ihre Gastfreundschaft genossen habe. Aber Dienst ist Dienst – also, Frau Askoleit ...", er wandte sich wieder Lotte zu.

Die fiel auf einen Sessel, ihre Knie schmerzten. Otto wanderte, die Hände auf dem Rücken ineinander gelegt, im Wohnzimmer auf und ab.

„Sagen Sie", Manfred Groß spitzte die Lippen und kniff die Augen etwas zusammen, „fallen Ihnen bezüglich Herrn Tetzel irgendwelche körperliche Besonderheiten ein, von denen ich Kenntnis haben sollte?"

„Nun ja, er war nicht sehr groß, eher schmächtig. Ich könnte mir vorstellen, dass dies ein Vorteil für den Täter war", überlegte Lotte.

„Und weiter?", der Kommissar sah Lotte listig an.

Lotte rieb sich die Knie und dachte nach.

„Ich meine, hatte er körperliche Beschwerden, die erwähnenswert waren?"

„Gott, Herr Kommissar, so gut kannten wir uns auch wieder nicht. Wir haben uns oft und sehr nett unterhalten, in unserem Alter hat jeder seine Zipperlein. Aber ich habe doch seine Krankenakte nicht studiert!"

„Ich meine, fehlte bei ihm irgendetwas?"

Lotte sah ihn irritiert an.

„Nicht dass ich wüsste, außer natürlich das Bein."

Der Kommissar schlug mit der rechten Hand so stark auf den Couchtisch, dass die Vase mit der einzelnen Duftrose klirrte und Otto für einen Moment seine zügige Wanderung durchs Wohnzimmer unterbrach.

„Wissen Sie, dass es uns Taaage gekostet hat, sämtliche Orthopädiemechaniker der Stadt abzuklappern, um irgendwann zu erfahren, dass Tetzel Prothesenträger war und dass unser asserviertes Fundstück ihm gehörte? Hätte uns vielleicht irgendjemand mal sagen können, dass er nur *ein* Bein hatte???"

„Ich bitte Sie, Herr Kommissar, jeder im Stift wusste, dass er im Krieg sein Bein verloren hat!"

Sie schwieg einen Moment pikiert und fügte dann zögernd und mit ängstlicher Stimme dazu:

„Das heißt – Sie haben ihn gefunden?"

„Sagen wir mal, das, was von ihm übrig war. Ja, es

sieht ganz danach aus."

„Und wo??? ... Und wie???"

„In einem Johannisfeuer, am Dechsendorfer Weiher."

„Verbrannt?"

Der Kommissar nickte:

„Es ist fast nichts von ihm übrig geblieben. Ein paar Knochenreste, die verkohlte Prothese und ein persönlicher Gegenstand, der unter der Asche lag und nach dem ich Sie fragen wollte."

Lottes Schultern waren nach vorne gesunken, ihre schmalen Hände mit den knotigen Gelenken und dem bläulichen Adergeflecht zitterten:

„Aber wie hat man ihn denn dort hingebracht? Ich verstehe das nicht ..."

„In einer großen blauen Mülltüte. Ich nehme an, im Kofferraum eines Wagens. Der Mörder hat vor Ort offensichtlich noch in der Tatnacht den riesigen Holzkegel an einer Stelle auseinandergeschoben und das Opfer in die Mitte des Holzstoßes bugsiert. Das hat dazu geführt, dass die ganze Konstruktion nicht mehr richtig austariert war und am nächsten Abend brennend nach einer Seite umgestürzt ist. Ich war zufällig selbst am Weiher an diesem Abend. Es hätte fast ein Unglück gegeben."

Lotte war noch weiter in ihrem Sessel zusammengesunken.

Erst als Otto hinter sie trat und eine Hand auf ihren Oberarm legte, richtete sie sich wieder ein Stück auf. Sie wandte den Kopf nach seinem Gesicht, lächelte schwach und hörte fast die Frage nicht, die der Kommissar noch einmal an sie richtete.

„Einen persönlichen Gegenstand, den er immer bei sich trug? Lassen Sie mich nachdenken. Sie meinen bestimmt das Medaillon, das er immer in seiner Tasche hatte. Es war aus Elfenbein, nicht groß. Darauf war ein

Bischof vor einem vergitterten Gefängnisfenster zu sehen. Er hat mir erzählt, damit sei der heilige Januarius gemeint. Wissen Sie, der war Bischof und Märtyrer. Er wurde im Jahr 305 in der Nähe von Neapel enthauptet. Sein Blut wird dort noch heute in zwei Fläschchen aufbewahrt und, stellen Sie sich vor, es wird heute noch manchmal flüssig. Herr Tetzel sagte mir, er habe das Medaillon schon seit dem Krieg. Es habe ihn beschützt, als er damals bei Kulmbach sein Bein verloren hat und im Lazarett fast gestorben ist in den letzten Kriegswochen ... Wir haben uns oft unterhalten über diese schweren Zeiten. Wissen Sie, auch ich musste ja aus Ostpreußen fliehen, Anfang 45 ..."

„Jajaja", machte der Kommissar, „aber das meine ich nicht. Aus Elfenbein sagen Sie? Wenn er's dabei hatte, ist es mit Sicherheit auch verbrannt. Und weiter ...?"

Lotte überlegte. Manfred Groß begann, unruhig zu werden, und beschloss, die Sache abzukürzen.

„Kennen Sie das hier?"

Er hatte sich von Margots Chaiselongue erhoben, in seiner Hosentasche gekramt und hielt ihr nun einen in einem Plastiktütchen verpackten goldenen Siegelring hin.

„Natürlich", versetzte Lotte ungerührt.

Der Kommissar zog hörbar Luft durch die Nase ein.

„Na also", knurrte er.

„Sein Siegelring."

Otto beugte sich interessiert über den Ring, der nun auf dem makellos polierten Couchtisch lag.

„Und warum bitteschön trug er ausgerechnet einen Ring mit einer Katze darauf am Finger? Ist das auch ein neapolitanischer Brauch oder war er beim Tierschutzverein?"

Lotte warf ihm einen vernichtenden Blick zu.

„Wenn Sie sich schon einmal ein wenig mit der Geschichte unserer Region beschäftigt hätten, dann würde Ihnen diese Katze möglicherweise etwas sagen."

Wieder sog der Kommissar pfeifend Luft ein.

In diesem Moment ging die Türe auf. Margot balancierte ein filigranes Tablett mit ein paar Teetassen und etwas Gebäck auf einer Handfläche:

„Es tut mir leid, wenn ich auf die Schnelle nur ein paar Eclairs anbieten kann."

Sie schob ungerührt das Tütchen mit dem Ring an den Rand, arrangierte das Geschirr und das Tellerchen mit ihren vanillegefüllten Eclairs auf dem Couchtisch und goss Tee ein.

Lotte griff nach einem Gebäckstück, das sahnig und duftig schmeckte. Otto nahm gleich zwei Stück.

Margot langte auf den Tisch und schob demonstrativ die Gebäckschale zum Kommissar hinüber. Dann griff sie nach dem durchsichtigen Tütchen mit dem Siegelring:

„Eine Katze mit herausgestreckter Zunge? Wie hässlich. Mit so etwas bräuchtest du mir nicht zu kommen, Otto!"

Lotte tupfte sich mit dem kleinen Finger etwas Vanillefüllung von der Lippe und erklärte:

„Das ist der Wappenring der Familie Tetzel. Die Tetzel waren einmal eines der führenden Kaufmannsgeschlechter in Nürnberg. Bergbau, Verhüttung, Kupfer aus Kuba. Ihr Wappentier war die Katze. Das Geschlecht ist zwar schon längst ausgestorben, aber Herr Tetzel behauptete, er sei um fünf Ecken mit ihnen verwandt. Deshalb hat er sich den Ring machen lassen. Er wollte eigentlich Kunsthistoriker werden. Er hatte Sinn für solche Dinge."

„Komische Sachen", zuckte Margot die Achseln und sah Lotte geringschätzig an.

„Wie findet ihr die Eclairs?“

Aber selbst der Kommissar fand sich zu keiner Würdigung bereit und so packte Margot ihre Gebäckschale und segelte wieder aus dem Zimmer, was aber keiner der Anwesenden zu bemerken schien.

„Frau Askoleit, Sie sagten eben, Herr Tetzel wollte eigentlich Kunsthistoriker werden. Hat er sich deshalb so stark in der lokalen Kunstszene engagiert?“

Lotte wiegte den Kopf:

„Ich denke, ja. Er konnte nach dem Krieg nicht studieren, das waren schwierige Zeiten. Er hat sich in einem technischen Betrieb hochgearbeitet. Aber Kunst hat ihn weiter sehr interessiert.“

„Eine Art Mäzen?“

„Jaja“, Lotte nickte lebhaft. „Er hat viele Bilder gekauft und sie dem Kunstmuseum gestiftet, als er vor Jahren seine Wohnung aufgegeben hat. Er sitzt auch im Kunstbeirat der Stadt. Saß, vielmehr.“

Sie schwieg.

„Tja“, machte der Kommissar und sah sich suchend nach der Gebäckschale um, die aber verschwunden war. „Das wär's dann wohl fürs Erste.“

Er stand auf, steckte das Tütchen mit dem Siegelring ein und blieb direkt vor Lottes Sessel stehen.

„Aber eine letzte Frage habe ich noch: Haben Sie irgendwelche Zeugen für die Geschichte, die Sie mir über den Tatabend aufgetischt haben?“

Lotte zuckte zusammen.

„Natürlich nicht. – Warum fragen Sie? Glauben Sie mir etwa nicht?“

„Sie haben es selbst gesagt: Herr Tetzel war nicht sehr groß. Er war körperbehindert. Jeder kann ihn umgebracht haben. Haben Sie einen Führerschein? Haben Sie einen Wagen?“

„Jetzt aber raus hier, mein Lieber. Jetzt reicht's!", brüllte Otto.

Mit dem Besuch des Kommissars war die Realität zurückgekommen. Lotte spürte es ganz deutlich. So konnte es nicht weitergehen. Sie musste den Tatsachen ihres Lebens wieder ins Auge sehen.

Sie ahnte es zum ersten Mal, als sie am nächsten Tag unter den herabschwebenden Flugzeugvögeln hindurch und vorbei an den gläsernen Häuserzeilen der Gewächshäuser zu der alten Kirchenburg von Kraftshof fuhren und Otto sie, als sie auf der Sandsteinstufe unter dem Kirchenportal strauchelte, für einen Moment in seinen Armen festhielt.

Und sie wusste es endgültig, als sie am Tag darauf in Nürnberg auf einer schmalen Holzbrücke über der Pegnitz stand, mit ihm gemeinsam auf das Grün der Trauerweiden schaute, das im braunen Wasser schleifte, und als sie, mit dem gleichen Wimpernschlag wie er, von jenem Entenpaar da unten hochsah, ihre Augen sich trafen und ihre Gesichter sich instinktiv zueinander neigen wollten.

Was bildete sie sich eigentlich ein? Er war verheiratet.

Sie wussten es beide. So konnte es nicht weitergehen.

So packte Lotte Askoleit ihre Sachen und kehrte nach Hause zurück. Sie beschloss, nicht länger auf der Flucht zu sein.

Memento IV

Für den Notfall haben sie alles vorbereitet.
Der fränkische Sandstein ist solide. Kein Geräusch
und kein Schuß werden die Mauern durchdringen.

Sie bringen Brot die Treppen hinunter, Konserven,
Wasser und Decken.

Das Telefon funktioniert. Das ist wichtig.

Sie treffen sich hier unten.

Hier halten sie die Fäden in der Hand.

X

Nun waren ihre Tage wieder leer und voller Angst.

Jeden Abend kippte sie einen Stuhl gegen ihre Wohnungstüre, tappte nachts immer wieder im Nachthemd hinaus, drückte die Klinke, um sich zu überzeugen, dass alles verriegelt war, hatte Albträume und fragte sich, wovor sie sich eigentlich so fürchtete.

Ihre Lebenszeit neigte sich unweigerlich dem Ende zu. Kam es denn auf ein paar Tage, Wochen, Monate mehr oder weniger noch an?

Hatte sie nicht seit Jahren nur noch eins gewollt – neben ihrem Karl endlich dort oben an der Martinskirche ihre Ruhe zu finden?

Oder waren die letzten Tage schuld? Die verträumten Orte, das stille Einverständnis, dies Gefühl, das erst Otto ihr wieder gegeben hatte: Die Welt war schön.

Nein, sie wollte noch nicht sterben.

Eine Beerdigung konnte es nicht geben. Die wenigen verkohlten Überreste Max Tetzels, die man in dem ausgebrannten Feuer zwischen Asche und Holz gefunden hatte, waren von der Polizei noch nicht freigegeben. Und eine verschmorte Beinprothese sowie einen Siegelring zu beerdigen, auf dem eine Katze die Zunge herausstreckte, das war nicht nur makaber, sondern auch mit keiner Friedhofsordnung vereinbar.

Andererseits war Tetzel ein Mann mit Verdiensten. Ehrenamtliche Tätigkeiten, bürgerschaftliches Engagement, schließlich vor wenigen Jahren die Schenkung einer ansehnlichen Sammlung von Werken örtlicher Künstler für die seit Jahren in Planung befindliche städtische Galerie im künftigen Museumswinkel.

Der Kulturreferent war darüber hoch erfreut gewesen, dem Oberbürgermeister aber hatte es einen Tag lang die ansonsten stets gute Stimmung verdorben. Beim Thema „Museumswinkel" bekam er sowieso regelmäßig schlechte Laune.

Dies Danaergeschenk hatte ein hiesiger Großkonzern der Stadt vor Jahren wie ein Kuckucksei ins Nest gelegt: ein maroder Ziegelbau, den man aus Denkmalschutzgründen nicht einfach in die Luft jagen durfte, gelegen an einer unattraktiven Ausfallstraße und ausgestattet mit einem Namen, der alleine schon die Zornesröte des Stadtoberhauptes entfachte: Wie konnte man der selbsternannten Bundeshauptstadt der Medizin und Bildung einen Museums-„winkel" zumuten? Nicht etwa ein Karree, ein Quartier oder besser noch eine Meile – nein, einen Winkel! Provinzieller ging es nun wirklich nicht!

Da das Stadtoberhaupt aber ein tatkräftiger und optimistischer Politiker war, hatte er wie so häufig beschlossen, aus der Not eine Tugend zu machen. Wenn schon ein Museum, dann wenigstens ein schönes.

„Wir schaffen das erste Bike-Forum der Republik! Vom Drahtesel zur Rennmaschine! Wir radeln an die Spitze Deutschlands, wir schaffen das schönste Fahrradmuseum Europas!"

Er hatte seinen Kulturreferenten enthusiastisch angesehen. Der hatte lustlos die Schultern gezuckt.

„Ich wäre bereit, meine eigene Rennmaschine dem Museum als Dauerleihgabe zu überlassen."

Der Kulturreferent hatte die Lippen zusammengepresst.

„Plus dem alten Kinderfahrrad meiner Tochter", hatte das Stadtoberhaupt noch eins drauf gesetzt.

Der Kulturreferent hatte nervös mit den Mundwinkeln gezuckt.

„Also gut", hatte das Stadtoberhaupt aufgetrumpft, „ihr bekommt auch noch den Fahrradhelm meiner Frau."

„Nein", hatte der Kulturreferent gebellt. „Nein. Es geht nicht. Wo sollen wir denn dann mit dem ganzen anderen Kram hin? Mit all den Bildern, die wir schon im Keller haben?"

Verständlicherweise hatte das Stadtoberhaupt vor diesem Hintergrund keine Lust, sich öffentlich bei dem so tragisch verstorbenen Max Tetzel auch noch für die Stiftung weiterer Bilder zu bedanken.

„Sie machen das", hatte er den Kulturreferenten beschieden, „die Presse wird sowieso nicht da sein."

Nach einer Weile hatte er noch hinzugesetzt:

„Wo findet diese Abschiedsfeier denn überhaupt statt?"

Tja, das war auch so ein Problem. Keine Beerdigung, das bedeutete keinen Sarg, keinen Friedhof, keine Tränen. Es gab ja nicht einmal leidtragende Angehörige, nur eine geschiedene Frau. Ob die kommen würde, war unklar.

„Na, wir machen's hier oben in der Stiftskapelle", hatte der Vorsitzende der Skatrunde, mit der Max Tetzel des Öfteren Karten gespielt hatte, in einer Besprechung mit dem Stiftsleiter erklärt.

„Kommt gar nicht in Frage", war die Replik des Stiftsleiters gewesen. „Sollen wir in Zukunft dreimal in der Woche hier oben eine Abschiedsfeier inszenieren? Wir sind ein Altenstift. Da haben wir eine gewisse – nun ja – Fluktuation. Ich hab doch noch was anderes zu tun."

Aber dann hatte ihn der Mann von der Skatrunde überzeugt, dass der Tod von Max Tetzel ein Sonderfall war.

Leider stellte sich als Nächstes heraus, dass Max Tetzel schon vor Jahren aus der Kirche ausgetreten war. Also kein Pfarrer, keine Orgel, keine Stiftskapelle.

Der Stiftsleiter raufte sich die Haare, denn nun lief es auf ihn als Trauerredner und auf den Stiftssaal als neutralen Veranstaltungsort hinaus.

Man stellte aus Pietätsgründen eine Birkenfeige auf die Bühne und suchte jemanden für die musikalische Umrahmung. Da die Instrumentalgruppe des Stifts schon vor Jahren im wörtlichen Sinne – nun ja – ausgestorben war, blieb nur der Shanty-Chor.

Wie jeder wusste, hatte dieser jedoch traditionell nur zwei Auftritte im Jahr. Einmal bei der Faschingsfeier und einmal beim Sommer-Grillen. Das Repertoire für beide Veranstaltungen passte nicht. Guter Rat war teuer.

Man rückte die Batteriesammelbehälter an den Saaltüren zur Seite, entfernte den Aufsteller mit dem Mittagsmenü und platzierte neben der Birkenfeige auf der Bühne ein schwarz umflortes großes Foto von Max Tetzel.

Die Veranstaltung würde sicher gut besucht sein.

So war es. Das Kulturprogramm dieser Woche bot wenig, außer einer Veranstaltung der Bastelgruppe unter dem Titel „Flinke Finger flicken vieles. Wir lernen unsere Leibwäsche und Socken zu stopfen – männliche Stiftsbewohner sehr willkommen!", der Mord war noch immer in aller Munde und so strömten schon beizeiten deutlich mehr Stiftsbewohner herbei als beim Orff-Nachmittag der Förderschule in der letzten Woche.

Zehn Minuten vor Beginn der Veranstaltung waren, bis auf die reservierten Plätze in der ersten Reihe, alle Stühle belegt. Einige Stiftsbewohner waren offenbar von ihren Nachbarn schon frühzeitig, gleichsam als Vorhut, herunterbeordert worden und hatten mit Popelinhüten, Regenschirmen und Mänteln ganze Sitzreihen okkupiert, was für ähnlich böses Blut sorgte wie bei der Weihnachtsfeier – der einzigen Veranstaltung im Stift, die in letzter Zeit einen ähnlichen Zulauf hatte verzeichnen können wie nun die Abschiedsfeier von Max Tetzel.

Auch Lotte war da. Sie hatte sehr mit sich gekämpft.

Wie oft hatte sie in den letzten Tagen und Nächten versucht, jenen Abend noch einmal in allen Details in ihre Erinnerung zurückzurufen, sich an die Stimmen zu erinnern, den genauen Wortlaut, die Geräusche, die sie gehört hatte. Waren es zwei Männerstimmen gewesen oder doch eine Frau? Instinktiv stellte sie sich immer zwei Männer vor, die miteinander kämpften. Aber vielleicht war das nur ein Bild, das man automatisch vor Augen hatte? Sie wusste es nicht, sie wusste es nicht.

Und was wusste er über sie? Hatte er sie gesehen hinter seiner Türe, durch den Spion? Wie lange konnte sie sich hier in ihrer Wohnung noch verbarrikadieren, ohne verrückt zu werden?

Am Tag vor der Abschiedsfeier von Max Tetzel rief der Kommissar an.

„Ich hätte gerne, dass Sie morgen an der Stiftsfeier teilnehmen. Wir tappen in diesem Fall noch immer im Dunkeln. Vielleicht verrät sich der Mörder, wenn er Sie sieht. Keine Sorge, ich bin auch da."

Das hatte sie keineswegs beruhigt. Sie hielt nicht viel von seinen Fähigkeiten, auch wenn er ein alter Freund von Jürgen war. Erst als Frau Gütlicher ihre Ängste beschwichtigte, indem sie sagte: „Frau Askoleit, Sie können sich auf mich verlassen. Ich setze mich neben Sie, versprochen!“, willigte Lotte ein.

Frau Gütlicher saß also rechts neben ihr, tätschelte gelegentlich ihre Hand und nickte ihr beruhigend zu. Lotte sah sich suchend nach dem Kommissar um. Er war nirgends zu sehen. Das war mal wieder typisch. Sie versuchte, den Kopf möglichst nicht nach links zu wenden, denn an ihre andere Seite hatte sich unglücklicherweise Herr Winter gesetzt, vermutlich weil er auch im vierten Stock wohnte.

Er hatte ihnen beiden vertraulich zugenickt und schnaufte schwer. Er kämpfte offensichtlich mit seiner ungebändigten Leibesfülle und seine Atemzüge neben ihr klangen dumpf und pfeifend.

Sie sah aus den Augenwinkeln, dass er seine Arme weit oben, fast auf Brusthöhe, verschränkt hielt, denn direkt darunter wölbte sich schon der Bauch.

Gelegentlich langte er in seine Hosentasche, um sich mit dem Taschentuch die Stirne abzuwischen, dann stieß er unwillkürlich den Ellenbogen in Lottes Seite. Sie wusste, dass er schwer diabeteskrank war, und fragte sich, warum er denn nicht aufhörte zu essen, wenn er doch schon so krank war.

Sie wusste aber auch, dass er trotz seines Schwergewichts ein unverdrossenes männliches Selbstbewusstsein besaß und als Witwer ein begehrter Gesprächspartner auf den Bankreihen vor dem Stift und bei kleineren Spaziergängen im nahen Wald war. Ja, Lotte hatte sogar beobachtet, wie er auf dem letzten Stiftsfasching, nach dem Abzug der Prinzengarde, mit mehreren Damen das Tanzbein geschwungen hatte. So viele Männer waren hier oben eben nicht verfügbar. Man nahm, was man kriegen konnte.

Im Grunde waren nur zwei Damen im Stift gegen seinen rustikalen Charme gefeit: Das waren Frau Dr. Grabert (aus naheliegenden Gründen) und sie selbst (die Gründe kannte nur sie).

„Herrgottnochmal", schnaufte Herr Winter neben ihr, „alter Kamerad, dass du so enden musstest. Schweinerei ist das."

Er wischte sich über die Stirne, stieß Lotte wieder in die Seite und beugte sich zu ihr herüber:

„Wir haben am Tag vorher noch zusammen in unserem Bierkeller einen gehoben. Jetzt kennt man sich so lange und dann endet das so. Lausige Zeiten."

Er hatte Schweißperlen auf der Stirne.

„Und Sie", schnaufte er, „wann haben Sie ihn zuletzt gesehen?"

Lotte saß mit einem Ruck stocksteif da:

„Warum wollen Sie das wissen, Herr Winter?"

„Ich heiße Leonhard. Sie können Lenni zu mir sagen."

Er lachte bellend. Lotte saß starr wie eine Salzsäule und registrierte, wie Winter als Nächstes ungerührt die Dame in der Reihe vor ihnen, die Witwe des Stadtwerksdirektors, von hinten antippte und die sich hoch erfreut in ein Gespräch verwickeln ließ.

Die Trauergemeinde begann schon unruhig zu werden, plaudernd hatte inzwischen Leonhard „Lenni" Winter die Hand vertraulich auf die Schulter der Stadtwerksdirektorengattin gelegt, da kam Bewegung in den Saal und das Gemurmel verstummte.

Kommissar Manfred Groß, der Stiftsdirektor und eine Dame im grauen Kostüm durchschritten in fast ungebührlicher Hast den seitlichen Gang, der zu den reservierten Plätzen in der ersten Reihe führte.

Lenni Winter lehnte sich schwer atmend in seinem Stuhl zurück, verlagerte dann seine Körperfülle nach rechts auf Lotte und raunte verschwörerisch:

„Dorle!"

Lotte sah ihn fragend an.

Lenni kippte um noch ein paar Kilo weiter auf Lotte zu und ergänzte:

„Seine Exfrau. Sie war ein Miststück!"

Er sagte es in einem Ton, der durchaus Respekt erkennen ließ.

Dorle war allem Anschein nach um etliches jünger als ihr ermordeter Exmann. Alle hatten gesehen, dass ihr graues Kostüm nicht nur sehr deutlich auf Figur saß, sondern auch, dass sie ihre Augen hinter einer dunkelbraun schattierten Sonnenbrille verbarg. Das gehörte sich nicht. Erstens weil die Trauerfeier sich in einem geschlossenen Raum abspielte und zweitens, weil man die Reaktionen der Hauptleidtragenden (wenn man eine Exfrau überhaupt so bezeichnen wollte) so nicht beurteilen konnte.

Schuld an der Verspätung war der Kommissar gewesen. Nun ja, eigentlich war mal wieder Carla schuld. Er hatte nur zu Hause schnell ein dunkles Jackett für die Trauerfeier überziehen wollen. Sie schien immer Zeit zu haben und ausgeruht zu sein. Es war toll. Aber seiner Konzentrationsfähigkeit und dienstlichen Einsatzfreude war diese Geschichte nicht zuträglich.

Jedenfalls war er nach diesem unvorhergesehenen, durchaus erfreulichen Intermezzo mit Carla schon wieder viel zu spät dran gewesen, hatte sich eine vorwurfsvolle Bemerkung des Stiftsleiters anhören müssen, der in seinem Büro mit der Exfrau auf ihn wartete, und hatte die geplante Befragung von Tetzels Ehemaliger auf die Zeit nach der Trauerfeier verschieben müssen.

Noch ungehaltener aber war der Kulturreferent. Nicht nur, dass das Stadtoberhaupt ihn zu diesem Termin abkommandiert hatte, der für ihn persönlich keinerlei Medienwirksamkeit versprach (die einzige Frage, die alle Anwesenden interessierte, war doch nur: „Wer war der Mörder?"), man ließ ihn auch noch alleine auf seinem Stühlchen in der ersten Reihe warten.

Nun endlich steuerte der Stiftsleiter samt Gefolge auf die vorderste Reihe zu. Der Kulturreferent sah auf die Uhr. Wenn das in dem Tempo weiterging, konnte er seine Golf-Verabredung vergessen.

Dann erhob sich der Shanty-Chor und betrat gemessenen Schrittes die Bühne.

Was sollte man darbieten bei einem derart ungewöhnlichen Auftritt? Der Ermordete war weder Mitglied des Shanty-Chores gewesen noch hatte er sich je für die Seefahrt interessiert. Er war Franke gewesen und sein einziger Kontakt zu größeren Gewässern hatte vermutlich zeit seines Lebens im Verzehr von Spiegelkarpfen bestanden. Man hatte sich schließlich für ein englisches Lied entschieden, „Rolling home, rolling home, rolling home across the sea".

Wenn auch nicht auf See, so doch zumindest an einem See war ja schließlich sein Dasein verraucht. So hatte der Chorleiter, sich windend, seinen Sängern die Auswahl des Liedes erklärt.

Der Shanty-Chor sang, das Feigenbäumchen bebte und verlor ein Blatt, Max Tetzel lächelte schwarzweiß ins Publikum.

Dann war der Stiftsleiter an der Reihe. Um seine Aufgabe hier war er wahrlich nicht zu beneiden. Ein Mord im Haus. Er hatte sich äußerst unangenehme Fragen gefallen lassen müssen: Wie ein Fremder unbemerkt das Gebäude habe betreten können und – noch schlimmer – es mit einer Leiche im Gepäck unbemerkt wieder habe verlassen können?

Denn dass es nur ein Fremder gewesen sein konnte, das war für den Stiftsleiter eine eherne Tatsache. Es gab niemand von seinen Schützlingen, dem er eine solche Tat zutraute.

Ehrlich gesagt, die Exfrau war ihm verdächtig. Man sagte ja, dass Messer-Morde besonders häufig von Frauen verübt wurden, und auch die Brutalität schien ihm auf eine Beziehungstat hinzudeuten. Er hätte gerne den Kommissar von seinen Gedankengängen unterrichtet, aber der war ja viel zu spät und in wirrem Zustand in seinem Büro aufgetaucht.

Der Stiftsleiter hatte nach langem Nachdenken beschlossen, sich nicht unter Entschuldigungen und Ausflüchten zu winden, wie eine solche Bluttat in seinem Hause hatte passieren können, sondern mit seiner Rede die Flucht nach vorne anzutreten.

Und so nutzte er seinen Nachruf zu einem flammenden Aufruf an die Stadtoberen. Er forderte in heißen Worten die Verantwortlichen auf, dem Verbrechen in dieser Stadt entschlossen entgegenzutreten und endlich dafür zu sorgen, dass alle Ein- und Ausgänge videoüberwacht würden, und schloss seine Rede mit der Forderung, die Stadt solle endlich dafür sorgen, dass die Senioren dieser Stadt wieder unbehelligt und ohne Gefahr für Leib und Leben ihren wohlverdienten Lebensabend genießen könnten!

Auch wenn es unpassend war, die Trauergemeinde klatschte frenetisch Beifall.

Der Kulturreferent glaubte, nicht richtig zu hören. Er konnte sich noch gut an eine Ausschusssitzung erinnern, in der der Stiftsleiter sich zu der Äußerung verstiegen hatte, er weigere sich, sein Altersheim in den krakenartigen Videogewahrsam der Stadtoberen nehmen zu lassen, die wohl überall ihre Nasen reinstecken müssten! Dies sei noch immer ein freies Land – das gelte auch für die Senioren! – und die Stadt solle sich lieber um die Bepflanzung der Blumenrabatten vor dem Stift kümmern!

Dennoch musste der Kulturreferent nun aufstehen und gute Miene zum bösen Spiel machen, musste Einvernehmen heucheln und die Verdienste des Ermordeten würdigen. Er musste noch einmal für den Schatz an Bildern danken, den der Tote der Stadt vermacht hatte, und er musste der Hoffnung der Stadt Ausdruck geben (und es sei insbesondere ein Herzenswunsch des Oberbürgermeisters), dass man die Bilder schon bald in dem wunderbaren neuen Museumswinkel der Öffentlichkeit präsentieren könne.

Er hatte seine Rede bewusst kurz gehalten. Erstens, weil er nach dem unangekündigten Affront des Stiftsleiters sowieso sauer war und zweitens, weil er an seinem Handicap arbeiten musste. Das letzte Clubturnier war ein persönliches Desaster gewesen. Er sah auf die Uhr. Wenn jetzt nicht noch irgendwelche Nachrufe der Stammtischbrüder oder der Sitzgymnastikgruppe folgten, schaffte er es noch rechtzeitig auf den Golfplatz.

Er hatte Glück. Nur der Shanty-Chor fühlte sich bemüßigt, noch einmal etwas zur Gestaltung der Trauerfeier beizutragen. – Aber was? Ach, es war ein schwerer Kampf gewesen. Nichts passte: „Wir lagen vor Madagaskar und hatten die Pest an Bord“ war zu düster, „Schleswig-Holstein meerumschlungen“ machte beim besten Willen keinen Sinn und „Es freit ein wilder Wassermann“ war zu frivol. So entschied man sich für ein altes Seemannslied aus Helgoland:

„Was ist denn wohl ein Seemannsleben?
Wie bald ist es um ihn geschehn.
Ein Seemann muss in Ängsten schweben
wenn andre Leut zur Ruhe gehn“,

sang der Shanty-Chor.

„Bald drohen ihm der Meere Räuber.
Und wollen reiche Beute sehn,
bald sieht er trostlos und betrübet
sein Schifflein, das wird untergehn.“

„Räuber. Räuber ... Ist eigentlich irgendetwas bei Tetzel verschwunden?“, dachte der Kommissar. „Carla saugt mir den Verstand aus dem Hirn. Vielleicht war es ein Raubmord.“

„Wie mancher brave Seemann drückt
gar balde seine Augen zu.
Wer schon so früh von uns entrückt,
hat selbst im Wasser keine Ruh.“

Aus alter Gewohnheit begann der Shanty-Chor auf der Bühne zu schunkeln.

„Wenn dann die Flamm' ihn tut verzehren.
Und 's Feuer brennt ganz fürchterlich,
da kann den Schmerz ich nicht verwehren
und ich muss weinen bitterlich.“

Der Chorleiter war stolz darauf, dass er den letzten Vers selbst dem Anlass entsprechend ein wenig umgedichtet hatte. Der Erfolg gab ihm recht.

Der Stiftsleiter applaudierte spontan und als Einziger, einige Stiftsdamen hatten Tränen in den Augen, die Stiftsherren räusperten sich geräuschvoll, Dorle tupfte sich die Nase mit einem Taschentuch, Lotte weinte, Frau Gütlicher tätschelte ihre Hand, der Kommissar drehte sich halb auf seinem Stuhl um und ließ die Blicke forschend über die Reihen gleiten. Nur der Kulturreferent wirkte gehetzt. Er hatte noch einen wichtigen Termin.

Memento V

Das Kollegienhaus in der Universitätsstraße bietet sich an. Es liegt verkehrsgünstig zum Bahnhof, wo die Transporte ankommen.

Später kommen noch die Prinzregentenschule, das Marie-Therese-Lyzeum, die Ohm-Oberrealschule und auch das Studentenhaus am Langemarckplatz dazu.

Dann wird die Liste immer länger. Gegen Ende sind es zwölf Orte in der Stadt. Kein Wunder, sie sind ja weit über sechstausend.

Auf den Dächern sind große rote Kreuze auf weißem Grund gemalt. Ob das hilft?

Wenn ein Bett frei wird - und dafür gibt es unterschiedliche Gründe - wird das graue Betttuch glatt gestrichen für den Nächsten. Es gibt Doppelstockbetten. Er will unbedingt unten liegen.

Wenn ein neuer Zug am Bahnhof eintrifft, warten dort schon lange keine Autos mehr. Die Männer tasten sich an Zäunen und Mauern entlang, ausgemergelt und zitternd. Ihn hat man auf einem strohbedeckten Leiterwagen gefahren. Er kann nicht laufen.

Manchmal kommen Mädchen und bringen Rasierwasser und Schokolade. Manchmal singen sie vor den Zimmern. Das klingt hell und wie aus fernen Zeiten.

Er besitzt nichts mehr. Nur noch sein Nachthemd. Keine Uhr, kein Schreibzeug, kein Buch. Nur noch sein Nachthemd und diese grob aus Sperrholz gezimmerte Kiste, die im hintersten Spinnwebeneck unter dem Stockbett steht und die er bewacht.

XI

„Ist Ihnen irgendetwas aufgefallen? Reaktionen? Kommentare? Verdächtiges? Haben Sie Stimmen erkannt?"

Der Kommissar hatte sich Lotte von hinten genähert und schob sie am Ellenbogen aus dem Trupp der Trauergäste, die aus dem Saal drängelten, ein wenig auf die Seite, Richtung Aquarium.

Lotte schüttelte den Kopf.

„Was ist mit ihr? Er hat nie von ihr erzählt", setzte sie dann aber noch hinzu, als unmittelbar an ihnen vorbei der Stiftsleiter mit Dorle im Schlepptau ging. Dorle hatte noch immer unpassenderweise ihre dunkle Sonnenbrille auf.

„Sie? Seine Exfrau? Ich hatte noch keine Gelegenheit, sie zu befragen. Ich kümmere mich jetzt gleich darum."

„Soso", machte Lotte. „Sie hatten noch keine Zeit ..."

Es war die subtile Art dieser Frau Askoleit, einem Vorwürfe zu machen, die Kommissar Groß so an seine Mutter erinnerte. Da gab es nur eine Taktik: ignorieren.

„Aber etwas anderes im Zusammenhang mit diesem Mordfall ist mir aufgefallen, Herr Kommissar. Herr Tetzel wurde am Samstagabend ermordet, nicht wahr? Entdeckt aber hat Frau Gütlicher diesen schrecklichen Mord und all das Blut erst am Montagfrüh. Ich frage mich, warum niemand am Sonntag nach ihm gesehen hat."

Ah, diese hinterhältigen Fragen kannte er auch von seiner Mutter, aber dies war der Moment, wo Manfred Groß kontern konnte:

„Gratulation zu Ihrem Scharfsinn, Frau Askoleit. Diese Frage haben wir uns natürlich längst gestellt. Es ist ganz einfach: Er hatte sich für das Wochenende abgemeldet. Er wollte eigentlich zu einer Ausstellung fahren. Die Stiftsleitung sagte mir, das kam öfters bei ihm vor. Manche hier haben eben doch noch einen etwas weiteren Horizont."

Na also, eins zu eins. Jetzt sagte sie nichts mehr.

Er genoss das Schweigen, erinnerte sich dann aber an seine dienstlichen Pflichten und setzte hinzu:

„Ich würde Ihnen im Übrigen dringend raten, sich ein Handy zuzulegen. Nur für den Notfall. Und dann gebe ich Ihnen für alle Fälle noch mein Kärtchen. Da finden Sie die Nummer mit meinem Diensthandy, nur für den absoluten Notfall, damit Sie mich jederzeit erreichen können."

Er sah, wie sie blass wurde.

„Notfall? Ein Handy?", Lottes Augen weiteten sich.

„Besorgen Sie sich ein Prepaid-Handy. Das bekommen Sie heute an jeder Ecke. Schönen Tag noch."

Fort war er, hinter Dorle und dem Stiftsleiter her.

Ein Handy? Für alle Fälle? An jeder Ecke? Soso. Vermutlich hatte der Kommissar recht. Sie nahm den Bus in die Stadt.

Die breiten Niederflurtüren des erdgasbetriebenen Niederenergiebusses schwebten lautlos auseinander. Lotte benötigte nicht einmal die Hilfe ihres Stockes für den kleinen Schritt von der Schwelle des Busses auf den Gehweg. Hinter ihr surrten die beiden Bustüren mit einem Säuseln der Druckluft langsam wieder aufeinander zu. Der Bus setzte sich so sanft wieder in Bewegung, als schwebe er über den Asphalt davon.

Von hier waren es nur noch wenige Meter zu dem

neuen Shopping-Paradies.

Vor der Türe empfingen Lotte weiß gekleidete, kindliche Gestalten. Sie trugen weiße Blousons, weiße Hüftjeans und weiße Turnschuhe und saugten gierig an ihren Zigaretten.

Lotte durchschritt die riesigen Flügeltüren und das Paradies nahm sie in seine Arme.

Ein warmer Luftstrom umschloss sie und dann sah sie den Erzengel. Er trug eine schwarze Sheriff-Uniform wie in einem amerikanischen Film und die breite, schwarze Schirmmütze saß so tief, dass seine Ohrmuscheln an die Schläfen gedrückt wurden. Der Erzengel sah sie ernst an.

Gleich daneben stand ein milder Cherubim hinter seinem Stehpult. Er lächelte. Er hatte bunte Faltblätter in Stapeln vor sich liegen, die er mit sanfter Freundlichkeit an die Neuankömmlinge verteilte. Leinentaschen mit dem Emblem des Paradieses lagen in dicken Stapeln neben ihm. Er schenkte sie den Eintretenden und die nickten und dankten beseelt.

Das Paradies hatte die Form einer gewaltigen, lichtdurchfluteten Banane. Sein Dach war aus mattem Glas. Es dämpfte die sommerliche Helligkeit zu einem samtigen Farbfluss und wärmte die Luft auf eine Temperatur wie im Mutterleib.

Das Paradies empfing einen jeden mit sanften Klängen. Hier gab es Arkaden aus gleißendem Licht, Alleen, glänzend wie farbiger Glasfluss, hier drohte kein Regen, kein Hagel, kein Wind. Das Paradies war ein sicherer Ort.

Das Paradies roch nach allen Früchten der Erde und des Meeres. Es roch nach panierten Fischstäbchen, nach käseüberbackenem Ditsch und nach Efendi-Döner.

Das Paradies war bewachsen mit baumhohen Schlingpflanzen in erdfarbenen Kübeln, schön und gleichmäßig und grün wie am dritten Schöpfungstag. Sogar ein Wasserlauf schien sich plätschernd zwischen den Seligen zu ergießen.

Im Paradies flossen Milch und Honig im Überfluss, auch Espresso to go und glühend heißer Kaffee in handlichen Pappgefäßen.

Das Paradies war eine Kathedrale der leiblichen Freuden. Es schmeckte nach Leberkäse, Frühstück französisch und bunten Speiseeisbergen, groß wie Hundehaufen.

Das Manna des Paradieses aber war die Schönheit der Dinge, das Wünschen, Begehren, Besitzen, die Lust auf das Neue, der Appetit. Halsketten so groß wie Hühnereier, Taschen wie Känguru-Beutel, Hosen in den Farben der südlichen Savannen, Hemden und Kleidchen bunt wie ein Regenbogen über dem Ozean, Dessous wie die Sünde.

Das Paradies bescherte den Überfluss ohne Reue, den Morgenglanz des ewig Neuen, das Gloria der Schnäppchenpreise, das Hosianna der Preisstürze, das Kyrie der Treuepunkte, das Benedictus der höchstmöglichen Pixelauflösung, das Halleluja der Rabattgarantien und den Chorgesang der Räumungsverkäufe.

Lotte stand am höchsten Punkt, an der gläsernen Galerie, dem Glasdach des Himmels ganz nahe, und sah hinauf, hinüber und hinab über die Stufen des Paradieses und beschloss, lieber in der Hölle zu schmoren und den Handy-Kauf zu verschieben.

Sie wollte bloß noch weg von hier, wieder nach Hause.

Ihr Bus wartete schon in der Haltebucht, sie stieg ein, entwertete ihre Streifenkarte und beeilte sich, ganz nach vorne zu den freien Sitzplätzen zu gelangen, bevor das Anrucken des Fahrzeuges sie ins Straucheln bringen konnte. Ein paar Hausfrauen mit Plastiktüten und Kinder mit grellbunten Schultaschen auf dem Rücken drängelten herein, die Türen schlossen sich mit einem Flüstern, der Motor schnurrte gleichmäßig, der Busfahrer setzte den Blinker und sah sich um, um aus seiner Haltebucht auszuscheren und sich in den gleichmäßigen Strom des Durchgangsverkehrs einzufädeln.

Da sah Lotte aus den Augenwinkeln, wie rechts vorne, auf der Höhe ihres Gesichtes, etwas gegen die verglaste Einstiegstüre knallte. Sie fuhr zusammen. Ein schwarzer Gegenstand war gegen die Scheibe gekracht. Es folgte ein zweiter Knall, dann noch einer. Der Busfahrer wandte für einen Moment unwillig den Kopf nach rechts, runzelte nur kurz die Stirne und drehte sich dann gleichmütig wieder nach links, um in den Rückspiegel zu schauen. Der Blinker tickte.

Aber da tauchte rechts der lange schwarze Gegenstand wieder auf, wieder ein Knall, der nach einem kurzen Moment in ein Trommelfeuer überging. Die Glasscheibe vibrierte. Etwas Schwarzes hämmerte in einem so rasenden Stakkato dagegen, dass Lotte nicht erkennen konnte, was da eigentlich gegen die Türscheibe drosch. Unwillkürlich duckte sie sich.

Der Busfahrer drehte sich nur müde in die Richtung des Getrommels und winkte mit einer ärgerlichen Handbewegung ab, um dann wieder nach der Lücke im Durchgangsverkehr zu spähen. Nun aber ging das Trommelfeuer in einen knatternden Wirbel über, unterstützt von durchdringenden Rufen.

Die Busgäste wurden langsam unruhig. Lottes Herz klopfte bis zum Hals. Aus ihrer Position konnte sie nur den langen schwarzen Gegenstand sehen, der wie wahnsinnig gegen die Scheibe knallte. Der Busfahrer seufzte. Er betätigte den Rückstellhebel des Blinkers, drückte auf seinem schwarzen Armaturenbrett einen der vielen Knöpfe und die Vordertüre schwenkte geräuschlos zur Seite. Der lange schwarze Gegenstand drosch, da unerwartet der Widerstand der Türe fehlte, mit einem lauten Krachen auf die Einstiegsstufe des Busses.

Es war der schwarze Stockschirm von Frau Dr. Grabert.

Dahinter tauchte ihr Gesicht in der Türe auf. Es war zornrot.

„Na also", donnerte sie, „das wurde aber auch Zeit. Wollten Sie mich etwa hier stehen lassen, junger Mann?"

„Horngs gude Fra, der nägsde Bus wär in siem Minuddn ganga. So lang häddns fei scho no wadden kenna!"

„Pah", machte Frau Dr. Grabert, enterte den Bus, entdeckte Lotte in der ersten Reihe und beschied den Busfahrer in einem herrischen Ton:

„Nun fahren Sie doch endlich, junger Mann!"

Der Busfahrer murmelte halblaut einen Fluch, ließ die Türe zuschnurren, hupte und scherte, ohne noch einmal in den Rückspiegel zu schauen, einfach aus seiner Haltebucht aus.

Dr. Grabert ließ sich mit einem Plumps auf den lila gemusterten Sitz neben Lotte fallen. Sie stieß die Spitze ihres schwarzen Stockschirmes noch einmal mit Elan zwischen die Noppen des Gummibelages des Busses und versetzte dann übergangslos und ohne Lotte eigentlich begrüßt zu haben:

„Ich hatte Einkäufe zu machen. Dies Stiftsessen ist in der Tat eine Schande für jede Kulturnation. Halten Sie doch mal."

Sie drückte Lotte den Stockschirm, ihre so überaus erfolgreiche Waffe gegen die Impertinenz des öffentlichen Fahrpersonals, in die Hand und begann, in ihrer Beuteltasche zu kramen:

„Wenn wir diesen wunderbaren Käsehändler nicht hätten, ich glaube, ich wäre längst tot oder nach Frankreich emigriert. Sein Baguette ist göttlich."

Sie hielt Lotte eine mehlbestäubte Stange Weißbrot unter die Nase.

„Und erst sein Käse!"

So enthusiastisch hatte sich ihre Stimme noch nie angehört.

„Reblochon, Bleu d'Auvergne, Tomme de Savoie."

Der Bus bremste ab, schaukelte kurz nach rechts und links, die Türen öffneten sich, vom Bahnhofsvorplatz drängelten neue Fahrgäste herein.

Dr. Grabert gründelte derweil in ihrer gut bestückten Beuteltasche. Sie förderte ein Päckchen in matt glänzendem Einwickelpapier zu Tage.

„Pain d'Ange! Das Brot der Engel. Natürlich ein Rohmilchkäse. Kennen Sie den?"

Lotte schüttelte den Kopf. Ehrlich gesagt kannte sie an französischem Käse nur Camembert und Brie und war sich nicht einmal sicher, ob das nicht das Gleiche war.

Dr. Grabert aber kramte weiter in den Untiefen ihrer voluminösen Tasche:

„Er hat einen eigenen Keller, wo sein Käse reift. Ohne das geht's ja auch nicht. Hier haben wir einen Pont-l'Evêque. "

Sie machte Anstalten, den Käse aus dem Papier zu wickeln.

„Sehr würzig. Wird immer wieder mit Cidre gewaschen. Sehen Sie diese waaahnsinnige Schicht von Rotschmiere außen herum? Ich liebe es, wenn er vollreif ist. Der hier hat genau den richtigen Reifegrad."

Eine giftige, modrig-grüne Wolke stieg Lotte in die Nase. Ein paar Passagiere, die sich an den Haltegriffen festhielten, wichen zurück. Der Bus schaukelte sich zum nächsten Haltepunkt gegenüber von einem Drogeriemarkt.

Dr. Grabert kramte wieder, dann hielt sie ein Taschenmesser in der Hand. Es war ein dickes Männertaschenmesser mit Korkenzieher daran und einer Batterie von Messern, kleinen Sägen und Pfriemen. Wahrscheinlich reparierte sie damit auch die Zündkerzen an ihrem Wagen. Sie fuhr mit ihren rot lackierten Fingernägeln zwischen die Klingenreihen und ließ ein schmales Messer aufspringen.

„Kosten Sie mal. Das ist eine Geschmacksexplosion. Superbe."

Und schon hatte Lotte ein rötlich zerlaufendes Käsestück in den Fingern. Es klebte fest auf den Fingerbeeren und verströmte einen Geruch, der Lotte an die Pferdeställe ihrer alten Heimat erinnerte.

Der Bus hielt neben einer alten Sandsteinkirche. Einige der Fahrgäste hatten hier Besorgungen zu machen – oder wollten Sie nur Dr. Graberts Käsedegustation entrinnen? Jedenfalls leerte sich der Bus etwas, das Gedrängel rundum ließ nach.

„Möchten Sie Baguette dazu? Nun essen Sie doch!"

Lotte besah noch immer mit Widerwillen den rötlichen Klumpen auf ihrer Hand.

„Fahrscheinkontrolle! Ihre Fahrausweise bitte!“

Der Mann vor ihnen war bei der Kirche eingestiegen, er hatte einen beigen Blouson und ein kariertes Hemd an.

„Oh Gott, das ist mir ja seit Jahren nicht mehr passiert“, Lotte sah erschrocken den roten Käseklumpen an, der an ihren Fingern klebte. Sie schloss die Augen, schob die Finger in den Mund, der Käse schien an ihrem Gaumen festzukleben, sie schluckte mehrmals hastig und ohne zu kauen. An ihren Fingern klebte noch immer rote Schmiere. Sie fingerte nervös in ihrer Manteltasche. Nun befanden sich die Reste des köstlichen französischen Rohmilchkäses samt dem Cidre, mit dem er gewaschen worden war, auch dort. Sie hielt dem Kontrolleur eine käseriechende, verknitterte Streifenkarte hin.

Der Mann nickte:

„Und Sie?“, er wandte sich an Lottes Nachbarin. Die kaute hingebungsvoll mit geschlossenen Augen auf ihrem Pont l'Evêque.

Der Mann wiederholte seine Frage.

Dr. Grabert lächelte genießerisch und zuckte wortlos die Achseln.

„Heißt das jetzt, dass Sie nicht im Besitz eines gültigen Fahrausweises sind?“

Dr. Grabert nickte entrückt und mit geschlossenen Augen. Sie hing dem Geschmack dieser sensationellen Rotschmiere nach.

„Dann muss ich Sie darauf hinweisen, dass hiermit ein erhöhtes Beförderungsentgelt in Höhe von achtzig Euro fällig wird.“

Dr. Grabert öffnete ganz langsam die Augen. Sie fixierte schläfrig den beigen Blouson. Die ersten Fahrgäste wurden aufmerksam.

„Da würde ich doch gerne erst einmal ihren Dienstausweis sehen, Monsieur. Wer berechtigt Sie überhaupt, mich hier beim Essen zu stören?"

Der Mann im Blouson zückte sofort einen scheckkartengroßen Ausweis. Dr. Grabert warf nicht einmal einen Blick darauf und fuhr abfällig mit der Hand durch die Luft:

„Pah!", machte sie und kaute weiter.

„Das macht dann achtzig Euro", wiederholte der Mann schärfer.

Dr. Grabert sah ihn mit einem süßlichen Lächeln an, das Lotte gefährlich vorkam:

„Ich habe eine vollkommen natürliche Erklärung dafür, junger Mann. Man hat mir mein Auto weggenommen."

Sie griff nach ihrem Taschenmesser und säbelte sich noch ein Stück von dem Käse ab, der auf dem ausgebreiteten Glanzpapier in ihrem Schoß lag.

„Ach was? Sehr interessant."

Es klang allerdings nicht so, als ob er das interessant fand.

„Ich bin ein Opfer staatlicher Willkür, Sie Hilfssheriff."

Dr. Grabert kaute.

„Ach was? Sehr interessant."

Die Stimme des Blousons gewann an Schärfe.

„Wissen Sie, ich stehe offensichtlich unter Mordverdacht. Man will meinen Wagen untersuchen. Jedenfalls hat der Kommissar ihn vorerst beschlagnahmt."

Sie lachte grimmig.

„Immerhin, das ist mal 'ne neue Ausrede", schnappte der Mann im Blouson. „Interessiert mich aber nicht."

„Wie? Wird Ihr Wagen etwa auf Spuren untersucht? Hat Kommissar Groß Ihren Wagen beschlagnahmt?", versuchte Lotte sich einzumischen, aber Dr. Grabert wischte ihre Frage mit einer herrischen Handbewegung weg.

Der Mann im Blouson zog sein Schreibzeug heraus und begann, ein Formular auszufüllen.

„Name? Adresse?“

„Wie?“

Dr. Grabert packte den Käse samt Verpackung, knallte ihn Lotte auf den Schoß, in ihren Augen war ein gefährliches Flackern.

„Wie gesagt, ich bin zu einer Fahrpreisnacherhebung verpflichtet. Ihre Gründe interessieren mich nicht.“

„Dieser Wicht, dieser Kommissar schnappt sich mein Auto und ich soll dafür noch bezahlen? Das ist doch nicht Ihr Ernst.“

Ihre Stimme gewann an Volumen. Der Bus schaukelte wieder. Er hielt in der Nähe der Schwabachbrücke. Aber seine Türen blieben geschlossen. Die Fahrgäste drehten sich um. Der Busfahrer auch. Ein Mann wollte aussteigen. Der Busfahrer schüttelte den Kopf.

„Das ist Beförderungserschleichung. Ihre Personalien bitte.“

„Frau Dr. Grabert, ich bitte Sie, das hat doch keinen Sinn. Der Bus fährt sonst nicht weiter ...“

Lotte suchte in ihrer Handtasche nach ihrem Geldbeutel:

„Und wenn nun ich ...?“

„Schsch!“, zischte Frau Dr. Grabert, „so weit kommt's noch! Kann ich was dafür, wenn man mich am Autofahren hindert? Wenden Sie sich an den Kommissar, junger Mann!“

„Dies ist ein Betrugsdelikt mit Vorsatz“, seine Stimme zitterte ein wenig.

„Das ist staatliche Willkür“, konterte Dr. Grabert. „Der Kommissar spinnt. Man hat mir meinen Wagen weggenommen!“

„Paragraf 265a. Sie machen sich strafbar“, erwiderte der Mann im Blouson, seine Stimme hatte etwas Flehendes.

„Es gibt ein Recht auf Mobilität in diesem Land, oder?“, donnerte Frau Dr. Grabert. Sie erhob sich aus ihrem Sitz. Ihr rotes Haar leuchtete feurig.

„Frau Dr. Grabert, der Bus fährt nicht weiter ...“, Lotte zupfte an ihrem Ärmel, die anderen Fahrgäste murmelten ärgerlich.

„Das ist Freiheitsberaubung! Kann man sich nicht mehr ungehindert in diesem Lande bewegen?“, flammte Frau Dr. Grabert.

„Wenn Sie glauben, etwas Besonderes zu sein, dann sage ich Ihnen, Sie sind nichts weiter als eine ganz gewöhnliche Schwarzfahrerin!“

Das wollte der Mann im Blouson eigentlich sagen, aber auf halbem Weg versagte ihm die Stimme.

Dr. Grabert atmete ein. Sie atmete aus. Dann donnerte ihre Stimme mit einem Volumen, das ihr Jahrzehnte im schulischen Dienst verliehen hatten:

„Scheren Sie sich zum Teufel, Sie armseliger Kopfgeldjäger, Sie!“

Und an Lotte gewandt:

„Kommen Sie, Frau Askoleit, das müssen wir uns nicht bieten lassen!“

Sie machte eine herrische Bewegung zum Busfahrer, der warf dem Mann im Blouson einen fragenden Blick zu, der hatte den Kopf eingezogen und machte nun eine gottergebene Geste. Die Türen gingen zischend auf, Dr. Grabert packte ihre Käsepäckchen, ihren Schirm und dann stiegen sie aus.

Der Bus fuhr an, die Silhouette des Mannes im Blouson zitterte auf den spiegelnden Rückfenstern, er sah ihnen nach. Dies war das erste Mal in seiner Laufbahn, dass er auf die Erhebung eines erhöhten Beförderungsentgelts verzichtet hatte. Warum, wusste er selbst nicht so genau. Aber vielleicht war es besser so. Wahrscheinlich war die Rothaarige wirklich eine Mörderin.

Dr. Grabert stand auf der Straße, Triumph im Blick.

„Na los", sagte sie zu Lotte Askoleit. „Den hätten wir in die Flucht geschlagen. So, und nun stellen Sie sich nicht so an. Das sind höchstens zwei Kilometer den Berg rauf. Das schaffen Sie schon."

Es war ein gewittriger, schwülwarmer Sommertag. Lotte erschien das, was nun vor ihr lag, wie der Aufstieg auf den Everest. Nur dass alle anderen Bergsteiger den Vorteil genossen, durch Schnee und Eis zu steigen und Sherpas dabei hatten, während sie sich in der Hitze eine viel befahrene Straße hinaufkämpfen und Frau Dr. Grabert ertragen musste. Die lief unbeirrt und zügig vor ihr her, hielt nur gelegentlich für ein paar Augenblicke an, um sich im Stehen eine Zigarette anzuzünden.

Der Berg zog sich endlos, die alten Eichen schienen noch mehr Hitze auszudampfen, die herrschaftlichen Villen lagen reglos im vornehmen Schatten, an Lottes schweißnasser rechter Hand, die sich auf den Stock stützte, bildete sich eine Blutblase. Ihre Zunge klebte am Gaumen, dazwischen die Reste des Rotschmierekäses.

Wasser, ein Schluck Wasser! Irgendwo in einem Vorgarten bewegte sich ein Rasensprenger stoisch von links nach rechts und warf einen Regenbogen-Sprühnebel in die Luft. Lotte schluckte trocken und kämpfte sich weiter.

Ein Müllwagen ratterte vorbei, verbreitete den Geruch von gärendem Kompost, passend zum Geschmack in ihrem Mund.

Vor dem großen Krankenhaus, das kurz vor ihrem

Ziel im Wald lag, ließ sie sich neben einem Mann im Bademantel mit Infusionsflasche und Zigarette auf eine Bank fallen und weigerte sich, auch nur einen Schritt weiter zu gehen.

Aber Dr. Grabert war unerbittlich. Wer es über Jahrzehnte geschafft hatte, antriebslose Mittelstufler durch die Ausnahmen im französischen Konjunktiv II zum Klassenziel zu peitschen, der schaffte es auch, Lotte Askoleit noch einmal von ihrer Bank, wo sie eigentlich verdursten wollte, hochzujagen und die letzten Meter den Berg vor sich her zu treiben. Und so erreichte Lotte wider Erwarten doch noch das Stift.

Hinter der Blumenrabatte und gleich nach der bequemen Rampe, die Richtung Haupteingang führte, zog sich an der Hauswand eine breite, überdachte Galerie mit Bänken hin. Die Lästerallee. Alle Plätze waren besetzt, alle Blicke richteten sich auf die Ankömmlinge: Dr. Grabert mit entschlossenem Schritt vorneweg, eine gebeugte Lotte Askoleit mit wirrem Haar dahinter. Die vielen Augenpaare wanderten mit ihnen von rechts nach links, Richtung Eingang.

Auf der vierten Bank saß Lenni Winter, neben ihm die Stadtwerksdirektorenwitwe.

„Die Damen machen einen kleinen Verdauungsspaziergang? Sehr gut, sehr lobenswert! Das ist gut für die Figur!“, dröhnte er ihnen entgegen und lachte überlaut. „Wollen die Damen sich nicht zu mir setzen?“

Er rutschte etwas näher an seine neue Herzdame, legte beiläufig den Arm um sie und klopfte auf den Platz neben sich:

„Setzen Sie sich doch, meine Damen!“

Dr. Grabert warf ihm einen vernichtenden Blick zu, Lotte japste und stieß hervor:

„Danke vielmals Herr Winter, wir sind von der Stadt

bis hier herauf gelaufen. Ich bin vollkommen erledigt."

Sie machte Anstalten, sich neben Winter auf die Bank fallen zu lassen, aber Frau Dr. Grabert warf ihr ein Blitzbündel von Blicken zu, sodass sie es lieber unterließ.

„Gelaufen? Bei diesem Wetter? Hat Ihr alter Schlitten wohl endgültig den Geist aufgegeben?"

Er grinste Dr. Grabert an.

Ihr altes Karmann-Ghia-Cabriolet, mit dem sie beim ersten Sonnenstrahl mit offenem Verdeck und wehenden roten Haaren vom Parkdeck Richtung Ausfahrt brauste, war im Stift jedem bekannt.

„Man hat mir meinen Wagen weggenommen."

Winter lachte dröhnend:

„Alkohol? Zu viel Rotwein?"

Er schüttelte sich vor Lachen, sein Bauch hüpfte, die Stadtwerksdirektorenwitwe neben ihm lachte tapfer mit.

„Der Kommissar war's. Er will meinen Wagen untersuchen, ob ich die Leiche von Tetzel damit rumkutschiert habe. Er arbeitet sich durchs Alphabet. Im Moment ist er bei ‚G'. ‚G' wie Grabert, ‚G' wie Gütlicher. Warten Sie's ab. Sie kommen auch noch dran."

Sie warf ihm einen vernichtenden Blick zu und ergänzte:

„So viele von uns sind es ja nicht, die noch den Mumm haben, Auto zu fahren."

Mumm brauchte manch einer hier allerdings tatsächlich, um sich mit zwei künstlichen Hüften, einem grauen Star und Kniearthrose in einen tief liegenden, uralten PKW fallen zu lassen und dann im Autopilotmodus, nur gesteuert von der beifahrenden Gattin, deren grauer Star noch nicht so weit fortgeschritten war, in den Straßenverkehr zu stürzen.

Winter gehörte mit zu den wenigen Unerschrockenen.

„Ich sag's ja, wir Automobilisten müssen zusammenhalten. Nun setzen Sie sich doch zu mir, ich fahr Sie gerne das nächste Mal."

Er lachte wieder gewaltig.

Dr. Grabert antwortete nicht. Sie griff wortlos in ihren Beutel, fischte unter den Käsepäckchen eine ihrer Zigarettenschachteln hervor, zündete sich im Stehen einen Glimmstängel an, blies Winter den Rauch ins Gesicht und erwiderte trocken:

„Ehe ich mich von Ihnen fahren lasse, kaufe ich mir ja lieber noch eine Streifenkarte."

Dann sagte sie:

„Kommen Sie, Frau Askoleit. Ich denke, wir haben uns klar ausgedrückt."

Und sie stolzierte mit Lotte die Lästerallee entlang. Alle Blicke folgten ihr.

Memento VI

Nun bleiben noch sechs Tage bis zum Ende.

Es ist ein warmer, schöner Tag. Viel zu schön für dies Elend.

Dreitausend von ihnen hat man aus der Stadt weggeschickt. Sie sind unterwegs, zu Fuß, Richtung Amberg. Sie laufen in Lazarettanzügen, hinkend und sich gegenseitig stützend.

Ihn hat man zurückgelassen. Er kann nicht laufen und Fahrzeuge gibt es schon lange nicht mehr.

Er liegt in seinem Stockbett, starrt auf die fleddrige Matratzenunterseite über seinem Kopf und horcht auf das Donnergrollen.

XII

Die Tage tropften wie zähes Wachs. Die Vögel sangen nicht mehr, die Luft auf Lottes Balkon wurde dumpf und stickig, die daumennagelkleine Tomate war nun so groß wie eine Babyfaust.

Sie verriegelte jede Nacht die Türe, balancierte den Stuhl davor.

Einmal klingelte der Kommissar, es dauerte lange, bis sie ihn durch den Türspion identifiziert hatte, denn er ließ sich die Haare wachsen. Sie ließ ihn herein. Er hatte ihr Aussageprotokoll dabei, klopfte mit dem Mittelfinger auf den Tisch, während sie Zeile für Zeile las, und fragte, ob sie etwas ergänzen oder abändern wollte. Sie schüttelte den Kopf. Sie hatte gehört, dass er öfter im Haus war, mit anderen Bewohnern sprach. Ob er mit seinen Ermittlungen vorankam, sagte er ihr nicht. Er fragte, ob ihr in ihrem Umfeld jemand aufgefallen sei, warf im Gehen einen langen Blick auf ihr Wohnungsschloss und ermahnte sie, sich immer zu vergewissern, wer vor ihrer Türe stehe, bevor sie öffne. Beruhigt fühlte sich Lotte dadurch nicht.

Der Sommer ließ die Kiefernnadeln im Wald knistern, schälte die Holzlasur von den Parkbänken vor dem Stift und fraß braune Ränder in die Blätter der Petunien in den Rabatten. Margot und Otto verabschiedeten sich für eine Ostseekreuzfahrt nach Sankt Petersburg, die Zwillinge schrieben die letzten Schularbeiten vor den großen Ferien, Jürgen in der Klinik schob seine Ultraschallsonde über schweißnasse Bäuche.

„Er möchte, dass wir uns morgen um fünfzehn Uhr auf dem Parkplatz vor dem Haus einfinden. Er hat eine Liste gefaxt mit den Personen, die er dabeihaben will. Absagen sind nur in begründeten Ausnahmefällen möglich."

Frau Gütlicher hielt Lotte bei ihrem morgendlichen Rundgang das Fax des Kommissars entgegen.

„Sie stehen auf seiner Liste und ich auch. Ich frage mich, was er von uns will."

Auf dem Parkplatz wartete am nächsten Tag ein grünweißer Kleinbus in der prallen Sonne. Frau Dr. Grabert war auch angetreten.

„Sie glauben doch nicht im Ernst, dass ich mich in diese grüne Minna setze, nachdem er mir schon mein Cabrio abgeknöpft hat", polterte sie pro forma, stieg aber dann als Erste ein, um sich den Beifahrersitz zu sichern, während die anderen sich durch die seitliche Schiebetüre auf die hinteren Sitze verteilten.

Der Kommissar selbst war nicht erschienen, nur der junge Polizist, heute jedoch ohne Schutzanzug und Froschschuhe.

„Er ist aufgehalten worden, wir fahren schon mal los."

Er schwang sich hinter das Steuer. Dr. Grabert befahl ihm, alle Fenster zu öffnen, der Fahrtwind fuhr durch die schütteren Haare der Stiftsdamen und -herren. Man rätselte, wohin die Fahrt nun gehen würde.

Sie führte aus der Stadt hinaus, Richtung Westen. Erst über das träge dümpelnde Flussbraun, dann durch das matte Grün der gerade zum zweiten Mal gemähten Wiesen, am faschingsbunten Hochhausturm nahe dem Stadtrand vorbei, über das linealgerade Bett des Kanals und durch ein heidebestandenes Wäldchen mit windschiefen, schmalen Kiefern.

Die grüne Minna schnurrte an einer löwenzahngelben Lichtung mit einem krummen Bachlauf entlang und blinkte dann rechts.

„Ich wusste es. Er will uns den Tatort vorführen. Sehr originell“, verkündete Frau Dr. Grabert von vorne. „Nun geben Sie doch Gas, junger Mann, grüner wird's nicht.“

Dr. Grabert hatte natürlich wieder einmal recht. Sie kurvten um ein paar Ecken, der Fahrtwind zerriss die letzten Reste von Lottes Frisur, dann waren sie da. Der junge Polizist stellte den grünweißen Bus zwischen ein paar Föhren ab, der Seniorentrupp stemmte sich aus der grünen Minna und da funkelte der See zwischen den Stämmen.

Vom Kommissar freilich war weit und breit nichts zu sehen.

Nun, das war in den letzten Wochen leider zur Gewohnheit geworden. Er trudelte zwischen seinen Terminen wie ein Schifflein auf hoher See. Und langsam fühlte er sich seekrank. Natürlich, er war ein Glückspilz. Eine Frau von diesem Temperament zu Hause zu haben, das war wie ein Sechser im Lotto. Aber man wusste ja von den Lottomillionären, dass die meisten mit ihrem Glück auch nicht zurechtkamen. Er wünschte sich nichts sehnlicher als ein Bett für sich alleine, ein Bier, einen Fernseher und seine Ruhe. Er fühlte sich am Ende seiner Kräfte. Selbst seinen letzten Friseurtermin hatte Carla platzen lassen. Nun war er schon wieder zu spät.

Der Trupp, den er hierher bestellt hatte, saß auf der holprigen, verwachsenen, mit rötlichen Betonplatten belegten Freifläche vor dem Badekiosk. Der junge Frosch-Kollege hatte die Gruppe an die Biertische dirigiert, nachdem die Unmutsäußerungen über die lange Wartezeit auf den Kommissar immer lauter geworden waren.

Er hatte sich sogar zu der Zusage verstiegen, wenn sich jemand einstweilen einen Kaffee holen wolle, so gehe das „auf Rechnung".

Daraufhin hatte sich eine kleine Schlange vor dem hochgezogenen Rollo des Kiosks gebildet.

Der Betreiber sah angesichts der lausigen Badesaison, die ihm der Zustand des Weihers bescherte, seinen üblichen Tagesumsatz schon auf das Doppelte hinaufschnellen und wuselte hinter seinem Resopaltresen.

Die beiden Nachbarinnen des Ermordeten, die ehemalige Besitzerin eines Handarbeitsgeschäfts, das sich inzwischen längst in einen Zehn-Euro-ready-to-go-Frisiersalon verwandelt hatte, und eine breithüftige Grundschullehrerin sicherten sich die einzigen beiden leicht gelblich überkrusteten Tortenstückchen, Frau Gütlicher trank bereits den zweiten doppelten Pulver-Espresso, Herr Winter verlangte nach einer Currywurst, Dr. Grabert rauchte und kippte mangels Alternativen einen deutschen Weinbrand aus einem kleinen Fläschchen mit Drehverschluss und Lotte aß mit einem rosa Plastiklöffelchen ein Fruchteis.

Der junge Polizist umkreiste die Gruppe nervös.

Endlich tauchte der Kommissar vorne am schmalen Einlass zum Weiherbereich auf. Er hastete an den Toiletten und der Freiluftdusche vorbei. Sein Haar, das er immer raspelkurz getragen hatte, kringelte sich jetzt wie bei einem Rubenskind. Erst dadurch sah man, dass es über der Stirn schon schütter wurde. Er wirkte erschöpft.

Schon von weitem machte er eine heftige, ausladende Handbewegung, um die Gruppe, die da so träge in der Sonne hockte, von ihren Bänken zu scheuchen.

„Tut mir leid, dass ich aufgehalten wurde. Ähmä, ein Notfall. Können wir dann?!"

Die Gruppe sah ihn lustlos und fragend an.

Der Kioskbesitzer hatte gerade ein längliches weißes Pappschälchen mit einem auf beiden Seiten leicht überstehenden, gummiartigen Gegenstand serviert, der sich unter einer roten Tunke verbarg und intensiv nach Frittierfett roch. Das musste die bestellte Currywurst sein. Bevor Winter noch zulangen konnte, fuhren die rot lackierten Fingernägel von Frau Dr. Grabert in die gleichfarbige Tunke und schnappten sich ein Stück. Dabei sah sie Winter provozierend an, um im nächsten Moment das Gesicht zu einer Grimasse zu verziehen und mit den Worten: „Igitt, das ist ja ein Fall für das Gesundheitsamt", den angebissenen Rest wieder in die Tunke fallen zu lassen.

„Kommen Sie, kommen Sie! Essen können Sie später", dirigierte der Kommissar.

Die Gruppe erhob sich träge, Frau Gütlicher kippte im Stehen den restlichen Espresso, Winter ließ sein Pappschälchen auf dem Biertisch stehen, die Besitzerin des Woll-Ladens war gewitzter und holte sich am Kiosk noch schnell einen Nussriegel, Lotte folgte mit ihrem Stock.

Auf den flachen Kleewiesen waren kaum Besucher. Nur vereinzelt hatte jemand eine bunte Sommerliege ausgeklappt, Richtung Sonne und See ausgerichtet, und lag nun bewegungslos, bis die Haut den Farbton der Currysauce angenommen hatte.

Der Betreiber des Tretbootverleihs hatte sein Gatter gar nicht erst aufgesperrt, die Boote des Segelvereins lagen ordentlich nebeneinander am Ufer.

Der Kommissar lief voraus. Er stürmte an den „Baden verboten"-Schildern und den hohen Pappeln vorbei, ohne sich nur einmal umzusehen. Erst an dem schwarz verbrannten Kreis in der Wiese hielt er abrupt an, machte wieder eine ausladende Handbewegung, die die kleine Gruppe anwies, sich im Kreis um die riesige dunkle Narbe im Gras aufzustellen. Er sah sich um, runzelte die Stirn und raunzte:

„Und wo bleibt Beck?"

Man sah sich fragend an. Wer war Beck? Nun, das war der junge, diensteifrige Frosch. Er war aufgehalten worden. Der Kioskbesitzer hatte sich standhaft geweigert, einen spezifizierten Verzehrnachweis auf Rechnung für die Kriminalpolizei auszuschreiben, und auf Barzahlung bestanden. Beck stand noch am Kiosk und diskutierte mit dem Besitzer.

„Sie wissen, wo wir uns hier befinden?"

Der Kommissar sah streng in die Runde. Niemand antwortete, Dr. Grabert schnaubte, Lotte stützte sich schwer auf ihren Stock, Winter trocknete sich die Stirne mit einem großen Taschentuch. So gab sich der Kommissar selbst die Antwort:

„Hier ist Max Tetzel verbrannt, unter einem riesigen Sonnwendfeuer. Er war zu diesem Zeitpunkt sicherlich schon tot. Wir fragen uns natürlich, wie man ihn hierher gebracht hat."

Er stand breitbeinig da und musterte jeden im Kreis. Dr. Grabert war erwartungsgemäß die Erste, die sich äußerte. Sie sah den Kommissar süffisant an und meinte:

„Da Sie mich ja sowieso schon im Verdacht haben – ich hätte mir ein Wohnmobil geliehen, hätte ihn eingepackt, hätte mich da drüben auf den Zeltplatz zu den Holländern gestellt und ihn nachts unter das Holz gepackt."

Der Kommissar sah sie irritiert an. Meinte Sie das ernst? Vielleicht sollte man tatsächlich mal die Campingplatzbenutzer befragen.

„Oder“, unterbrach ihn Frau Dr. Grabert, „ich hätte ihn in ein Boot gelegt, ein bisschen über den See geschippert und nachts zum Verfeuern abgelegt.“

Sie lachte laut und schadenfroh und ergänzte dann angriffslustig: „Aber vielleicht war es ja nicht nur ein Täter? Vielleicht waren es zwei?“

Der Kommissar war sich nicht sicher, ob sie ihn auf den Arm nahm. Die beiden Nachbarinnen von Tetzel jedenfalls schienen diese Vermutung auf sich zu beziehen und gute Lust zu haben, auf Dr. Grabert loszugehen.

„Ich kann mir nicht vorstellen, dass es jemand von uns aus dem Stift war“, schaltete sich Lotte ein. Das lange Stehen machte ihr Mühe:

„Haben Sie denn endlich die Tatwaffe gefunden?“

Der Kommissar schüttelte grämlich den Kopf.

„Haben Sie mittlerweile wenigstens noch seine Exfrau befragen können?“

Hörte er aus jeder Äußerung eine Spitze heraus oder lagen einfach nach diesem erschöpfenden Nachmittag seine Nerven blank?

Er schüttelte nur kurz sein aufspringendes Lockenhaar und raunzte grantig:

„Die ist draußen. Sie hat ein einwandfreies Alibi.“

„Aber sie sah gut aus, das Miststück. Hab sie ewig nicht mehr gesehen“, schaltete sich Winter in die Runde ein. Er schwankte ein wenig.

Frau Gütlicher sah ihn besorgt von der Seite an. Sie hob den Finger, als wolle sie sich in der Schule melden. Manfred Groß nickte ihr zu.

„Herr Kommissar, ich weiß nicht, was Sie mit dieser Gesprächsrunde am Tatort bezwecken. Ich möchte in meiner Funktion als Altenpflegerin nur darauf hinweisen, dass einige der Anwesenden krank beziehungsweise gebrechlich sind. Es geht nicht an, dass wir hier so lange in der Hitze stehen müssen."

Manfred Groß sah sie kalt an.

„Es dauert nicht mehr lange. Es liegt ganz bei Ihnen, wie lange wir hier stehen. Ich bin auch müde."

Müde? Er fühlte sich wie ein knochen- und weichteilloses Amöbenwesen, gallertartig zerfließend. Carla machte ihn fertig. Ihm war schwindelig.

„Also", Lotte sprach zögernd, „ich denke mir, der Täter muss sein Opfer gut gekannt haben. Die hintere Türe war ja schon zugesperrt, als es passierte. Der Täter muss also schon länger bei Herrn Tetzel gewesen sein oder er gehörte zum Haus und hatte einen Schlüssel."

Sie hatte den Satz kaum beendet, da wurde ihr schon klar, was sie getan hatte. Sie hatte sich verraten. Niemand im Stift – außer Frau Gütlicher – wusste bisher, dass sie Zeugin des Mordes gewesen war. Nur sie, Lotte Askoleit, als Tatzeugin konnte den Zeitpunkt des Mordes kennen und wissen, dass die Hintertüre da schon abgeschlossen war – sie hatte sich verraten.

Sie spürte ein Kribbeln in ihren Beinen, in den Fingern, sah schwarze Punkte vor ihren Augen, den forschenden Blick von Frau Dr. Grabert, die arglosen Gesichter der anderen in der Runde, Winters fahles Gesicht mit den bläulichen Lippen. Wie hatte sie so dumm sein können? Zum ersten Mal war sie dem Kommissar dankbar, denn – hatte er die Falle gemerkt, die sie sich selbst gestellt hatte oder war es reine Arglosigkeit? – er wischte ihre Bemerkung zur Seite und donnerte:

„Und dann hätte ich noch eine Frage an Sie."

Manfred Groß lief wie ein Dompteur eine Runde um die im Kreis stehenden Anwesenden und sah jedem scharf ins Gesicht:

„Es geht in diesem Falle um die Ermittlungen in

einem Mordfall, meine Herrschaften – aber nicht nur darum. Wir haben feststellen müssen, dass aus Herrn Tetzels Zimmer ein größerer Gegenstand verschwunden ist. Vermutlich eine Kiste. Sie stand in seinem Schlafzimmerschrank und hat auf dem Schubladenholz einen hellen Abdruck und einen Staubrand hinterlassen. Weiß jemand, worum es sich handeln könnte?"

Es konnte niemand antworten, denn in diesem Moment sackte Leonhard Winter zusammen. Erst machte er zwei automatenhafte Schritte auf den Feuerkreis zu, seine Knie gaben nach, dann schlug er auf dem Boden auf, von keiner Abwehrbewegung der Arme gebremst, das Gesicht in der schwarzen Asche, die beim Aufprall ein bisschen staubte.

Lotte stieß unwillkürlich einen Schrei aus, die eine Nachbarin warf sich der anderen in die Arme, der Kommissar bellte einen Fluch, Dr. Grabert sagte: „Merde", nur Frau Gütlicher blieb Herrin der Situation.

Sie war sofort bei dem Gestürzten, packte den Liegenden, zerrte ihn mit Leibeskräften an den Füßen aus dem Aschekreis heraus, drehte ihn mit einem geübten Griff auf die linke Seite, kniete sich neben ihn, klopfte seine schwarze, rußbeschmierte Wange und rief seinen Namen. Winters Gesichtszüge zuckten, kalte Schweißspuren vibrierten weiß und feucht von der Schläfe über die Wange zum Kinn und tropften von dort auf die Erde, die Lippen zitterten, die Hände krampften sich in unregelmäßigen Zuckungen zusammen, er murmelte Unverständliches, über seinen groben Körper glitten Wellen von Kontraktionen wie bei einem an Land gezerrten Wal.

„Da haben Sie's", stieß Frau Gütlicher in Richtung des Kommissars hervor, „ich habe Sie gewarnt! Das ist unverantwortlich. Er ist schwerer Diabetiker. Ich habe es ihm angesehen, dass es ihm nicht gut geht. Er hat nichts gegessen und dann diese Steherei hier in der Hitze! Das ist eine Unterzuckerung! Rufen Sie den Notarzt!"

„Mein Handy", dachte Manfred Groß, „mein Handy ... wo ist mein Handy??? Himmel verdammt noch mal, das liegt auf dem Nachttisch, ich hab's vorher aus der Hosentasche genommen, als ich mit Carla ..."

„Beck!", schrie er laut. „Beck! Wo stecken Sie? Ich brauche Ihr Handy, verdammt noch mal!"

Beck aber stand immer noch ganz da vorne am Kiosk und diskutierte mit dem Besitzer über die Rechnung.

„Hat denn keiner von Ihnen ein verdammtes Handy dabei? Frau Askoleit, was ist mit Ihnen? Ich habe Ihnen doch gesagt, Sie sollen sich eins besorgen! ... Ach was soll's ..."

Er rannte los. Schließlich war dort vorne die Rettungsstation der Wasserwacht und mit Sicherheit auch ein Krankenwagen.

Er spurtete am Wasser entlang, überholte zwei Damen, die nagelneue Funktionskleidung trugen und ihre Walkingstöcke in artigen kleinen Bewegungen vor den Körper setzten, rannte fast einen Hund um, der gerade auf dem Gehweg sein Geschäft verrichtete, und prallte mit ungeminderter Wucht gegen die Türe der Wasserwacht, denn die war verschlossen. Schließlich gab es niemanden zu retten, wenn niemand ins Wasser durfte.

In seinem atemlosen Spurt war es Manfred Groß entgangen, dass er blindlings an dem Kiosk mit den Bierbänken vorbeigerannt war. Der junge Kollege hatte ihm nur einen verständnislosen Blick nachgeschickt und sich wieder der Diskussion zugewandt, ob die nicht verzehrte Currywurst nun auf die Polizeirechnung gehörte oder nicht.

Manfred Groß wollte sich schon umdrehen und zum Kiosk zurückspurten, aber da sah er am Eingang zum Weiher eine Kavalkade von schweren Wagen stehen, die Autotüren geöffnet. Die zugehörigen Insassen standen am Wasser.

Gegen eine Pappel, nahe am Wasser, war ein Rennrad gelehnt. Weit draußen im Wasser stand der Oberbürgermeister. Er hatte eine kurze, bunte Radlerhose an, die Radlerschuhe mit den Klettverschlüssen hatte er am Uferrand abgestellt.

Er hatte beschlossen, diesen unangenehmen Blaualgen-Termin am Weiher mit den Vertretern von Stadtrat und Gesundheitsamt wenigstens mit einer Trainingseinheit auf dem Rennrad zu verbinden. Mit seiner Tagesform war er höchst zufrieden, mit dem Wasserzustand leider weniger.

Er bückte sich gerade, um sich ein Bild von der Situation zu machen, tauchte seine Hand ins Wasser und besah traurig den blaugrünen Film, der nun seinen Handrücken überzog.

Es war ein Jammer. Ja, ja, natürlich, das hier war kein See und war es nie gewesen. Man war hier nicht in Oberbayern. Das hier war ein Weiher. Ein Karpfenweiher. Ein Tümpel. Karpfen liebten den Schlamm. Die Badegäste und das Gesundheitsamt taten das weniger. Die Anwohner lagen ihm in den Ohren wegen des Gestanks, der Betreiber des Bootsverleihs wegen des Geldes, das Gesundheitsamt wegen der Bakterien und der Stadtrat wegen der nächsten Wahl.

Er platschte mit der Hand durchs Wasser, aber der Blaualgenschleim löste sich nicht. Was nun? Eine Umlaufleitung für die Abwässer aus den Gemeinden weiter im Westen? Sollte er die etwa bezahlen? Die dort im Umland hatten wahrlich genug Geld, um sich um ihre Fäkalien selbst zu kümmern. Noch mal Schlamm ausbaggern wie in den vergangenen Jahren? Das hatte Unsummen gekostet und, wie man sah, nichts gebracht. Das Phosphatproblem mit Nitrat bekämpfen? Er hörte schon das Lamento der Verantwortlichen über die Schädigung der Grundwasserdepots.

Eigentlich lag die Lösung auf der Hand: den Weiher den Karpfen zurückgeben und außen herum einen schönen Radkurs anlegen. Als jährlicher Höhepunkt schwebte ihm ein internationales Sechstagerennen vor. Aber irgendwie war der Vorschlag im Stadtrat nicht mehrheitsfähig. Er paddelte traurig mit der Hand im Wasser.

Er blickte auf und sah, dass am Weiherrand ein Kollege der SPD-Fraktion stand und winkte. Das war eher ungewöhnlich. Der Oberbürgermeister freute sich über diese kollegiale Geste und winkte jovial zurück. Der SPD-Stadtrat und die anderen am Ufer winkten heftiger, der Oberbürgermeister ebenso. Aus der Ferne hörte man ein Martinshorn, das langsam näher zu kommen schien.

Der Oberbürgermeister sah noch eine Weile betrübt über das Wasser, das sich matt in der Sonne kräuselte, dann trat er den Rückzug an und watete durch den Schlick Richtung Ufer. Verdammt, das war ja ekelhaft. Fast wäre er ausgeglitscht und abgetaucht. Er stapfte weiter. Man sah nicht, wo man hintrat. War das jetzt ein Fisch oder eine Alge gewesen?

Das Martinshorn wurde lauter. Zwischen seinen Zehen sammelte sich Grünzeug. Es fühlte sich weich und glibberig an. Zwischen den Kiefern blinkte ein Blaulicht. Das Ufer kam langsam näher.

Irgendwie brannte das Zeug auf der Haut. Er pflügte schneller durch das Wasser. Die Brühe spritzte auf seine Radlerhose hoch. Hoffentlich gingen diese blaugrünen

Flecken wieder raus. Er fühlte Sand unter den Füßen, das Ufer, endlich im Gras.

Während er mit den Füßen aufstampfte, um das matschige Grünzeug zwischen seinen Zehen loszuwerden, kam sein persönlicher Referent auf ihn zugelaufen:

„Herr Oberbürgermeister, hinten am Campingplatz hat es einen Notfall gegeben. Wir haben umgehend den Rettungswagen verständigt. Das hier ist Kommissar Groß. Er war vor Ort, als es passiert ist, und hat uns geistesgegenwärtig gebeten, die Rettungsleitstelle anzurufen."

Der Oberbürgermeister stampfte noch einmal mit den nackten Füßen auf und grüßte gleichzeitig freundlich zu dem Mann mit der eigenartigen Lockenfrisur, der neben dem Referenten nervös herumtänzelte und den er noch nie im Leben gesehen hatte. Das Stadtoberhaupt streckte ihm seine algenglitschige Hand entgegen und sagte aus alter, bürgernaher, wahlkampferprobter Gewohnheit:

„Freut mich, ich habe schon viel von Ihnen gehört."

Der Kommissar lächelte gequält.

In diesem Moment bog der Rettungswagen durch das geöffnete Gatter auf das Weihergrundstück ein. Der Sanitäter hinter dem Steuer bremste direkt vor Manfred Groß und dem Oberbürgermeister ab, ließ das Seitenfenster herunter und verkündete stolz:

„Hallo, zusammen! Ihr habt uns angefordert? Von der Klinik hier raus in neuneinhalb Minuten – das war Rekord! Wo müssen wir hin?"

„Neuneinhalb Minuten?"

Der Oberbürgermeister strahlte. Er sah an seiner fleckig-feuchten Radlerhose, den grün verschmierten Unterschenkeln, den schlickigen, nackten Füßen hinab, sinnierte einen Moment und erklärte dann feierlich:

„Pfeif doch auf den Weiher! Als Medizinhauptstadt sind wir jedenfalls unschlagbar."

XIII

Die Besatzung des Rettungswagens arbeitete schweigend und routiniert. Der Patient, der da auf der Wiese am Wasser lag, erhielt die notwendige Erstversorgung, wurde auf der schmalen, transportablen Liege festgeschnallt und schließlich setzte sich der Rettungswagen mit Blaulicht Richtung Innenstadt und Kliniken in Bewegung.

Der Oberbürgermeister ließ es sich nicht nehmen, als Eskorte auf dem Rennrad die ersten paar hundert Meter hinterherzuradeln. Aber dann musste er erschöpft aufgeben, denn der Sanitäter am Steuer hielt sich nicht an die Geschwindigkeitsbegrenzung, sondern ließ das Martinshorn aufheulen und trat das Gaspedal durch – mal sehen, ob man den Rückweg auch in neuneinhalb Minuten schaffte.

Der Kommissar hatte der kleinen, verstörten Gruppe, die mit ihm am Weiher zurückblieb, keine weiteren Fragen mehr gestellt. Er wirkte fahrig und unkonzentriert. Frau Gütlicher hatte etwas von „unglaublichen Verhörmethoden" gezischt und Manfred Groß hatte den jungen Frosch angeherrscht, er solle die Gruppe schleunigst wieder ins Stift fahren, aber „zack, zack".

Er musste sich vor sich selbst eingestehen, dass er wohl zu weit gegangen war. Frau Gütlicher hatte ihn gewarnt. Was tun, wenn Winter sich nicht wieder erholte?

Er hätte sich darum keine Sorgen machen müssen. Für

das Notaufnahmeteam in der Klinik war dies nicht mehr als ein Routinefall. Der Patient erhielt ausreichend Glukose i.v. und am nächsten Morgen war Winter wieder im Stift – voluminös, resistent gegen alle Diätratschläge und um eine dramatische Geschichte für den ihn umgebenden Damenflor reicher.

Vielleicht nahm sich Lotte die Ereignisse am See fast mehr zu Herzen als er. Sie hatte sich in ihrer Redseligkeit verraten. Jeder, der da am Feuerkreis stand und Herr seines Verstandes war, hatte aus ihren Äußerungen schließen können, dass sie wusste, wann der Mord passiert war, dass sie also auf irgendeine Weise Zeugin dieser Tat gewesen sein musste.

Sie versuchte sich zu erinnern. Die Einzige, die ihr dort im Rund einen merkwürdigen, misstrauischen Blick zugeworfen hatte, war Frau Dr. Grabert gewesen. Lotte fröstelte. Unsinn. Doch nicht Frau Dr. Grabert. Niemals.

Aber dann spürte sie, wie sich die Angst in ihren Nacken krallte: Warum hatte Frau Gütlicher inzwischen ihr Auto unbeanstandet zurückbekommen, während der Kommissar Frau Dr. Graberts altes Karmann-Ghia-Cabrio immer noch unter Verschluss hielt?

Sie schloss sich in ihrem Zimmer ein. Sie weigerte sich, zum gemeinsamen Mittagessen zu gehen. Wie sollte sie unter den Augen von Frau Dr. Grabert auch nur einen Bissen hinunterbringen? Wie sollte sie mit ihr in einem Aufzug fahren?

Sie entschied, fürs Erste die Wohnung nicht mehr zu verlassen, sich von Frau Gütlicher das Nötigste aus dem Spar-Laden besorgen zu lassen und sich wenigstens so schnell wie möglich endlich ein Handy zuzulegen.

„Ein Handy?", sagte Jürgen am Telefon. „Mensch, sei froh, wenn dich nicht dauernd jemand anklingeln kann. Das ist die Hölle. Übrigens, es passt jetzt gar nicht. Ich stecke gerade mit dem Gastroskop in einem Magen. Aber ich werde die Kinder fragen. Tschüs."

Vier Tage lang hörte sie nichts von Jürgen. Dann klingelte es an ihrer Wohnungstüre. Aber in Lottes Wagenburg kam so schnell niemand mehr herein. Auch am Tag war der Schlüssel zweimal umgedreht und der Stuhl gegen die Türe gekippt. Außerdem hatte sie eine waghalsige Konstruktion ersonnen, die aus einem hohen Bücherstapel bestand, auf dem ein umgedrehter Abfalleimer thronte, auf dem wiederum eine alte Vase stand, in deren Hals wiederum ein langer Aufschöpflöffel stak. Das Ganze hatte den Sinn, wie der Turm von Babel unter lautem Getöse in sich zusammenzubrechen, wenn jemand heimlich die Türe aufbrechen sollte.

Es dauerte also, bis sie sich Zugang zu ihrer Wohnungstüre verschafft, durch den Spion geschaut und aufgesperrt hatte.

„Warum hast du denn einen Suppenlöffel in der Hand, Tante Lotte?", fragte Max, als sie endlich öffnete.

„Wir haben ein Handy für dich dabei. Ist aber ein altes von Max. Macht das was?", fragte Lisbeth.

„Macht nichts, Kinder, kommt rein. Es müsste allerdings schon ein Priped-Handy sein. Was immer das sein mag. Jedenfalls hat der Kommissar gesagt, das wäre wichtig."

„Wasn? Ach so, prepaid. Klar, so eins ist das. Es sind noch zwanzig Euro als Guthaben drauf. Reicht dir das erst mal? Du kannst direkt lostelefonieren. Ist ganz einfach. Können wir reinkommen?"

„Wieso? Äh, ja sicher, Kinder. Stolpert nicht über die Bücher und die Vase und den Stuhl. Was habt ihr da für einen Behälter dabei?“

„Och“, machte Max, „wir hätten da noch 'ne Frage.“

„Ich habe leider keinen Apfelsaft für euch da, Kinder. Soll ich einen Tee machen? Nein? Ich gebe euch jedem fünf Euro. Dann kauft ihr euch unten ein Eis. Was habt ihr denn nun Geheimnisvolles mitgebracht?“

„Nicht erschrecken, Tante Lotte“, sagte Lisbeth.

„Er ist ganz lieb“, sagte Max.

Er hob den Korb hoch. Der Korb war halbkugelförmig, geflochten und hatte auf der Vorderseite ein Türchen mit einem Lederriemen als Verschluss. Ein paar lange, störrische weiße Schnurrhaare staksten heraus. Dazwischen schimmerte eine feuchte, rosa Nase.

„Kann ich ihn mal rauslassen? Er ist wirklich ganz lieb.“

„Nein!“, sagte Lotte. „Seid ihr verrückt? Die Katze bleibt drinnen.“

„Fühl doch mal“, sagte Lisbeth, „ganz weich.“

„Ich will nicht, dass mir die Katze auf den Schoß springt.“

„Horch mal. Sie ist gerne bei dir. Sie schnurrt.“

„Tut sie sofort wieder in den Korb, Kinder!“

„Schau mal, wie sie den Kopf gegen deine Hand drückt. Süß, was?“

„Katzen sind verschlagen und hinterhältig.“

„Och, siehst du, sie kneift die Augen zusammen, wenn du sie streichelst.“

„Katzen sind Raubtiere. Sie würden uns auffressen, wenn sie groß genug wären.“

„Sie braucht nicht mal ein Katzenklo. Sie setzt sich auf die richtige Toilette. Sie ist clever.“

„Katzen sind falsch. Man streichelt sie und sie kratzen

einem die Augen aus."

„Hörst du: Sie schnurrt! Sie mag dich. Ich habe es gewusst."

„Katzenhaare wird man nie mehr los. Sie sind überall."

„Hör mal, sie brummt ganz laut, wenn du sie hinter dem Ohr kraulst."

„Und überhaupt – Katzen sind hier verboten."

„Das hat Mama auch gesagt. Du weißt ja – der blöde Dackel."

„Katzen übertragen Krankheiten. Würmer und so."

„Wir haben ihr was zu fressen für die ersten Tage mitgebracht."

„Sie erinnert mich an zu Hause. Wir hatten früher immer Katzen. Ich persönlich mag keine Hunde."

„Sie schläft praktisch den ganzen Tag."

„Man sagt, kluge Menschen haben Katzen, Despoten haben Hunde."

„Wir verraten das nicht Mama, okay?"

„Ich wüsste gar nicht, wo sie schlafen sollte. Doch nicht in Karls altem Bett."

„Es wäre nur vorübergehend. Damit sie nicht ins Tierheim muss."

„Wenn das jemand rausfindet, wird mir gekündigt."

„Das können die doch gar nicht machen. Wo sollst du denn sonst hin?"

„Wenn ich sie überhaupt nehmen würde, dann müsste sie Molly heißen. Ich hatte als junges Mädchen zu Hause mal eine Katze, die hieß so. Die war auch kohlschwarz, nur mit so einem niedlichen schneeweißen Brustfleck."

„Er heißt Killer."

„Kinder, es tut mir leid! Nein! Raus mit diesem Katzenvieh! Das ertrage ich nicht!"

„Du kannst ihn ja umtaufen. Es ist zwar eigentlich ein Kater, aber Molly ist doch auch schön."

„Aber nur bis morgen. Und verratet mich um Gottes willen nicht."

„Es hat geklingelt."

„Kinder, wir machen nicht auf."

„Man hört doch vor der Türe, dass wir geredet haben."

„Dann lasst wenigstens die Katze verschwinden. Schnell, sperrt sie ins Schlafzimmer!"

„Komm, Killer, kommkommkomm!"

„Ich nehme sie nur, wenn sie Molly heißt!"

Die Kinder machten auf – ohne durch den Spion zu schauen. Es war Frau Dr. Grabert. Sie rauchte, auch wenn das wieder zu einem Eklat mit dem Stiftsleiter führen würde – sie brauchte das jetzt.

Sie musterte die Zwillinge mit einem strengen Blick, saugte an ihrer fast bis zu den Fingern aufgerauchten Zigarette und fragte dann ohne Begrüßung Richtung Lotte:

„Ach, ist das Ihre Verwandtschaft?"

Ohne eine Antwort abzuwarten, wandte sie sich an die Zwillinge:

„Na, Herrschaften, was macht die Schule?"

„Wir haben Ferien."

Dr. Grabert inhalierte tief:

„Was, schon wieder?"

Sie schob die Zwillinge zur Seite, ging ohne Umstände zu Lottes kleiner Küchenzeile, warf das glimmende Zigarettenende ins Waschbecken, drehte den Wasserhahn auf und sagte, halb mit dem Rücken zu Lotte:

„So, Frau Askoleit, jetzt haben wir den Salat. Ich dachte, ich erzähle es Ihnen. Sie bekommen ja nichts mehr mit, seit Sie nicht mehr zum Mittagessen erscheinen.

Sind Sie krank oder was?"

Lotte schüttelte den Kopf, die Zwillinge hatten sich verschreckt nebeneinander auf Lottes Plüschsofa gesetzt.

Dr. Grabert drehte den Wasserhahn wieder zu, ihre Zigarettenkippe schwamm in einer Lache von nasser Asche.

„Er ist verschwunden. Weg."

Lotte schien ihr unkonzentriert, als lausche sie in eine andere Richtung, so wiederholte sie:

„Hören Sie, Frau Askoleit! Dieser Winter ist weg! Frau Gütlicher hat heute Morgen nach ihm sehen wollen, aber das Bett war nicht mal angerührt. – Na ja", setzte sie hinzu und lehnte sich gegen die Spüle, „zumindest war diesmal nicht alles voll Blut."

Sie lachte kehlig:

„Ich meine, alle sind jetzt natürlich in heller Aufregung. Immerhin ist das nun schon das zweite Mal, dass jemand in diesem Altersheim plötzlich verschwindet. Langsam werden die Männer hier knapp."

Sie lachte dröhnend.

Warum sahen Lotte und diese Kinder eigentlich wie hypnotisierte Karnickel dauernd zur Schlafzimmertüre?

„Ich habe unserem Heimleiter erklärt, dass der Herr wahrscheinlich nur ein amouröses Abenteuer hat. Unsere Damen haben ihm ja geradezu peinliche Avancen gemacht, was ich partout nicht verstehen kann. Ich meine – vom ästhetischen Standpunkt war er doch eine Katastrophe! Aber so sind meine lieben Geschlechtsgenossinnen. Es muss nur jemand Haare auf der Brust haben, dann vergessen sie jeden Stolz. – Hören Sie mir eigentlich zu, Frau Askoleit? Na ja, wie auch immer, den Kommissar werden wir in nächster Zeit noch öfter hier sehen, wenn unser Don Juan nicht wieder auftauchen sollte. Vielleicht gibt es ihn ja doch in unserem Haus, den Killer!"

Die anderen drei sahen sich wie auf ein Stichwort mit aufgerissenen Augen an. Komische Truppe.

Dr. Grabert kramte nach ihren Zigaretten. Sie würde unten im Flur noch eine rauchen – schon damit der Stiftsleiter etwas hatte, vorüber er sich aufregen konnte. Dass sie die ganze Zeit als Einzige geredet hatte, war ihr nicht aufgefallen. Dafür war sie zu lange Pädagogin gewesen.

Diese Nacht war anders. Sie war lauer und nicht so schwarz wie die Nächte zuvor. Mondlicht schaukelte auf dem alten Eichenschrank. Über die Tapete tanzte manchmal der Schatten einer Wolke. Der alte Wecker glitt friedlich im immer gleichen Takt durch die Zeit. Die Stille war wie Watte, weich und weiß. Der Vorhang warf ein friedliches Muster gegen das Bett. Die Daunen waren zart wie Schnee. Dass der Schlaf nicht kam, das war nicht schlimm. Sie fühlte sich, als läge sie auf einem sanften Wolkenschiff und treibe durch den Himmel dieser Sommernacht. Vom Abend bis zur Mitternacht, von Mitternacht bis zum Morgen, in einem endlosen friedlichen Kreis, eingehüllt in den blauen Mantel der Stille, in den Atem der Nacht.

Sie streckte den Arm aus. Dies Fell war so unglaublich weich, weicher noch als alles, was sie in den letzten Jahren mit ihren Fingern ertastet hatte. Es verströmte eine Wärme, dass sie hätte weinen können. Die Katze bewegte sich, sie schnurrte unter Lottes Berührung im Schlaf. Das Fell hob und senkte sich, Lotte spürte den Herzschlag darunter. Tok-tok. Gleichmäßig und vertrauensvoll. Tok-tok. Das kleine Katzenherz pochte. Diese Wärme war Leben. Tok-tok. So friedlich. Wolkenweich. Tok-tok. Watteweich. Sanft wie der Mond. Tok-tok. Sie schlief.

Morgens war die Katze fort. Lotte fuhr viel zu schnell hoch, saß kerzengerade in ihrem Bett, spürte schwarzen Sternchenschwindel, plagte sich aus dem Bett, packte ihren Stock, rief:

„Molly! Molly!"

Nichts.

Sie lief ins Wohnzimmer.

Nichts.

Sie lief in den kleinen Flur.

Nichts.

Sie sah ins Bad.

Molly hockte auf der Klobrille.

„Molly!", rief Lotte.

Die Katze wandte ihr das Hinterteil zu.

„Molly!"

Es klopfte. Das war Frau Gütlicher auf ihrem Rundgang.

„Molly, schnell, verschwinde! Ab ins Schlafzimmer!"

Die Katze legte die Ohren zurück.

„Molly, los, du musst verschwinden!"

Die Katze sprang mit einem eleganten Satz von der Klobrille, machte einen Buckel und stellte den Schwanz kampfbereit senkrecht nach oben. Die schwarze Schwanzspitze vibrierte. Sie fauchte.

Es klopfte wieder. Man hörte die Stimme von Frau Gütlicher durch die Türe:

„Frau Askoleit? Alles in Ordnung mit Ihnen? Ich sperre jetzt Ihre Türe auf, ja?!"

„Molly!" zischte Lotte nochmals in Panik. Und dann versuchsweise: „Killer!"

Killer kam. Er strich um ihre Beine, folgte ihr schnurrend, machte einen Satz auf das Bett des guten Karl und Lotte klappte schnell die Türe zu – gerade noch rechtzeitig, bevor der Stuhl umfiel, der Mülleimer, die Vase und der Suppenlöffel herunterkrachten und Frau Gütlicher in der Türe stand und ihr eröffnete, dass Leonhard Winter immer noch nicht wieder aufgetaucht war.

Memento VII

Noch knapp drei Tage.

Die Wurstfabrik Bär in Uttenreuth öffnet ihre Kartoffelmieten - bald müssen die kriegsgefangenen Arbeiter aus Frankreich ja nicht mehr durchgefüttert werden. Die Erlanger hasten hinaus zu den Mieten und graben die Kartoffeln aus, als sei dies ihre Henkersmahlzeit.

Noch knapp zwei Tage. Die Plassenburg, Krone über dem Frankenland, ist gefallen. Bald werden hunderte von Flüchtlingen in der Burg einquartiert werden, Mauern durchbrochen, Wäsche gehängt, die Burg ein großes Flüchtlingslager.

In Erlangen erscheint zum letzten Mal die Zeitung.

Mädchen singen an den Betten im Lazarett der Prinzregentenschule, Frauen plündern einen Güterzug mit Kleidern und Lebensmitteln, Geschwader von Flugzeugen dröhnen über die Stadt.

Abends steht sein alter Freund an seinem Bett. Bei

Bamberg war er eingesetzt. Bamberg ist gefallen.
Die Truppen fluten zurück. Jetzt ist er hier.
Er flirtet mit der jungen Lazarettschwester und bietet ihr eine Zigarette an. Sie lacht.
Sie rauchen zu dritt.

XIV

Der See dort draußen zwischen den Nadelwäldern spannte sich zwischen den Stämmen wie eine samtene Scheibe. Seine brombeerfarbene Haut bewegte sich kaum. Nur dann und wann liefen ein paar zitternde Wellenringe von innen nach außen, trafen einander, tanzten ein paar trunkene Kreise und legten sich flüsternd wieder zur Ruhe.

Die Schatten der Bäume rundum verschränkten sich auf dem Waldboden und bildeten schwankende Muster und Wirbel, die Kronen wiegten den Himmel im Schlaf.

Doch dann zerfloss die nächtliche Tinte und zerrann am Himmel nach Westen. Die Dämmerung zog die fahle Decke vom Wasser und der See öffnete träge seine grauen Augen. Dunstfahnen wehten und die ersten Krähen schrien schläfrig am Rand.

Im Osten erhob sich die Sonne auf Zehenspitzen, warf Scherben von rosigem Licht gegen das Grau, saugte die zittrigen Nebel nach oben, verjagte die Stille und gab den Einsatz für den Kanon des Lichts.

Möwen in Grellweiß zerteilten den Himmel. Schwalben stürzten herunter vom Blau. Schwäne durchpflügten den Deckel des Wassers, stahlgraue Mückengeschwader taumelten schräg. Das grünwandige Gestrüpp in der Tiefe tanzte in Wellen nach rechts und nach links. Trockenes Blau knisterte über den Kiefern, trocken wie raschelndes Seidenpapier. Die Sonne schälte den Schaum von den Kieseln, sie zog Riffel von Schatten in den glitzernden Sand, stieg höher und brannte den Tag wie ein glühendes Eisen ins Gras. Es schien kein Ende zu nehmen mit dem Licht und dem Blau.

Doch dann begannen die Schatten müde über dem Wasser zu trudeln, wurden länglich und fahl. Das Streulicht von Röte verfiel und verblasste und von Osten zog der Mond den Wagen der Nacht.

Als die Sonne wieder den nächtlichen Spiegel zerbrach, da war das Wasser gefallen. Die grünlichen Wälder von Algen trugen zwar wieder die dämmrigen Farben des Urwalds, doch sie drifteten schräg, als zöge die Sonne ihre Mähnen ans Licht. Die Fische trudelten panisch im Schatten der schillernden Gräser und verbargen sich zitternd im schlammigen Grau.

Doch die Reflexe der Sonne wühlten sich tiefer. Ein Brennstrahl von Hitze traf die Fische am Boden und schaufelte Licht hinab bis zum Grund. Der Atem des Wassers wurde asthmatisch und flach, die Fische schnappten, sprangen hektische Bögen, doch im Aufprall war das Wasser schon wieder gesunken, die Schuppen der Fische schrillten wie Regenbogen im Licht. Der Morgen röchelte, warf schlierigen Schleim, blutige Kiemen klappten auf, wieder zu. Stiefel im Wasser, ein Netz gegen die Sonne. Ein Rudern und Schnappen, den rundmäuligen Fischschrei hört keiner. Ein Zittern und Kräuseln in Wellen. Fischhaut glitzert, in das Fischauge bohrt sich die Sonne. Von nun an gibt es kein Entrinnen mehr.

Es war eine reiche Ernte an diesem Morgen. Die Männer in ihren dunkelgrünen Gummihosen standen bis zu den Knien im braunen Wasser. Um sie herum kochte ein wilder, zappelnder Strudel aus Flossen und Fischmäulern. Und das Wasser schwand immer weiter aus dem flachen Bett des Weihers.

Weiter hinten lag der See schon trocken. Der tonige, schlammbedeckte Boden bildete Riefen und Wellen und begann an einigen Stellen schon zu verkrusten. Rinnsale durchzogen den Teichgrund wie Aderngeäst.

Die Sonne plagte sich durch den Morgendunst. Die Fische kämpften um ihr Leben. Aber dieser dritte Sommer war ihr letzter. Sie wussten es nur noch nicht.

Breite Fangnetze trieben sie immer weiter Richtung Teichabfluss. Am betonierten Abflussschacht des Mönches waren die Staubretter gelöst, braunes Wasser brodelte durch das Absperrgitter, verschwand zwischen dem u-förmigen Stahlbeton und rauschte durch die Ablaufleitung unter dem Teichdamm hindurch, in den nächsten, tiefer gelegenen Weiher.

Hier war die Grenze zwischen Freiheit und Fritteuse. Und die Karpfen hatten keine Chance. Die Fangnetze trieben sie immer enger zusammen in die wenigen noch wasserbedeckten Areale, immer näher zu den Keschern und Bottichen. Rinnsale nur noch verbanden die lebensrettenden Pfützen. Die Flossen ruderten durch den Schlamm, die braunen Fischkörper wanden sich im panischen Kampf, die Kiemen klappten im Morgenlicht auf und zu, die Bauchschuppen flirrten im Licht. Und die kämpfenden Leiber rückten im schwindenden Wasser immer näher aneinander, peitschten den kämpfenden Nachbarn zurück in das flache, brodelnde Wasser, bäumten sich auf, sprangen gegen das Licht und vergrößerten doch nur ihr Leiden, bis nur noch der Sprung in die Netze blieb, der Todessprung in die Eimer und Bottiche, zurück ins Nass – doch das war nur der Aufschub.

Weiter hinten, wo das Wasser in manchen Narben des Bodens noch kleine, schlammwirbelnde Pfützen bildete und die letzten Vergessenen um ihr Leben kämpften, warteten schon die Jäger.

Geschwader von Möwen kreischten am Himmel, graue Reiher mit schwarzen Augenstreifen warteten stumm gegen das Licht auf den richtigen Moment. Dann stieß der Schnabel wie ein Dolch in das Wasser, durchbohrte den Fischleib, und der vollführte einen letzten, kuriosen Tanz in der Luft.

Hinten im Schilf, wo die Föhren über dem ablaufenden Wasser hingen und der Teichdamm einen letzten, schlammig-feuchten Schutz bot, stand auch ein Reiher. Aufrecht und stumm stand er und beäugte sein Opfer: Groß, riesig groß, aufgebläht wie ein Rettungsboot, schlammverschmiert und algenbehangen lag es da.

Der Reiher beugte elegant den Hals, beäugte sein Opfer, das sich reglos darbot, das Vogelauge verengte sich zu einem gelben Schlitz. Wie in Wachs gegossen, reglos, lauernd, verharrte der Vogel, aber die Beute schien wehrlos und stumm. Das Menschenauge sah starr von unten nach oben. Das Vogelauge, wachsam und rot gesprenkelt, hielt wimpernlos stand.

Erst als ein Möwenschwarm schreiend in elliptischen Bahnen am Himmel den Riesenfisch geortet hatte und die kreischende Schar immer größer wurde, erwachte der Reiher aus seiner wachsamen Starre.

Eine nervöse Welle zitterte den Halsflaum entlang, die Schwanzfedern schlugen einen Halbsekundentakt, der Schnabel schnellte nach hinten und oben und pfeilgleich nach vorne, Auge in Auge, der tote Mann und der Vogel, das Auge des Toten immer noch starr, dann hieb der Schnabel zu, die Pupille zerrann, tropfte wie Eiweiß, wurde blind und leer.

Die Möwen kreischten am Himmel. Der Tote im

Schlamm sah einäugig hinauf.

Man fand ihn Stunden später. Der Reiher hatte sich längst davongeschwungen, als die Fischer eine letzte Runde am Ufer machten, die Stiefel schlammverschmiert und schwer, in den Händen Kescher und in den Eimern die Letzten der Karpfen, die man gestrandet und halb tot in den Pfützen gefunden hatte – ihre verendenden Leiber, wie auch der Tote, schon Opfer der Räuber, die hoch am Himmel die Beute beschrien.

XV

Endlich Wochenende. Manfred Groß öffnete nur das linke Auge, einen Millimeter weit. Es war schon hell. Er schloss das Auge wieder, bewegte die Lippen. Bah, ein abgestandener Kuhmaulgeschmack. Zähneputzen wäre nicht schlecht. Quatsch, später. Dieser Kopfdruck. Lieber doch noch eine Runde schlafen.

Er wälzte sich in seinem Bett auf die Seite, knuffte das Kopfkissen unter die schmerzende Schläfe, grätschte träge das linke Bein nach nebenan, Richtung Carla, grunzte ein bisschen und gab sich diesem matten Schwindel hin, der bei ihm immer ein sicheres Zeichen war, dass er mal wieder zu viel getrunken hatte. Zwei Stunden noch schlafen, dann würde es ihm besser gehen.

Er schluckte, spürte einen leichten, ziehenden Halsschmerz – er hatte wohl heute Nacht alkoholbedingt mehr als sonst geschnarcht. Er angelte mit dem großen Zeh unter der Zudecke nach Carla, fuhr mit der Fußsohle ihren Unterschenkel hinauf und herunter: Sie sollte sich mal wieder die Beine rasieren.

Er wälzte sich schlaftrunken herum, um ihre träge Wärme zu schnuppern und seinen Arm um ihren im Bett vergrabenen Luxuskörper zu schlingen. Schnarchte sie etwa auch? Seit wann das denn?

„Du schnarchst, amore", seine Stimme war rostig und übelriechend.

Er tastete sich an ihrer abgewandten Rückenpartie entlang, grub sich durch die Daunenschichten und fand sie athletisch heute Morgen. War sie im Sportstudio gewesen? Seine Hand fingerte schläfrig über ihren Rücken, über ihre seitlichen Rippen, bis zu ihren Brüsten. Heiliger Bimbam!

Er saß aufrecht im Bett, bevor er es überhaupt geschafft hatte, die vom Schlaf verklebten Augen ganz zu öffnen. Ein Mann, zweifellos! Carla war ja gar nicht da! Sie hatte sich gestern übers Wochenende verabschiedet, um endlich die Unterhaltsansprüche mit ihrem Ex zu klären. – Ein Mann!

Manfred Groß beugte sich mit summendem Schädel ein Stück vor. Kurze, verstrubbelte Haare, ein haariges Bein, Schnarchen unter der Bettdecke. Zweifellos, ein Mann!

Manfred Groß zog an der Bettdecke, der andere rührte sich nicht. Manfred Groß riss mit einem Ruck die Bettdecke weg. Der Kerl hatte nur Unterwäsche an, er schnarchte mit Vibrato. Sein Bauch zitterte mit jedem Röhren. Es war Jürgen.

Manfred Groß warf angewidert die Decke über den unbeirrt Schlafenden und machte einen Satz aus seinem Bett. Ihm war so schwindelig, dass er beinahe umfiel. Jürgen?

Manfred Groß kratzte sich am Kopf und sah sich um. Auf dem Boden lagen eine halb gegessene Thunfischpizza im XL-Format in einer durchgematschten Pappschachtel, eine leere Flasche Jim Beam und seine eigenen schmutzigen Socken. Der Fernseher in der Ecke flimmerte stumm.

Manfred Groß schwankte ein bisschen, während er auf den Schnarchenden heruntersah, und versuchte, sich zu erinnern. Jajaja, klar. Carla war übers Wochenende weggefahren zu einem Treffen mit Antonio, diesem Schwein. Und Jürgen war Strohwitwer, weil Jutta mit den Zwillingen ein günstiges Angebot im Internet für eine Woche Türkei aufgestöbert hatte und Jürgen so schnell keinen Urlaub nehmen konnte.

Stimmt, sie hatten sich im irischen Pub verabredet, mehrere Guiness getrunken und bei Fish'n'Chips über Frauen geredet. Na ja, er selbst hatte über Frauen geredet, Jürgen nur über Jutta. Er war ja verheiratet.

„Wenn ich so ein Schätzchen hätte, wäre ich auch nicht mehr auf der freien Wildbahn", hatte Manni gesagt.

Jürgen hatte versonnen in den blumigen Guinessschaum gestarrt und erwidert:

„Das weiß ich doch. Aber es ist so, als laufe man auf einer dünnen Erdkruste und darunter brodelt etwas. Ich weiß nicht, was es ist. Nur, so wie es jetzt ist, kommt nichts Neues mehr ... alles bleibt immer gleich ..."

„Meinst du vielleicht, dass es ein Vergnügen ist, jeden Abend den Hengst zu spielen, wenn du eigentlich lieber Fußball schauen willst? Man wird ja auch nicht jünger", hatte Manni erwidert und so war es ein philosophisches Gespräch auf hohem Niveau gewesen, das nur unter der Einwirkung des starken irischen Bieres nach und nach an Intellektualität verlor, ehe es irgendwie – Manfred Groß erinnerte sich nur vage – erst beim Hühnertod, dann in einer grauenhaften Teenie-Disco und schließlich beim einträchtigen gemeinsamen Wrestling-Schauen mit Jim Beam und Thunfischpizza in Mannis Bett geendet hatte.

Manfred Groß stieß mit dem nackten Fuß gegen die leere Whiskey-Flasche auf dem Schlafzimmerboden, sodass diese sich im Halbkreis drehte. Auch Jürgen im Bett rollte sich schnarchend auf den Rücken, bot freie Sicht auf seine haarige Brust, sein weiß geripptes Männerunterhemd, seinen Feinrippslip mit Durch... – verdammt noch mal, konnte der Kerl sich nicht wenigstens zudecken?

Manfred Groß wandte sich angewidert ab. Unmöglich, sich noch mal neben dieses röhrende Alkoholwrack zu legen. Was fand Jutta nur an dem da? Was fanden Frauen überhaupt an Männern? Ach ja, Manni wusste es, Alkohol machte ihn immer melancholisch.

Er beschloss, duschen zu gehen und sich dann einen starken Kaffee zu machen. Dann würde die Welt schon wieder freundlicher aussehen.

Den Blick in den Badezimmerspiegel hätte er besser vermieden. Diese Lockenfrisur war wirklich dämlich. Er sah aus wie André Rieu, nur noch viel älter. Na ja, heute war ja endlich mal Zeit. Carla war fort, er würde nachher zu irgendeinem Billigfriseur gehen, der auch am Samstag geöffnet hatte.

Er drehte die Dusche an, wandte den Kopf nach oben, schloss die Augen. Das Wasser trommelte auf sein bleiches Gesicht, spritzte in kleinen Fontänenreihen auf seine hängenden Schultern, rann über seinen alkoholvergifteten Körper, perlte über seine müden Füße und gluckerte Richtung Ablauf. Ah, gutgutgut.

Aber dann tat es einen Wusch. Der weiße Duschschlauch riss sich los, tanzte wie eine Kobra durch die Duschkabine, platschte das Wasser gegen die Trennwände, wand sich, wirbelte im Hexentanz und sprühte das Wasser in breitem Strahl gegen die Decke. Aus dem Duschkopf hingegen tropfte es verzagt. Verdammt noch mal, der Duschschlauch war gerissen.

Manfred Groß war noch nicht so weit wieder Herr seiner Sinne, dass er einfach den Wasserhahn abgedreht hätte. So tanzte und grabschte und fischte er in der Kabine, während ein wild gewordener Duschschlauch sich einen Spaß daraus machte, seine verlangsamten Reaktionen lächerlich zu machen.

Aber schließlich bekam er ihn zu fassen, die wilde Kobra zischte ihm einen letzten scharfen Strahl mitten ins Gesicht, Manfred Groß steckte den Daumen in das abgerissene Schlauchende, stand, den Daumen im Schlauchende, sah sich suchend um, bis die rettende Idee langsam in seinen brummenden Schädel sickerte und er den Wasserhahn abdrehte.

Von der Decke des Badezimmers tropfte es wie im Regenwald.

Die Vorstellung, jetzt eine Rohrzange zu suchen und den Duschkopf zu reparieren, überstieg momentan Manfred Groß' Koordinationsfähigkeit und Kondition.

Na gut. Dann würde er eben das Weibischste tun, was er sich vorstellen konnte. Er würde ein Wannenbad nehmen. Er stapfte nackt und tropfnass durch sein Badezimmer und dreht den Wannenhahn auf. Da konnte wenigstens nichts platzen.

Das Wasser plätscherte freundlich. Er setzte sich schon mal in die fast leere Wanne und besah die Utensilien auf der Konsole, die er auf Carlas Wunsch in die Ecke geschraubt hatte. Rosa Badeperlen in einer Proseccoflasche aus Plastik, himmelblaue, leicht angestaubte Seifenstückchen in Tortenform, Gingkosahneschaum im Wellnessfläschchen, Gurkenvanillegel in Glasviolen mit Schleife, zwei gelbe Quietschenten, eine Batterie von Duftkerzen, aus diversen Hotels mitgenommene Körperlotionen in billigen Plastiktuben. Verdammt, er war wirklich nicht mehr Herr im eigenen Haus.

Er kippte missmutig eine ordentliche Portion der Badeperlen ins Wasser und schmiss die beiden Plastikenten in das rosa aufschäumende Gewirbel, das irgendwie nach Himbeermarmelade zu riechen begann. Dann schloss er die Augen.

Das Wasser rauschte, die Enten schaukelten, strandeten an seinem Bauch, trieben gegen den Wannenrand und tauchten im rosa Strudel des nachlaufenden Wassers unter.

Das Wasser stieg, er lehnte den Kopf zurück, sein Lockenhaar schwamm schon in dem rosa Himbeersee. Gar nicht so schlecht. Er schnaufte tief.

„Manni? Manni!"

Manni knurrte.

„Manni! Telefon!"

Manfred Groß blinzelte. Ein Mann in Unterhosen, der mit einem Handy fuchtelte.

„Dreh doch mal das Wasser ab! Telefon!"

Ach so, das war ja Jürgen. Mein Gott, was sah der fertig aus. Jutta war auch nicht zu beneiden.

Jürgen stolperte Richtung Badewanne, die Haare wirr, drehte den Wasserhahn zu. Sah hinunter auf Manni im rosa Schaum mit zwei schaukelnden Enten auf Hüfthöhe.

„Sag mal, spinnst du? Wieso sitzt du in der Badewanne und warum ist das Wasser rosa?"

Manni machte eine unwirsche Handbewegung. Er fühlte sich sehr nackt, auch wenn das für Jürgen ja nichts Neues sein konnte.

„Da ist jemand am Telefon für dich."

Jürgen hielt das Handy über das Wasser.

„Was hast du denn an meinem Diensthandy zu schaffen? Ich habe heute frei!"

„Und warum legst du es dann ausgerechnet unter mein Kopfkissen?", bellte Jürgen zurück.

„Sag denen, ich bin nicht da."

Aus dem Telefon drang eine erregte Stimme.

Jürgen hielt wortlos das Handy über das Wasser, gleich würde er es fallen lassen.

„Gib schon her", Manfred Groß reckte eine schaumige Hand aus dem rosa Wasser.

Es war der junge Frosch. Er hatte alles mit angehört. Ein kompromittierende Situation, zweifellos. Der Kommissar war also nicht alleine. Er war mit einem Mann zusammen. Sie nahmen das Diensthandy mit ins gemeinsame Bett. Nun ja. Niemand hatte ihn informiert, was Kommissar Groß für sexuelle Neigungen hatte. Wie man sich doch irren konnte. Nun, wie auch immer. Die Sache war dringend.

„Ein Toter? Im Weiher? Ertrunken?“

Manfred Groß starrte auf die Enten, das rosa Wellengekräusel um seine Schenkel.

„Lag schon länger drin? Das ist ja ekelhaft.“

Er schubste die eine Schwimmente Richtung Wannenrand. An seinen Fingern hatte sich schon schrumpelige Haut gebildet.

„Was haben Sie gesagt? Es handelt sich um unseren vermissten Winter? Sind Sie sicher, Mann? Ich komme.“

Jajaja, es war sein freier Tag. Er wollte seinen Jim-Beam-Kater auskurieren, er wollte zum Friseur, er wollte den ganzen Tag vor dem Fernseher sumpfen. Aber das musste er sich ansehen. Außerdem war ihm die Lust auf sein Wannenbad sowieso vergangen. Er fühlte sich schon schrumpelig genug.

So fuhr er mit feuchtem Kräuselhaar zum Weiher hinaus.

Pfui Teufel, man sah ja wirklich widerlich aus nach ein paar Tagen im Wasser, von Winters fehlendem linkem Auge gar nicht zu reden.

„Wir haben es ja nun dokumentiert, Beck. Können Sie ihm nicht mal endlich das eine Auge zudrücken, Mann?“, raunzte er den jungen Frosch an, der im Schlick stand und nicht aufhörte, zu fotografieren. Der Frosch nickte servil und bemühte sich, Abstand zum Kommissar zu halten, der nach Himbeerrosa duftete.

Es dauerte zwei Stunden, bis Manfred Groß wieder zu Hause war. Dort fand er Jürgen, in Unterhosen in der Dusche kniend. Sein Haar hing ihm wirr in die Stirne. Er hielt Manfred Groß den abgerissenen Duschschlauch anklagend entgegen:

„Ich finde kein Aspirin, ich finde keinen Kaffee und deine Dusche ist auch kaputt. Ich dachte, ich reparier sie, aber ich schaff's nicht."

Tatsache war, dass Jürgens Hände zitterten.

„Du kannst mein Badewasser benutzen. Vielleicht ist es noch warm."

Manni deutete auf die rosa dümpelnden Schwimmenten. Jürgen schnaubte und kam aus der Dusche.

„Hast du wenigstens ein paar Brötchen mitgebracht?"

Manni sah Jürgen verständnislos an. Die beiden trotteten in die Küche und sahen in den Kühlschrank. Aber da gab es nur eine angebrochene Proseccoflasche und Carlas gut gekühlte Trüffelpralinen. Jürgen schob sich eine in den Mund und erklärte mit Nachdruck:

„Ich brauch jetzt was zu essen. Das ist das Einzige, was bei mir gegen einen Kater hilft. Los, du bist doch angezogen, geh Brötchen holen!"

Manni machte eine unwirsche Handbewegung.

Aber dann hatte er eine Idee. Er trottete aus der Küche und kam ein paar Augenblicke später mit einer halben XL-Thunfischpizza wieder. Jürgen warf einen angewiderten Blick darauf. Aber Manni knallte die Pizzaschachtel auf den kleinen Küchentisch und verkündete mit Nachdruck:

„Was anderes hab ich nicht."

Jürgen kratzte sich am Bauch, besah sich die zähle-derne Käseschicht, die schrumpeligen Dosenpaprikastückchen und die bräunlichen Fischklumpen und erklärte schließlich:

„Na ja, sieht doch gar nicht schlecht aus."

Er ließ sich in Unterhosen auf den Küchenstuhl fallen, riss sich ein Stück Pizza ab, kaute eine Weile hingebungsvoll und erklärte dann:

„Jetzt geht's mir schon besser."

Er kaute weiter. Dann fügte er hinzu:

„Und? Dein Toter?"

„Mh", machte Manni. „Er war's wirklich. Winter. Aus dem Altersheim. Deine Tante kennt ihn. Er war zuckerkrank. Auf den ersten Blick sah das nicht nach einem Gewaltdelikt aus. Sag mal, kann man an Diabetes einfach so sterben?"

„Klar", sagte Jürgen und kaute, „disziplinlose Ernährung, Alkohol, zu viel Schweres, Süßes, Fettes ... Probier doch mal. Nicht schlecht, deine Pizza. Haste vielleicht ein kühles Bier dazu?"

Manni hatte ein Bier. Es war zwar nicht gekühlt, aber dafür gab es auch noch ein zweites und drittes. Manni fand die Pizza dann auch so schlecht nicht. Und so wurde es ein gemütlicher Tag mit alter Pizza, warmem Bier, Fußball im Fernsehen und Carlas leckeren Trüffelpralinen.

Jürgen blieb in Unterhosen, Manni roch nach rosa Himbeeren und vergaß fürs Erste über den diversen Bieren auch den Toten, den einäugigen, im Schlamm.

XVI

„Ich muss es Ihnen sagen, Frau Askoleit. Früher oder später würden Sie es ja doch erfahren. Man hat Herrn Winter vorgestern gefunden. Er ist im Weiher ertrunken. Man hat ihn beim Abfischen entdeckt. Er muss schon ein paar Tage dort gelegen haben, sagt der Kommissar."

Frau Gütlicher hatte wie jeden Morgen an Lottes Türe geklopft. Killer kannte das Geräusch inzwischen schon. Ohne dass Lotte etwas sagen musste, war er ins Schlafzimmer geflitzt, auf Karls altes Federbett gesprungen, hatte sich hineinplumpsen lassen und angefangen, sich zu putzen. Lotte hatte schnell die Schlafzimmertüre geschlossen, ihre Barrikadenkonstruktion von der Türe geschoben, durch den Spion geschaut und geöffnet.

Frau Gütlichers Nachricht war eigentlich nur das, was sie in ihren angstvollen, grüblerischen Tagen und Nächten längst vorhergesehen hatte:

„Ermordet. Ich wusste es."

„Nein, Frau Askoleit. Nein. Es war ein natürlicher Tod. Ich habe gerade mit dem Kommissar gesprochen. Er sagt, die Obduktion ist eindeutig. Sie wissen ja, Herr Winter war schwer zuckerkrank und alles andere als ein disziplinierter Patient, das können Sie mir glauben. Er hatte kurz zuvor schon einen Anfall. – Ach, Sie wissen das ja, Sie waren am See dabei. Nun war er wieder dort spazieren und er ist wieder umgekippt – nur diesmal war er eben unglücklicherweise alleine und direkt am Wasser. Das ist tragisch."

Sie setzte sich einen Moment neben Lotte auf das Sofa, schwieg und streichelte sanft Lottes Hand. Nach einer Pause, in der keiner sprach, straffte sie sich, lächelte, gab Lotte einen kleinen Klaps auf den Handrücken und sagte aufmunternd:

„Aber nun ist Schluss mit diesem Versteckspiel, Frau Askoleit. Gehen Sie doch mal wieder zum gemeinsamen Mittagessen. Sie müssen mal wieder raus! Warum vergraben Sie sich hier?"

Lotte griff nach Frau Gütlichers Hand und drückte sie fest:

„Warum? Ach, liebe Frau Gütlicher, Sie wissen es ja als Einzige hier oben: Ich war an dem Samstag, an dem Herr Tetzel ermordet wurde, vor seiner Wohnungstüre. Ich habe alles mit angehört. Ich weiß natürlich auch nicht, wer der Täter ist. Aber vielleicht hat er mich gesehen? Vielleicht bin ich sein nächstes Opfer? Erst Tetzel, dann Winter, dann ich?"

Frau Gütlicher schüttelte den Kopf und lächelte:

„Das ist doch Unsinn. Herr Winter war schwer krank. Er hatte einen Unterzuckerschock. Im Grunde war er selbst schuld an seinem Tod. Also los, Frau Askoleit, kommen Sie wieder heraus aus Ihrem Schneckenhaus!"

Im Schlafzimmer scharrte etwas.

„Jajaja", versetzte Lotte hastig, „wahrscheinlich haben Sie recht. Ich muss mal wieder raus."

In der Tat, das musste sie. Das hatte allerdings weniger mit Frau Gütlichers Überredungskünsten zu tun, als mit Molly. – Oder hieß er Killer? Jedenfalls hatten sich die Zwillinge für eine Woche in die Türkei verabschiedet und der Kater war immer noch hier.

Da das Halten von Haustieren im Stift verboten war, gab es in dem kleinen Spar-Laden logischerweise auch kein Katzenfutter zu kaufen. Lotte musste in die Stadt.

Sie beschloss, unter Mittag zu fahren, denn während der Mittagspause war die Gefahr am geringsten, im Stift jemandem zu begegnen. Sie wartete bis halb zwei Uhr, gab Molly den letzten Rest Katzenfutter zu fressen, schloss ihre Wohnungstüre ab und fuhr hinunter ins Erdgeschoss.

Sie sah die Traueranzeige schon von weitem. Wann immer im Stift jemand diese Welt verließ, und das kam jede Woche vor, platzierte der Stiftsleiter eigenhändig mit vier Reißnägeln die Todesanzeige am Eingang zum Speisesaal neben dem Essensplan.

Wer sie verfasst hatte? Lotte wusste es nicht. Winters Frau war vor drei Jahren nach langer Krankheit auf der Pflegestation gestorben. Am Mittagstisch hatte man gemunkelt, dass die Stadtwerksdirektorenwitwe dahintersteckte. Seit dem Bekanntwerden von Winters Tod trug sie Schwarz und gebärdete sich auch sonst wie seine Witwe.

Sie war es gewesen, die dem Stiftsleiter gegenüber darauf bestanden hatte, dass die Todesanzeige mit einem Bild des Toten versehen und im linken oberen Eck das Medaillon abgebildet wurde, das er als Talisman immer bei sich getragen hatte.

Lotte trat nahe an die schwarz geränderte Anzeige heran.

Um sie herum war es still. Nur aus dem Speisesaal war das Klappern leerer Teller zu hören.

Winter lächelte sie aus dem schwarzen Rahmen an, rund und selbstgewiss. Darüber prangte das Medaillon. Lotte ging noch ein paar Zentimeter näher. Sie kniff die Augen zusammen. Sie stutzte.

„Tja, wieder einer weniger. Schade für die Damen."

Das war der Super-GAU. Frau Dr. Grabert. Sie stand direkt hinter Lotte. Lotte hatte sie nicht kommen hören. Sie musste sich angeschlichen haben. Sie schob die Sonnenbrille ein Stück höher in ihr Haar und setzte, Richtung Lotte gewandt, hinzu:

„Na, wo stecken Sie eigentlich die ganze Zeit? Gehören Sie auch zu seinem trauernden Harem?"

In diesem Moment durchzuckte die Erkenntnis Lottes Hirn. Zwei Männer waren tot. Es gab nur eine hier im Stift, mit diesen speziellen Neigungen. Es gab nur eine hier, die Männer aufrichtig hasste. Das war Frau Dr. Grabert.

Lotte wich zurück. Aber Frau Dr. Grabert rückte nach.

„Na, was ist? Kommen Sie mal wieder zum Essen? Oder trauern Sie lieber im stillen Kämmerlein um ihn? Wo wollten Sie denn hin, Frau Askoleit?"

„Och", machte Lotte. „Nur ein paar Besorgungen."

Lag in Dr. Graberts Blick ein böses Funkeln?

„Ich dachte, unser mieser kleiner Spar-Laden hat Mittagspause?!"

„Och", machte Lotte wieder, „ich wollte hier so lange warten."

„Und Todesanzeigen lesen?"

Dr. Grabert lachte gefährlich, wie Lotte fand.

„Sie wollten auch in die Stadt, nicht wahr? Kommen Sie, wir gehen gemeinsam!"

„N-n-n-nein. N-n-n-nein. Bestimmt nicht."

„Quatsch, Sie kommen mit. Wir nehmen meinen Wagen."

„Ihren Wagen?"

„Na klar, dachten Sie, ich fahre noch einmal in meinem Leben mit dem Bus?"

„Das heißt, Sie haben Ihren Wagen wieder zurückbekommen?"

„Wurde ja wohl auch Zeit, oder?"

„Und der Kommissar hat nichts darin gefunden?"

„Doch."

Dr. Grabert lachte dröhnend:

„Zigaretten. Und zwei Lippenstifte, die ich schon seit Jahren vermisse."

„Und sonst nichts?"

„Nein. Wieso?"

„Dann ... ja ... dann ... also ... dann, ja wenn das so ist – ja. Gerne!"

„Wir machen das Verdeck auf, was meinen Sie?"

„Muss das sein? Na gut, von mir aus."

Was für ein Unsinn. Frau Dr. Grabert, eine Frau mit humanistischer Bildung, eine Dame mit Manieren, eine Erscheinung von französischer Extravaganz – natürlich war sie unschuldig. Eigentlich war das ja vollkommen offensichtlich. Der Kommissar hatte nichts in ihrem Wagen entdeckt. Sie hatte den toten Tetzel also nicht fortgeschafft. Sie war unschuldig. Und ihre Neigungen? Na, das war ja wohl Privatsache.

Lotte und Frau Dr. Grabert hatten schon fast die Pförtnerloge erreicht, da hielt Lotte noch einmal inne:

„Einen Moment noch. Ich bin gleich zurück."

Sie drehte sich auf dem Absatz ihrer orthopädischen Schuhe um, lief noch einmal durch die menschenleere Eingangshalle zum Speisesaal, sah sich um. Niemand war in der Nähe.

Sie stellte sich auf die Zehenspitzen, fuhr mit dem Nagel ihres Zeigefingers unter die unteren beiden Reißnägel, schob sie heraus, ließ sie einfach auf den Boden fallen, packte die Todesanzeige und riss sie mit einem Ruck aus den beiden oberen Reißnägeln, drehte sich noch einmal um, faltete das Blatt zusammen und steckte es in ihre Handtasche. Ihr Gesicht war heiß.

Dr. Grabert wartete schon ungeduldig an der Pförtnerloge:

„Wo stecken Sie denn, Frau Askoleit? Sie haben Haare auf Ihrem Rock. Viele kurze schwarze Haare. Was ist los mit Ihnen?"

„Och", machte Lotte.

Dann ließ sie sich mit in die Stadt nehmen, um Katzenfutter zu kaufen.

XVII

Lotte Askoleit war eine konventionelle Frau, eine gesetzestreue Bürgerin. Auf das, was sich in ihrem Kopf zusammenbraute, gab es nur eine richtige Antwort: Sie musste umgehend den Kommissar informieren.

„Tut mir leid, der ist noch zu Tisch“, beschied sie die Sekretärin, denn Manfred Groß war gerade dabei, sich einen Cappuccino aus der neuen, polizeieigenen Kaffeemaschine herauszulassen.

„Tut mir leid, jetzt ist er in einem wichtigen Meeting“, bedauerte sie beim zweiten Anruf, denn die Kaffeemaschine streikte und Manfred Groß versuchte eben, ihr mit ein paar gezielten Handkantenschlägen auf die Sprünge zu helfen.

„Der Kommissar führt leider im Moment ein Mitarbeitergespräch“, hieß es beim dritten Mal, denn Manfred Groß verdonnerte gerade den jungen Frosch, ihm dann wenigstens aus dem Diebstahlsdezernat einen Kaffee zu organisieren.

„Ich lege ihm eine Notiz hin, er ruft Sie dann zurück“, war die Antwort beim vierten Mal, denn Manfred Groß hatte endlich seinen Kaffee und breitete gerade den Sportteil auf dem Schreibtisch aus.

„Er hat es ganz oben auf seiner Agenda“, hieß es beim

fünften Mal, denn der Sportteil war am Montag üblicherweise besonders umfangreich.

Dann aber hatte Lotte ihn in der Leitung. Schon die Art, wie er seinen Namen in den Telefonhörer bellte, gab ihr das Gefühl, dass ihr Anruf überflüssig, ja unerwünscht war, und das verunsicherte sie.

„Ertrunken? Natürlich ist Winter ertrunken. Letzten Samstag haben wir ihn gefunden. Warum fragen Sie nach, Frau Askoleit? Sie erwarten doch nicht im Ernst, dass ich den Obduktionsbericht im Altersheim ans Schwarze Brett hefte, nur damit Sie überzeugt sind?"

Das sollte humorvoll klingen, aber seine Stimme war gereizt.

Carla war am Sonntagabend wieder aufgetaucht. Es gab Ärger mit Antonio. Er wollte Carla zurück und hatte handfeste Drohungen gegen Manfred Groß ausgestoßen.

„Nein, es gibt nicht den geringsten Zweifel an der Todesursache, Frau Askoleit. Winter hatte wieder so einen hypoglykämischen Schock wie schon ein paar Tage zuvor und ist unglücklich gestürzt. Tod durch Ertrinken. Punktum."

Lotte hörte, wie Manfred Groß mit einem Stift gegen den Telefonhörer trommelte.

Carla hatte mit dem untrüglichen Instinkt eines piemontesischen Trüffelhundes sofort entdeckt, dass jemand ihren rosa Badezusatz benutzt hatte.

„Ein Medaillon? Jaja, haben wir in seiner Hosentasche gefunden. Schöne Schnitzerei aus schneeweißem Elfenbein. Jaja, man hat mir erzählt, dass er das immer bei sich gehabt hat. Ich meine, viele Leute haben so was. Einen

Christophorus zum Beispiel. – Sonst noch was?“

Dann hatte Carla auf ihrem Kopfkissen kurze braune Haare entdeckt und gezetert, Antonio habe völlig recht, wenn er den Kommissar einen miesen teutonischen Bastard nennen würde.

„Jaaa, ich weiß, Frau Askoleit. Winter und Tetzel waren befreundet, natürlich. Und weiter?“

Dann hatte er den Fehler begangen, Carlas Zorn damit zu begütigen, dass er gestand, ein Mann habe am Wochenende mit ihm das Bett geteilt.

„Was soll daran ungewöhnlich sein, dass Winter alleine spazieren gegangen ist? Manchmal hat man das Bedürfnis danach.“

Carla hatte die Flasche mit den Badeperlen nach ihm geworfen und geschrien, rosa sei dann ja genau die richtige Farbe für ihn.

Er hatte die Situation nur dadurch retten können, dass er ihr handgreiflich bewies, dass er eindeutig nicht an Männern interessiert war. Das war auch ein Grund, warum er sich heute so schwammig und fertig fühlte und selbst der Kaffee nichts half.

Es dauerte eine ganze Weile, bis er das Tuten in der Leitung wahrnahm. Lotte hatte erbost aufgelegt.

Wie immer, wenn Lotte nicht weiter wusste, rief sie Jürgen an.

Aber es war Montag, einer dieser Montage, so desaströs, wie nur Montage es sein können. Ein verkaterter, müder Montag, daheim ein leeres Haus, ein leerer Kühlschrank, ein leeres Bett neben ihm. Jutta und die Kinder fehlten ihm und die Arbeit nahm kein Ende. Jedes Mal, wenn die Schwester mit dem Telefonhörer fuchtelte, wehrte er vehement ab.

Wie immer, wenn Lotte Jürgen nicht erreichte, blieb nur noch eine Rettung: Otto.

Sie war sich nicht sicher, ob er schon wieder von seiner Ostseekreuzfahrt zurück war, und sie tat es mit schlechtem Gewissen, aber sie brauchte einen Gesprächspartner, um herauszufinden, ob ihre Gedankenpuzzles einen Sinn ergaben.

Leider war Margot am Telefon. Ihre Stimme klang leidend.

„Hattet ihr einen schönen Urlaub?“, fragte Lotte.

„Wie man's nimmt“, versetzte sie, „ich werde jedenfalls niemals wieder Otto das Buchen einer Reise überlassen. Ich kann dir gerne heute Abend mehr darüber erzählen. Jürgen kommt zum Essen. Der Arme ist ja immer noch Strohwitwer. Ich verstehe nicht, was die jungen Frauen heute für eine Auffassung von ihren Pflichten als Ehefrau haben. Ich meine, wieso fährt sie ohne ihn in Urlaub? Sie hat dem Armen noch nicht einmal vorgekocht! Da stimmt doch was nicht! Na jedenfalls, Jürgen kann dich abholen, wir essen pünktlich um sieben.“

Margot hatte eine gestärkte, weiße Damastdecke und Silberbesteck aufgelegt. In der Mitte des Tisches thronte eine dicke, rote Matrjoschka-Figur aus Holz, mit rot lackiertem Bauch, einem grasgrünen Kopftuch und rot lackierten Apfelbäckchen. Die runde Holzpuppe grinste, Margots Gesichtsausdruck hingegen war eher tragisch.

„Es war ein russisches Schiff", stieß sie hervor und wies auf die Plätze am Tisch, „setzt euch."

„Ist das so ungewöhnlich, wenn man eine Kreuzfahrt nach Petersburg macht?", fragte Lotte arglos und rückte sich ihren Stuhl zurecht.

Margot schnaubte hörbar:

„Es war jedenfalls sehr gewöhnungsbedürftig."

Das klang nicht so, als habe sie sich daran gewöhnt.

„Zum Frühstück gab es schon Mayonnaisesalat und Piroggen. Und der Kaffee war eine Katastrophe."

„Aber der Wodka war hervorragend – und günstig", schaltete sich Otto ein und zwinkerte Lotte zu.

„Ich weiß", versetzte Margot böse, „es ist mir nicht entgangen, dass du das weidlich ausgenutzt hast."

„Jedenfalls hat mich der Wodka vor dem Durchfall bewahrt."

Margots Gesichtsausdruck wurde noch eine Spur tragischer und düsterer.

„Ich bin sicher, dieser Heringssalat war schuld. Ich habe zwei Kilo abgenommen."

Sie strich mit der Rechten anklagend über ihre eindrucksvolle Silhouette.

„Das Einzige, was sich an Russland wirklich lohnt, ist der Kaviar."

Sie rauschte aus dem Zimmer und kam mit einem Tablett zurück, auf dem Toastbrot, zwei silberne Schälchen und ein Teller mit belegten Broten standen.

„Ich habe Beluga-Kaviar für euch. Das ist der feinste. Er ist auch in Russland nicht billig, aber ich habe zu Otto gesagt, wenn wir uns diese Reise schon antun, dann will ich wenigstens zu Hause erstklassigen Kaviar essen. Auf diesem Russenschiff gab es ja nur Kaviar-Ersatz. Seehasen-Rogen."

Sie warf Otto einen bösen Blick zu und stellte das

Toastbrot, das Schälchen mit dem anthrazitfarbenen Kaviar und eines mit dickflüssiger saurer Sahne auf den Tisch.

„Ich wollte euch eigentlich noch Blinis backen, aber ich bin einfach noch zu schwach."

Sie sank auf ihren Stuhl und winkte mit matter Geste Richtung Otto.

„Für dich sind die Brote. Du liebst es ja plebejisch."

Lotte hätte auch gerne plebejisch gegessen. Sie beäugte misstrauisch die matt glänzenden Kügelchen, die Margot ihr mit einem Perlmuttlöffel auftat.

Der erste Geschmack war der von Salzlake. Die prallen kleinen Kugeln klebten an ihrem Gaumen fest. Sie rollte sie mit der Zunge verzagt durch ihren Mund, dann drückte sie zu. Die runden Dinger platzten und nun verstand Lotte die Notwendigkeit von Wodka in der russischen Küche.

Sie würgte, schluckte und griff hektisch nach ihrem Wasserglas.

Neben ihr saß Jürgen. Er hatte sich einen steilen, grauen Hügel von Kaviar auf sein Toastbrot gehäuft und aß nach vorne übergebeugt und so abwesend, als handle es sich um ein Fischbrötchen auf der Bergkirchweih.

Margot warf erst ihm einen missbilligenden Blick zu, dann Otto, der hingebungsvoll seine Wurstbrote kaute, und wandte sich dann an Lotte:

„Und – was gibt es bei dir im Altersheim Neues?"

Lotte merkte, dass sich so ein paar penetrant fischige Störeier unter ihre Prothese geklemmt hatten, und nuschelte:

„Es gibt schon wieder einen Toten. Er lag ein paar Tage im Wasser. Man hat ihn beim Abfischen aus dem Weiher gezogen."

„Also Lotte, wirklich, findest du, dass das ein Tischgespräch ist?"

Lotte angelte mit der Zunge nach den Fischeiern:

„Es ist ja nur, weil du gefragt hast und weil es auch mit Fischen zu tun hat. Gibt es eigentlich auch fränkischen Kaviar vom Karpfen?"

Margot warf ihr einen strafenden Blick zu, tat sich noch einen großzügigen Löffel Kaviar auf – schon um ihn vor dem Zugriff von Jürgen zu retten – und setzte dann skeptisch dazu:

„Beim Abfischen? Bist du sicher, Lotte? Wir haben erst August. Kein Mensch lässt da schon die Weiher ab."

„Der Weiher ist eine Kloake, voller Blaualgen. Der Stadtrat hat beschlossen, ihn auszubaggern, obwohl ich glaube, dass der Oberbürgermeister eigentlich andere Pläne hatte. Der Kommissar meint, Herr Winter, also der Tote, hatte einen Unterzuckerschock und sei ins Wasser gefallen und ertrunken. Aber ich weiß nicht – er war nicht der Typ, der alleine spazieren geht."

„Deine Fantasie geht mal wieder mit dir durch, Lotte. Das liegt daran, dass du nichts Vernünftiges zu tun hast. Ich biete ja immer an, dich in einen unserer Kurse mitzunehmen. Möchte jemand den Rest Kaviar, sonst würde ich mich opfern ..."

Margot griff ohne zu zögern nach dem Kaviarschälchen, während Otto Lotte lange und fragend ansah.

Dann hob Margot die Tafel auf, aber nur um, wie Lotte befürchtete, zum zweiten Teil des Abends überzuleiten.

Wie nach all ihren Kulturreisen – und die waren seit Ottos Pensionierung zahlreich geworden – sollte die Familie teilhaben an dem neu gewonnenen Bildungsgut: Als Nächstes drohte der Diavortrag.

Schon vor mehreren Jahren hatte Margot das Fotografieren übernommen, weil sie Ottos Sinn für Ästhetik für unterentwickelt hielt. Otto verblieb die von Jahr zu Jahr schwierigere Aufgabe, vor den Urlaubsreisen in ausreichender Zahl Diafilme zu besorgen und danach die Bilder zu rahmen, denn Margot lehnte Digitalkameras als modischen Schnickschnack ab.

Nun postierte sie sich direkt neben dem Diaprojektor, Jürgen setzte sich aufs Sofa, streifte die Schuhe ab und legte die Füße hoch; Lotte und Otto verzogen sich in den Hintergrund.

Wenn sie schon so viel Geld für Kulturreisen und Diafilme ausgab, war Margot der Ansicht, dass die Daheimgebliebenen ein Anrecht auf eine ausführliche Reiseschilderung hatten.

Es begann mit einem etwas unvorteilhaften Portrait Margots neben einem breitnasigen Mann in Uniform, von dem sich herausstellte, dass es der russische Kapitän des Kreuzfahrtschiffes war.

Margot sprang auf, um die Speisekarte für das Captain's Dinner, das sie neben dem russischen Kapitän eingenommen hatte, zu suchen und zu verlesen.

Dann folgte ein Schnappschuss durch ein regenschlieriges Bullauge, von dem Margot behauptete, es handele sich in der grauen Ferne um die Silhouette von Sankt Petersburg, die sie anschließend ausgiebig erläuterte.

Lotte sah, dass Jürgens Augenlider auf und zu klappten.

Es schloss sich eine Serie von Bildern an, auf denen man, vage näher rückend, Hafenanlagen und Kräne erkannte. Darauf folgte ein verwackelter, fast schwarzer Schnappschuss, von dem Margot behauptete, es sei der Augenblick ihres Landganges gewesen, nur sei ihr im entscheidenden Moment unseligerweise Otto ins Bild gelaufen.

Dann kam das Portrait einer aschblond-strähnigen Dame mit fahler Haut, die als „unsere Reiseführerin“ vorgestellt wurde. Mehrere Rückenbilder von drallen jungen Frauen auf schwindelerregenden Absätzen, die eine breite, regenglänzende Straße hinunterliefen, schlossen sich an. Margot erklärte tadelnd, das sei der Newski-Prospekt und natürlich habe Otto diese Bilder gemacht.

So ging es fort durch die Sehenswürdigkeiten der Stadt. Lotte fiel die Konzentration immer schwerer, der Fischgeschmack im Mund war ekelhaft. Schließlich waren sie vor der Eremitage angekommen. Zumindest behauptete Margot das. Man sah im Vordergrund eine Front aufgespannter Regenschirme, weit hinten ein paar grünlich schimmernde Säulen. „Beutekunst!“, tadelte Margot, „ich wette, die Hälfte der Bilder in der Eremitage haben sie bei uns im letzten Krieg einfach mitgenommen. Sie geben es nur nicht zu!“

Wie zur Bestätigung entrang sich Jürgens Brust ein dröhnender Schnarcher.

Margot saß sofort senkrecht in ihrem Sessel:

„Wenn euch die Bilder nicht interessieren, können wir sofort Schluss machen!“

Jürgen war von dem eigenen Lärm hochgeschreckt, war sich mit der Hand übers Gesicht gefahren und stieß ein begütigendes „Nein wirklich, es ist hoch interessant!“ aus und setzte dann hinzu:

„Aber vielleicht hättest du einen Kaffee für mich? Es war ein wahnsinnig anstrengender Tag.“

Sofort war Margot ganz besorgte Mutter, bat um einen Moment Geduld, der Diavortrag gehe gleich weiter, man habe ja noch nicht einmal die Hälfte der Bilder gesehen, und verschwand, um Kaffee zu kochen.

Jürgen sank auf sein Sofa zurück, die Augen fielen ihm wieder zu, während Otto etwas näher an Lotte heranrückte. Er legte seine warme, ein bisschen haarige Hand auf ihre, nickte ihr zu und sagte:

„Na komm schon, schieß los. Ich sehe es dir doch an. Was geht dir durch den Kopf?“

„Na ja“, sagte Lotte. „Es sind mehrere Dinge. Herr Winter war so ein Treibauf, ein Don Juan. Er brauchte immer ein Publikum. Ich kann mir nicht vorstellen, dass er alleine zum Weiher hinausgefahren ist, um spazieren zu gehen.“

„Und weiter? Das ist doch noch nicht alles!“

Während Lotte weitersprach, stand Otto auf, ging zum Wohnzimmerschrank, holte zwei kleine Gläser und eine Flasche Wodka heraus.

„Obwohl beide Todesfälle ganz unterschiedlich waren, finde ich, dass es Gemeinsamkeiten gibt.“

Otto setzte sich wieder und schraubte die Wodkaflasche auf.

„Herr Winter und Herr Tetzel kannten sich sehr gut. Ich würde sagen, sie waren befreundet und das schon seit sehr, sehr langer Zeit. Ich glaube, sie haben sich im Krieg kennengelernt.“

„Eine gemeinsame Vergangenheit also“, nickte Otto und goss Wodka in die beiden Gläser. Jürgen stieß einen seufzenden Schnarcher aus, Margot in der Küche klapperte mit Geschirr.

„Und es gibt noch mehr Gemeinsamkeiten.“

Lotte bückte sich nach ihrer Handtasche und suchte nach der Todesanzeige, die sie im Stift abgerissen hatte.

„Als Herr Winter gefunden wurde, hatte er ein Medaillon dabei. Siehst du, auf dem Foto erkennt man, dass darauf ein Mann gerade enthauptet wurde. Eine Frau kniet bei ihm und fängt sein Blut in zwei Fläschchen auf.

Ich weiß genau, dass auch Herr Tetzel immer so ein ähnliches Medaillon bei sich hatte. Es zeigte den heiligen Januarius im Kerker, kurz vor seiner Enthauptung. Ich glaube, die beiden Medaillons gehören zusammen."

„Ich erinnere mich, du hast von Tetzels Medaillon gesprochen, als der Kommissar hier war", nickte Otto und schob Lotte ein Wodkaglas hin.

„Er hatte es seit dem Krieg bei sich", nickte Lotte, griff nach dem Wodka und kippte ihn furchtlos hinunter.

Es schüttelte sie, aber der Schnaps brannte wenigstens den Fischgeschmack fort:

„Und weißt du, was mir neulich aufgefallen ist: Herr Tetzel war aus der Kirche ausgetreten. Was macht er mit einem Heiligen-Medaillon?"

Otto zuckte die Schultern und goss Wodka nach:

„Keine Ahnung. Kannst du mir die Todesanzeige leihen? Ich habe einen alten Freund. Er kennt sich mit Kunst gut aus. Ich zeig ihm das Bild auf der Todesanzeige mal. Außerdem ist er trinkfest – prost!"

Sie stießen gerade mit der zweiten Runde Wodka an, da ging die Türe auf, Margot nahte mit dampfenden Kaffeetassen.

„Beutekunst", wiederholte sie. „Ich schwöre euch, das war alles Beutekunst."

XVIII

Als Lotte an diesem Abend zu Hause ankam, war sie ernsthaft im Begriff, ihre Haltung gegenüber Alkohol im Allgemeinen und Wodka im Besonderen zu revidieren.

Schließlich hatte das Zeug nicht nur die letzten fischigen Beluga-Kügelchen unter ihrer Prothese hervorgespült, der Wodka hatte es ihr überhaupt ermöglicht, das Abendessen und Margots Diavortrag zu überstehen.

Sie fühlte sich geradezu beschwingt an diesem Abend. Wovor hatte sie eigentlich solche Angst? Ihre Tage waren doch sowieso gezählt. Sie war zu alt, um sich vor dem Tod zu fürchten! Wozu sich also jede Nacht verbarrikadieren? Man sollte dem Schicksal einfach seinen Lauf lassen.

Sie traf mit einigen Mühen mit dem Wohnungsschlüssel das Schlüsselloch und sperrte auf. Der Kater kam ihr mit hochgerecktem Schwanz freudig entgegen und strich ihr brummend um die Beine.

„Killer“, murmelte sie, „Killer! Eigentlich ist das doch ein hübscher Name.“

Sie ließ sich in einen ihrer Plüschsessel fallen, der Kater sprang auf den Tisch und Lotte neigte sich zu ihm hinüber, sodass seine Stirne und die ihre sich berührten. Der Kater wandte sich angewidert ab und sprang mit einem Satz vom Tisch. Er musste wohl ihre Wodkafahne gerochen haben.

Als am Morgen Frau Gütlicher an der Türe klingelte, war Lotte noch barfuß und im Morgenrock. Ein pulsierender

Kopfschmerz wummerte hinter ihren Schläfen, der Kater saß hungrig und mit anklagendem Miauen auf dem Toilettendeckel.

Lotte schaffte es gerade noch, die Badezimmertüre halb zuzuziehen, da hörte sie schon, wie sich Frau Gütlichers Zweitschlüssel in ihrem Schloss drehte. Die Türe bewegte sich ganz behutsam im Scharnier, ging langsam auf, dann erschien Frau Gütlichers Gesicht im Gegenlicht:

„Alles in Ordnung bei Ihnen, Frau Askoleit? Sie haben sich mal ein etwas längeres Schläfchen gegönnt? Das ist vernünftig, Sie haben doch nichts zu versäumen! Und keine Barrikaden mehr vor der Wohnungstüre? Sehr schön! Es gibt doch nichts, wovor Sie Angst haben müssten!"

Lotte sah, wie die linke schwarze Pfote des Katers zwischen Badezimmertüre und Türstock auftauchte und eine rosa Tatze nach einem Halt angelte, um die angelehnte Türe aufzuziehen.

Lotte machte einen Schritt nach links, um die Badezimmertüre zu verdecken, und nickte übertrieben zustimmend: „Jaja, Sie haben recht, Frau Gütlicher, in meinem Alter gibt es eigentlich nichts, wovor man sich noch fürchten sollte, am wenigsten vor dem Tod."

Sie legte ihre Hand auf die Kante ihrer Wohnungstüre und schob die Türe samt Frau Gütlicher sanft Richtung Flur.

Das war nicht schwer, denn Frau Gütlicher hatte es, wie jeden Morgen, eilig. Und so gelang es Lotte gerade noch rechtzeitig, die Türe zu schließen, bevor der Kater es geschafft hatte, sich aus dem Badezimmer zu befreien.

Nun stand er da, kohlschwarz, die Augen zu Schlitzen verengt, die Ohren spitz nach hinten gelegt. Er fauchte böse. Er wollte endlich sein Frühstück.

Lotte bückte sich schwerfällig nach ihm, um ihn zu streicheln, hinter den Schläfen einen stechenden Schmerz. Der Kater hob blitzschnell das rosa Pfötchen, seine blaßweißen Krallen schossen hervor, Blut lief über Lottes Handrücken, vom Knöchel bis zum doppelten Ehering.

„Killer“, sagte sie, „na warte, du Miststück. Ich zieh mir nur schnell was über, dann bring ich dich ins Tierheim.“

Doch dann gab sie ihm doch zu fressen, er sprang auf ihren Schoß, um sich dort zu putzen, und irgendwie tat der schwarze Kater auf ihrem Schoß dem russischen Kater in ihrem Kopf gut und machte ihren Kopfschmerz ein wenig erträglicher.

Erwartungsgemäß arbeitete Otto zügig und zielgerichtet. Schon zwei Tage später rief er sie an:

„Na, Lotte, hast du den Wodka gut vertragen? Das war ja am Schluss ein ganz schönes Quantum!“

„Ich fand ihn bekömmlich“, erwiderte Lotte kühl, „ich verstehe Margots Aversion nicht. Die Russen wissen schon, was zum Kaviar passt. Hast du etwas erreichen können?“

„Der viele Wodka ist dir tatsächlich gut bekommen? Respekt, das müssen deine ostpreußischen Gene sein. Wenn sich deine Vorliebe für alkoholische Getränke nicht nur auf Hochprozentiges beschränkt und du auch mal mit einem Bier zufrieden bist, dann würde ich vorschlagen, wir treffen uns am Freitag auf der Büchenbacher Kerwa. Ich bringe meinen Bekannten mit. Ich habe ihm die Todesanzeige mit dem Bild des Medaillons gegeben. Er will sich bis dahin erkundigen.“

Am nächsten Tag war er noch einmal in der Leitung.

„Ich soll dich fragen, aus welchem Material das Medaillon war."

„Ich habe es selbst nie bei Herrn Winter gesehen, aber der Kommissar erwähnte neulich am Telefon, es sei aus Elfenbein. Eine schöne Schnitzerei aus schneeweißem Elfenbein."

XIX

Die Kirchweih wird seit dem Mittelalter anlässlich der Weihe eines Gotteshauses als religiöses Fest gefeiert. Freilich spielt in der Gegenwart der religiöse Kontext oft nur eine sekundäre Rolle.

Kirchweihfeste können regional unterschiedliche Ausprägungen annehmen, wie auch die regionale Sprachgebräuchlichkeit eine unterschiedliche ist. So spricht der Hesse von der Kerb, der Pfälzer von der Kirbe, der Sachse von der Kerms, der Schweizer von der Chilbi und der Franke von der Kerwa.

Die Kirchweihfeier wird üblicherweise auf den Namenstag des Schutzheiligen gelegt beziehungsweise auf das Wochenende davor oder danach.

Im ländlichen Raum bildet die Kirchweih ein wichtiges Traditionsdatum im Jahresablauf, an dem die Kirmesburschen (in Hessen „Kerweborsche", im Saarland „Straußbuwe", in Franken „Kerwaburschn") das Fest organisatorisch tragen.

Rituale wie das Aufstellen eines geschmückten Kirchweihbaumes, die Durchführung eines Kirchweihumzuges, ritualisierte Konflikte mit Kirchweihburschen benachbarter Orte, eine Kirchweihpredigt, das Absingen von regional unterschiedlichen, häufig sexuell konnotierten Kirchweihliedern sowie ein symbolisches Begraben der Kirchweih bilden Ankerpunkte des Ablaufs.

Im Raum Erlangen verzeichnet der Kirchweihkalender neben der sogenannten „Bergkirchweih" (seit 1755 auf der Basis des Altstädter Pfingstmarktes, heute jährlich bis zu 1,2 Millionen Besucher) insgesamt elf Stadtteilkirchweihen. Der jährliche Reigen wird im Juni eröffnet in Kriegenbrunn, wandert dann über Bruck, Alterlangen, Büchenbach und Tennenlohe nach Kosbach, Eltersdorf, Dechsendorf und Hüttendorf und schließt Ende September mit der Kirchweih in Frauenaurach.

Im Rahmen der örtlichen Festlichkeiten laden Fahr- und Belustigungsgeschäfte zum Bummeln und Mitmachen ein, die Festwirte bieten den kulinarischen Rahmen mit lokalen Spezialitäten (Bratwürste, Schäufele, Kerwaküchle et cetera).

Büchenbach, ein westlicher Stadtteil von Erlangen, hat heute einen suburbanen Charakter. Während im alten Ortskern noch landwirtschaftliche Betriebe dominieren, bilden die Randbereiche städtebauliche Wachstumszonen, von hochpreisiger Einzelhausbebauung bis hin zum sozialen Wohnungsbau.

Hier wie andernorts materialisieren sich in den feststehenden Bräuchen des jährlichen Kerwarituals gerade in Zeiten sozialer Diffusion in hohem Maße regionale Tradition und Dorfidentität.

Der Büchenbacher an sich (in der Diktion der Einheimischen „der Bimbacher", nach dem gleichnamigen, unscheinbaren Fließgewässer) erlebt seine regionale Identität dabei weniger als räumlich klar umrissene Dorfidentität, denn vielmehr als in der gemeinschaftlichen Handlung vollzogene Performanz traditionsgebundener Aktivitäten.

Schön und gut, aber das half den Kerwaburschen nichts beim Aufstellen der siebenundzwanzig Meter hohen Fichte, die sie bis auf den obersten Teil von Ästen befreit und mit Kranz und Bändern geschmückt hatten. Das

Loch für den Baum war tief genug gegraben, der Traktor mit dem endlos langen, vibrierenden Baumstamm hinten dran dieselte vor sich hin.

Die meterlangen hölzernen Stangen, die sie zum Hochstemmen des Baumes brauchten, waren jeweils im Paar mit Hanfseilen zu mächtigen Zangen verschnürt. An jedem Stangenpaar, „Schwalben" genannt, standen nun sechs Leute, die Erfahrensten vom Kerwastammtisch fingen an. Auf das Kommando „Eighängt!" wuchteten sie das erste, kürzeste Stangenpaar unter den Wipfel und stemmten die Fichte Zentimeter um Zentimeter nach oben.

Das wäre schon in gut trainiertem Zustand schwer genug gewesen, aber die theoretische Vorbereitungsphase der letzten Woche am Stammtisch („Horch amool, wenn der Baaam fliecht, ich wors fei net!") hatte die Spuren von durchzechten Nächten hinterlassen.

Als sie, schweißüberströmt, den Stamm ein Stück vom Boden gewuchtet hatten, rückten die Nächsten mit einem etwas längeren Zangenpaar nach, die ersten rutschten ächzend mit ihrer Schwalbe ein Stück auf, die dritte Gruppe setzte nach. Zentimeter für Zentimeter hob sich die Fichte vom Boden, Zangenpaar auf Zangenpaar, immer länger werdend, rückte nach, bis schließlich sechs Stangenpaare hievten, schoben und drückten und endlich, nach fast einer Stunde, der Kerwabaum stand.

Hoch überragte er nun die Fahrgeschäfte und das weitläufige Areal der Gaststätte, auf deren Gelände nicht nur das kollektive Betrinken und Schlachtschüsselessen am Mittwoch, sondern auch der Gottesdienst am Sonntag stattfand.

Die Kerwaburschen waren erleichtert. Der Baum stand. Die Hanfseile hatten gehalten. Zeit für eine Maß. Nichts war gefährlicher, als den Alkoholpegel unter ein

Mindestniveau fallen zu lassen. Ziel musste es sein, diesen gleichmäßigen Zustand von wohlig-euphorischer Entrückung aufrechtzuerhalten. Nur so konnte man diese sechs nahezu schlaflosen Tage des identitätsstiftenden Traditionsbetrinkens überstehen. Nur so legte der Bimbacher an sich Zeugnis ab von der Identifikation mit den Sitten der Vorväter und vollzog zugleich die Rekonstitution der alten Dorfgemeinschaft. Oder anders gesagt: Die meisten Festbesucher kamen, um sich die Birne zuzuhauen. Die Kerwaburschen taten das auch, aber sie taten es für die Tradition.

Freilich, auf dieser glorreichen Tradition lagen gewisse Schatten. Man hatte es zwar noch jedes Jahr verhindern können, dass Kerwaburschen anderer Ortsteile vorzeitig das Loch für den Baum wieder zugeschüttet hatten. Die Bimbacher waren clever. Sie hatten einfach Bretter über das Loch gelegt und einen LKW darauf geparkt. Das mochte mit den Sitten der Vorväter nicht völlig konform gehen, hatte sich aber als wirksam erwiesen.

Aber ein anderer Fall war unvergessen. Eines Nachmittags war es den Brucker Kerwaburschen gelungen, dem Büchenbacher Baum bis auf Brusthöhe heimlich die Borke abzuschälen. Die tiefenpsychologische Seite dieses heiklen Vorgangs sei hier einmal vernachlässigt, aber die Tat an sich war ein Skandal. Die ungeschriebenen Kerwaregeln besagten nämlich, dass eine solche Sabotage erst nach Sonnenuntergang statthaft war. Die Brucker waren aber einfach am Nachmittag gekommen, als die Büchenbacher noch keine Wache aufgestellt hatten. Diese asymmetrische Kriegsführung war zwar ein Skandal, aber der Spott, der war den Büchenbachern geblieben und dergleichen durfte sich nicht wiederholen.

Aber was wusste eine Ostpreußin schon von den Abgründen fränkischer Traditionspflege? Lotte hatte erst im letzten Moment mitbekommen, dass die Dorfstraße wegen dieses Bierfestes gesperrt war und ihr Bus sie nicht zum vereinbarten Treffpunkt mit Otto bringen konnte. Es war ein schwülheißer Augustnachmittag. An der linken Ferse scheuerte der fest sitzende Stützstrumpf am Schuh, sie humpelte.

Es roch nach Popcorn, gebrannten Mandeln, Bratwurst. In der altmodischen Schiffschaukel stand ein kleines Mädchen in einem Flatterkleid und stemmte sich mit zurückgelehntem Oberkörper mit aller Kraft gegen den Boden, um die schwerfällige Schaukel in Bewegung zu setzen.

Daneben, auf dem Karussell, saßen zwei kleine Jungs auf dem Polizeimotorrad und im Feuerwehrauto und winkten bei jeder dudelnden Runde ihren Eltern, die am Rand standen.

Jemand hielt Lotte einen roten Plastikeimer mit zusammengerollten Losen vor die Brust. Aber was sollte sie mit einem rosa Riesentiger auf ihrem Sofa, wo schon die Katze ein Problem war? Sie blieb einen Moment stehen. Hinter sich hörte sie Getrommel, abgelöst von einem johlenden, mehrstimmigen Männergesang. Sie drehte sich um.

Eine Gruppe von Männern näherte sich. Sie trugen fast alle lederne Kniebundhosen, weiße Hemden und tannengrüne Westen. Die meisten hatten ein Blasinstrument in der Hand, Lotte tippte auf Tuba, Trompete und Posaune. Einer zog einen kleinen Leiterwagen, darauf war ein zwanzig Liter fassendes Bierfass gebockt, das mit Birkenzweigen und weißroten Bändern geschmückt war. Die Männergruppe sang aus voller, rauer Kehle. Einige hatten hochrote Köpfe, den meisten stand

Schweiß auf der Stirne.

Lotte wich zur Seite, denn die Gruppe kam auf sie zu. Der grölende Gesang verstummte, nun setzten die Männer ihre Instrumente an den Mund, irgendwo im Hintergrund mussten sich Trommler befinden, denn das Schlagen der Trommeln war viel lauter als die Musik, und das Blasen der Trompeten und Posaunen sorgte dafür, dass sich die Gesichtsfarbe einiger Männer noch gefährlich mehr in die Richtung eines intensiven Purpurrot veränderte.

Lotte wäre gerne noch einen Meter weiter zurückgewichen, aber dieser Rückzug wurde verhindert durch den deutlich vorragenden, füllig-weichen Bauch eines Alteingesessenen, der dicht neben ihrem Ohr Richtung Musikgruppe schrie: „Hobb etz, weidder geht's midn Küchlazammspieln!"

Lotte, die Ahnungslose, wusste nicht, dass auch dies konstitutiver Teil eines uralten Dorfrituals war. Dabei ging es längst nicht mehr um die fettig gebackenen Kerwaküchle als Proviant für die kräftezehrende Traditionsarbeit der Kerwaburschen. Vielmehr zogen sie auf einer festgelegten Runde durchs Dorf. Jeder Haltepunkt war vorbestimmt. Hier gab es eine Runde Schnaps, dort ein paar Geldscheine, hier ein Mittagessen, dort eine Brotzeit – und an drei Stellen ein neues Fass.

Alleine diese Tatsache macht deutlich, welch physischer Einsatz von der Kerwaburschen verlangt wurde. An ein Nüchternwerden war nicht zu denken. Und so wurden die Stimmen immer kehliger, die Gesichter immer roter, der Leiterwagen fuhr Schlangenlinien und das Publikum am Straßenrand sah sich animiert, es den Kerwaburschen nachzutun.

Lotte freilich war nicht danach zumute. Sie fand diese Rituale, gelinde gesagt, archaisch. Sie hätte es gerne gesehen, wenn Otto einen anderen Treffpunkt vorgeschlagen hätte, aber sie kannte seine Vorliebe für Volkstümliches und so überquerte sie humpelnd und unmittelbar vor der johlenden Männergruppe die Straße und bog in den schattigen Biergarten der Gastwirtschaft ein.

Hier linderte das Grün der Kastanien die drückende Hitze. Die Bierbänke standen in dichter Reihe, waren aber zu dieser Tageszeit nur mäßig besetzt. Sie sah Otto daher sofort. Er erhob sich von seiner Bank und winkte ihr mit weit ausholender Gebärde.

Neben ihm saß ein etwa gleichaltriger Mann mit gestutztem Bart. Otto setzte über die Bierbank und kam auf sie zu, um sie zu begrüßen. Gütiger Himmel, er trug allen Ernstes auch eine lederne Kniebundhose und ein bunt kariertes Hemd. Ging das nicht ein bisschen weit? Wie hatte er sich so durch Margots Qualitätskontrolle schummeln können? Wahrscheinlich referierte sie mal wieder auf einem Hausfrauen-Diät-Kurs und so war er ihr entwischt.

Er drückte ihr einen süßlich-warmen Bierkuss auf die Wange, was sie in diesem Falle jedoch männlich-charmant fand, und fasste sie am Ellenbogen, um sie zu dem anderen Herrn zu geleiten. Sie reichte diesem die Hand über den Biertisch und sagte:

„Askoleit."

Aber Otto sagte:

„Das ist Erwin. Ich finde, ihr könntet euch gleich duzen."

Erwin erhob sich ein bisschen von seinem Sitzplatz und sagte:

„Du bist Lotte, nicht wahr? Ich habe schon von dir

gehört."

Blinzelte er sie an oder war das ein Tick?

Zum Glück hatten sie einen Platz am Rande einer Bierbank, so fiel es weniger auf, welche Mühe es ihr machte, ihre alten Knochen zwischen Bierbank und Biertisch zu sortieren.

Otto hob, kaum dass sie saß, die Hand, was eine Kellnerin in Lottes Rücken wohl als Zeichen verstand, Lotte eine volle Maß Bier in einem gläsernen Krug über ihre Schulter hinweg vor die Nase zu knallen.

Sie stießen an, Lotte nahm pro forma ein winziges Schlückchen, Erwin trank einen langen Zug, setzte schließlich den Maßkrug ab, wischte sich den Schaum aus dem Bart und seufzte wohlig. Otto daneben tat das Gleiche.

Die beiden kamen Lotte fast wie Zwillinge vor. Nur dass Erwin diesen wahnsinnig exakt getrimmten Bart hatte, der unter dem Kinn spitz zulief und Lotte an einen längst verstorbenen Staatsratsvorsitzenden erinnerte.

Vorerst verhinderte der Gremsdorfer Frankenexpress mit seiner von der Mikrofonanlage leicht übersteuerten Blasmusik jedes Gespräch, aber glücklicherweise trat schon nach dem dritten Musikstück eine Pause ein, da die Gremsdorfer sich ihrer Freimaßen auf der Toilette entledigen mussten, und Lotte, Otto und Erwin hatten die Gelegenheit, dieses schmale Zeitfenster im Kerwageschehen für ein Gespräch zu nutzen.

Es stellte sich heraus, dass Erwin in seinem früheren Leben mit dem Bau von Atomkraftwerken beschäftigt gewesen war, nun aber, im Ruhestand, einen gewissen Ausgleich dazu suchte, indem er sich vor Ort für die erhaltungswürdigen Magerrasen im Regnitzgrund, den Holzweg als frühneuzeitliche Verbindungsachse in die

Mönau und den Rückbau der Goethestraße zu einem verkehrsberuhigten Teil der barocken Stadtanlage stark machte.

Im Übrigen hatte er ein Seniorenstudium im Fach Kunstgeschichte aufgenommen, saß während der Vorlesungen grundsätzlich in der ersten Reihe und ging während der Lehrveranstaltungen keiner Diskussion mit den Dozenten aus dem Weg.

Natürlich kannte er auch den ermordeten Tetzel aus dem Dunstkreis der in der Stadt im weitesten Sinne kulturell Engagierten.

Als Otto ihm den kopierten Zettel mit Winters Todesanzeige – oben links das Medaillon – vorbeigebracht hatte, hatte Erwin nicht die leiseste Ahnung, worum es sich dabei handeln konnte. Otto hatte die kunsthistorischen Fähigkeiten seines Freundes überschätzt (der war ja auch gerade mal im zweiten Semester) und dessen stets zur Schau getragene Selbstgewissheit für Sachkenntnis gehalten.

Aber wenn Erwin in den langen Jahren seiner zurückliegenden Berufstätigkeit eines gelernt hatte, dann war es die Maxime: Wenn du eine Aufgabe nicht lösen kannst, dann delegiere sie!

Für einen Ruheständler schien das zunächst schwierig, aber irgendwie betrachtete Erwin, seit er sein Seniorenstudium im letzten Jahr aufgenommen hatte, auch die Mitglieder des Kunsthistorischen Institutes als von ihm mitfinanzierte Angestellte.

Zunächst beging er allerdings den Fehler, die Todesanzeige mit dem Medaillon in der Seminarbibliothek auf den Schreibtisch der hübschen Studentin zu legen, die damit beauftragt war, das Überhandnehmen von Fehlbeständen in der Seminarbibliothek zu verhindern. Die sah erst das Medaillon, dann ihn mit großen Rehaugen lange an und zuckte schließlich wortlos die Schultern.

Erwin ärgerte sich. Die Studentin war zwar sehr hübsch gewesen, aber mindestens so ahnungslos wie er selbst, und schließlich hieß eine weitere Maxime seines Berufslebens: Gehe nie zu Schmidtchen, wenn du auch zu Schmidt gehen kannst.

Also erhob sich Erwin in der nächsten Vorlesungspause von seinem Sitz in der ersten Reihe und schnappte sich den Ordinarius, bevor dieser ins Dozentenzimmer entfliehen konnte.

Der Ordinarius war ungehalten. Dieser ältere Mann in der ersten Reihe war ihm schon öfter aufgefallen. Woran erinnerte ihn nur dieser exakt gestutzte Spitzbart?

Der Professor warf einen kurzen Blick auf das Blatt, das man ihm vor die Nase hielt, und bellte:

„Ist das aus Elfenbein? Ich halte die Elfenbeinkunst des 18. Jahrhunderts für völlig überbewertet. Mätzchen! Aber wenn Sie sich darauf spezialisieren möchten, dann wenden Sie sich an den Kollegen Rauschhuber. Ist zwar nur Extraordinarius, aber der freut sich, wenn sich mal jemand für sein Zeug interessiert."

Nun musste Erwin erst einmal klären, ob das Medaillon auf dem Bild tatsächlich aus Elfenbein war. Also rief er Otto an, der rief Lotte an und die sagte, ja, sie habe das Medaillon selbst nie bei Winter gesehen, aber der Kommissar habe ihr erzählt, dass es sich um eine Elfenbeinschnitzerei handle.

Also kopierte Erwin das Medaillon großformatig aus der Todesanzeige heraus und machte sich auf den Weg zu dem Extraordinarius Rauschhuber.

Der fristete ein einsames Leben in einem Nordzimmer des Instituts, ohne Blick auf den Schlossgarten, wie die anderen. In seiner Vorlesung saßen nicht einmal Seniorenstudenten, nur ein Doktorand und eine studentische Hilfskraft, die den Diaprojektor bediente.

So freute er sich über Erwins Besuch und dessen unerwartetes Interesse für die Elfenbeinkunst des 18. Jahrhunderts. Er besah sich lange das Bild mit dem Medaillon und murmelte schließlich: „Südliches, vielleicht sogar südwestliches Deutschland. Um 1700, so viel ist klar."

Erwin nickte anerkennend.

„Eine Enthauptung. Ikonographisch hoch interessant. Ich wage die These, dass das Objekt in einen größeren Werkzusammenhang gehört."

Erwin lächelte aufmunternd.

„Woher haben Sie das Foto? Komisch. Ist mir noch nie untergekommen. Das versteh ich nicht."

Rauschhuber senkte seinen Kopf traurig brütend über das Bild mit dem Medaillon und sagte noch einmal:

„Das verstehe ich nicht."

Aber dann gab er sich einen Ruck, stand auf, lief hinaus und verschwand in der Institutsbibliothek. Erwin blieb alleine im stillen Zimmerchen des Professors, bis dieser nach einer guten halben Stunde endlich wieder auftauchte, den Kopf hochrot, ein aufgeschlagenes Buch in der Hand. Etwas Unglaubliches, in seiner Forscherkarriere noch nie Dagewesenes hatte sich ereignet und so rief er schon von der Tür aus:

„Woher haben Sie dies Foto? Und wo ist das Original?"

Und dann kam Licht in die Geschichte.

Erwin hatte nicht vor, seinem Kumpel Otto und der alten Dame mit dem wirren Haar zu erzählen, wie er dem Enthaupteten aus Elfenbein auf die Schliche gekommen war, denn die dritte Maxime seines Berufslebens lautete: Ernte den Weizen und frage nicht, wer ihn gesät hat.

Und so breitete er die Kopie mit Winters Medaillon zwischen den Glaskrügen auf dem Biertisch aus, klopfte mit dem Zeigefinger darauf und sagte:

„Als Experte sieht man das sofort: süddeutsch. Vielleicht sogar südwestdeutsch. Um 1700."

„Na ja", sagte Otto, „du musst es ja wissen. Prost."

„So alt?", sagte Lotte.

Der feuchte Abdruck eines Maßkruges begann gerade, sich in das Bild mit dem Medaillon zu saugen und ihm damit die passende Patina zu verleihen. Im Hintergrund marschierten die Mitglieder des Gremsdorfer Frankenexpress wieder auf die Bühne.

„Tja", sagte Erwin. „Das sieht natürlich nur der Fachmann."

Otto nickte anerkennend.

„Man erkennt ja auch sofort", fuhr Erwin fort, „dass das Medaillon in einen größeren Werkzusammenhang gehört."

„Ach was", sagte Otto.

„Ich erklär euch das mal."

Erwin holte eine weitere Fotokopie heraus und legte sie auf das Blatt mit dem Enthaupteten, der inzwischen bräunlich getränkt war. Die Gremsdorfer im Hintergrund spielten einen Tusch.

Man sah einen aus Elfenbein geschnitzten, aufrecht stehenden Bischof mit Mitra und Stab, auf der einen Seite einen Engel mit zwei Fläschchen, auf der anderen einen, der ein Buch über den Kopf hielt, darunter ...

„Das ist ja Tetzels Medaillon!", rief Lotte und ihre Stimme kam nur mit Mühe gegen den anrollenden Frankenexpress an.

„Bischof Januarius im Gefängnis, kurz vor seiner Hinrichtung! Das ist das Medaillon, das Herr Tetzel immer bei sich hatte! Er hat es mir noch kurz vor seinem Tod gezeigt. Und auf der anderen Seite die Enthauptung des Heiligen und eine Frau, die sein Blut auffängt! Winters Medaillon! Sie gehören zusammen!"

Der Frankenexpress nahm Fahrt auf, Erwins Stimme kam nur mit Mühe dagegen an:

„So wie ihr es hier auf diesem Foto von 1940 seht, so gehörte das mal zusammen. Eine Elfenbeinstatuette des heiligen Januarius, flankiert von Assistenzfiguren und Medaillons mit Szenen aus seinem Leben. Süddeutsch, vielleicht auch südwestdeutsch. Um 1700."

Lotte beugte sich über die Kopie des alten Fotos, sie wollte etwas sagen, aber der Frankenexpress schluckte jedes ihrer Worte. Er hatte jetzt sein volles Tempo erreicht, die Kastanienblätter hoch oben vibrierten, die Glaskrüge auf den Biertischen auch.

Erst als der Frankenexpress wieder zum Stehen kam, die Leute an den Biertischen klatschten und auf Kommando die Krüge „hoooch!" stemmten, konnte Lotte die entscheidende Frage stellen:

„Die beiden Medaillons gehören also zusammen. Aber woher haben Tetzel und Winter sie?"

„Tja", sagte Erwin, „woher haben sie das? Die Sachen gehören eigentlich ins Museum. Sie sind 1945 spurlos von der Plassenburg verschwunden."

Memento VIII

Nun ist der letzte Sonntag da.

In der Kitzmannbrauerei gibt man Wasser an die Bevölkerung aus.

Frauen plündern ein Lebensmittellager in der Harfenstraße.

Es gibt keinen Strom mehr.

In der Neustädter Kirche sammelt sich noch einmal ein Häuflein von Betenden. Es ist der Sonntag Misericordias Domini. Wo bleibt Gottes Mitleid? Der Universitätsprediger spricht über den Psalm: "Der Herr ist mein Hirte, mir wird nichts mangeln."

Die Liturgie entfällt. Es muß schnell gehen.

Draußen jaulen die Sirenen. Fliegeralarm.

Auf dem Turm der Altstädter Kirche sitzt ein Artilleriebeobachter. Nachmittags wird der Turm beschossen.

Nachts bricht das Dach der Neustädter Kirche zusammen. Ein schwerer Granatsplitter liegt vor den Stufen zum Altar.

Die Verletzten in den Lararetten liegen still und starren an die Decke.

In der Stadt Detonationen, ein Großbrand.

XX

Schon lange bevor der Krieg alles zu Trümmern mahlte, begann der Exodus der Kunstwerke aus den deutschen Städten. Gab es tatsächlich eine Hoffnung, dass es nach der Apokalypse einen neuen Morgen geben würde?

Jedenfalls versuchte man zu retten, was zu retten war.

Die Erlanger Universitätsbibliothek brachte ihre Handschriftenschätze auf fränkischen Burgen unter.

Die Nürnberger – mit Kunstschätzen viel reicher gesegnet als das kleine Provinzstädtchen Erlangen – mauerten das Sakramentshäuschen von Adam Kraft ein, sie versteckten die Reichskleinodien in den Felsengängen unter der Burg und verteilten die Schätze des Germanischen Nationalmuseums auf achtzehn verschiedene Orte.

Zweihundert Möbelwagen und unzählige kleinere Fuhren rollten auf die Cadolzburg, auf die Plassenburg, nach Ellingen, Kleinschwarzenohe, Weisendorf, Wiesenthau, Banz und Unterleinleiter. Je weiter verteilt die unschätzbaren Werte des Museums, umso größer die Hoffnung, dass wenigstens ein Teil den Krieg überstehen würde. Und so war es auch.

Die Verluste in den Auslagerungsdepots waren dennoch schmerzlich:

Im April 1945 wurde auf der Cadolzburg ein Brand gelegt. Wertvolle Holzplastiken und fast hundert Gemälde verbrannten.

Die Plassenburg wurde geplündert. Historische

Musikinstrumente, Möbel, sechshundert Druckstöcke, ganze Kisten mit vorgeschichtlichem Metall und Keramik verschwanden spurlos und ebenso der gesamte, berühmte Bestand an fast hundert historischen Elfenbeinarbeiten. Zurück blieben nur Inventarlisten und ein paar alte Fotos.

Wie all die anderen Kostbarkeiten, so blieben auch die Schätze aus Elfenbein verschwunden.

Niemand ahnte, wo sie geblieben waren – bis zu jenem Tag, als Lotte und Otto sich über die Fotos an einem Büchenbacher Biertisch beugten.

Es war mühsam, Erwins Bericht überhaupt zu verstehen, denn die Gremsdorfer Musiker rechneten es sich zur Ehre an, die Stimmung und den Bierausstoß im Wirtsgarten zu ungeahnten Höhen zu treiben. Es wurde immer schwüler, die Bedienungen schafften im Stafettenlauf die vollen Maßkrüge und die dampfenden Schäufele an die Tische und die Kerwaburschen bogen auch gerade um die Ecke mit ihrem Leiterwägelchen, um sich die Bühne für ein zwar zotiges, aber traditionelles Lied zu erobern.

So war es schwer, sich in all dem Treiben auf den heiligen Januarius zu konzentrieren.

Der heilige Januarius, dessen Blut sich auch nach dem Tod noch verflüssigte, schien tatsächlich ein langlebiger Bursche zu sein. Mehr als sechzig Jahre hatte er keinen Mucks getan und nun, zäh wie er war, tauchte er aus dem Vergessen auf und verlangte wieder Aufmerksamkeit.

Weder Lotte noch Otto wussten im Moment so recht, was für Schlüsse sie aus Erwins kunsthistorischer Expertise ziehen sollten. Lottes Ohren waren fast taub von der Stimmungsmusik und bei Otto machte sich der Bierkonsum langsam bemerkbar.

Als er sich in seiner merkwürdigen Trachtenlederhose auf den Weg zur Toilette machte, beugte sich Lotte zu Erwin hinüber und sagte:

„Ich finde das großartig, was Sie, äh, was du alles herausgefunden hast. Die Elfenbeinkunstwerke sind also in den Kriegswirren auf der Plassenburg verschwunden. Wie sind die beiden an diese Medaillons gekommen? Haben sie die Sachen gestohlen? Wie auch immer, ich hätte eine Bitte: Könnte das vorläufig unter uns bleiben?“

Erwin seinerseits beugte sich mit seinem spitzen Staatsratsvorsitzendenbart zu ihr hinüber und erwiderte:

„Lotte, ich kann schweigen. In jeder Hinsicht. Auch gegenüber Margot.“

Dabei zwinkerte er sie wieder an. Das war wohl doch kein Tick, denn er setzte noch hinzu:

„Na, ich sehe doch, was mit euch beiden los ist.“

Gut, seine detektivischen Fähigkeiten, was die Kunstgeschichte betraf, waren beeindruckend, aber hier lag er völlig falsch. Lotte war empört. Sie war jedoch noch empörter, als sich wenig später eine Dame neben Otto setzte, mit ihm anstieß und mit ihm zu schunkeln begann.

Da schien es ihr an der Zeit, sich auf den Heimweg zu machen und in Ruhe über Otto, Erwin, den toten Winter, den toten Tetzel und den wieder erstandenen Januarius mit seinen Medaillons nachzudenken.

XXI

Zwei Medaillons in den Hosentaschen von zwei Herren, die vor allem eins gemeinsam hatten: Sie waren tot und man konnte sie nicht mehr fragen, auf welchem Weg die kleinen Kunstwerke in ihren Besitz gekommen waren. Denn eigentlich sollten die beiden Medaillons, vereint mit dem Heiligen, an dessen Martyrium sie erinnerten, in einer Museumsvitrine des Germanischen Nationalmuseums in Nürnberg liegen, wohl bewacht und gut ausgeleuchtet.

Was aus dem Medaillon von Winter geworden war, das wusste Lotte. Es hatte ihn nicht schützen können vor einem trostlosen Tod in einem Karpfenweiher. Aber vielleicht war ein Heiliger aus Süditalien mit dieser Situation auch überfordert!

Wo aber war das andere Medaillon geblieben, das Tetzel immer bei sich getragen hatte? Wahrscheinlich war es mit ihm verbrannt in der Johannisnacht, so wie Tetzel selbst, bis auf wenige Knochenreste. Feuer und Wasser schienen nicht die Spezialität des heiligen Januarius zu sein.

Die beiden Männer waren tot und Lotte konnte sie nicht mehr fragen, ob die vermeintlichen Glücksbringer in ihren Taschen mit ihrem Tod zu tun hatten und ob das Blut des Heiligen deshalb wieder in Wallungen gekommen war, weil man ihn von seinen Medaillons getrennt hatte.

Lottes Abschied von der Büchenbacher Kerwa war spektakulärer und weniger damenhaft ausgefallen als geplant.

Erwins Bericht über die seit dem Krieg verloren geglaubten Medaillons, seine anzügliche Bemerkung über ihr Verhältnis zu Otto, die überlaute Stimmungsmusik der Gremsdorfer, die Nachmittagshitze zwischen den engen Sitzreihen – und dann noch diese auf jugendlich getrimmte Blondine, die sich so ostentativ gut gelaunt an Otto heranmachte –, das alles hatte Lotte auf einmal über alle Maßen nervös, gereizt und ungehalten gemacht.

Der Glaskrug mit Bier stand noch immer nahezu randvoll und fast unberührt vor ihr. Sie packte ihn, setzte ihn an die Lippen und gegen alle Gewohnheit schluckte und schluckte und schluckte sie, bis ihr der Atem ausging. Das Bier schmeckte lauwarm und schal. Sie spürte, wie das warme Zeug ihre Speiseröhre hochschäumte, und musste rülpsen, bevor sie sich noch die Hand vor den Mund halten konnte.

Otto grinste und sagte:

„Hoppla, Lotte! Prost!“, aber da war sie schon mit puterrotem Kopf hochgefahren, hatte ihren Stock gegriffen und war, eine kaum verständliche Entschuldigung murmelnd, auf dem Weg zur Straße.

Den Leiterwagen mit dem Birkengrün und dem geschmückten Fässchen, den die Kerwaburschen gerade abgestellt hatten, um nun die Bühne zu entern, übersah sie. Nein, nicht den Leiterwagen, der war ja groß genug und sie war ja keineswegs betrunken, aber die Deichsel am Boden, die übersah sie.

Ihr Fuß verfing sich, sie strauchelte, verlor das Gleichgewicht und fiel einem Herrn mittleren Alters und dem Schweinebraten, den er gerade essen wollte, wie eine reife Frucht entgegen. Der Schweinebraten kippte, der Kloß rollte unter den Tisch, die Soße ergoss sich über Lottes Kleid in den Schoß des sitzenden Herrn und der erwischte die fallende Lotte gerade noch unter der Achsel, bevor sie dem Kloß auf dem Boden Gesellschaft leisten konnte.

Ein paar freundliche Menschen angelten den Kloß unter dem Tisch hervor und reichten Servietten für die Sauce und die Kleidung, Lotte rappelte sich hoch, machte einen verwirrten Schritt rückwärts und stieß nun doch noch mit dem Leiterwagen zusammen, der setzte sich dadurch zögerlich, aber durch eine leichte Neigung des Bodens dann schneller werdend, in Bewegung, rollte rückwärts, birkengeschmückt, bis er in den Kniekehlen einer Bedienung zum Halten kam. Die ließ ihr Tablett mit fünf Portionen Schäufele fallen, die Schäufele rissen ein paar Bierkrüge mit sich und so gab es eine ordentliche Schweinerei und es war sicherlich nicht richtig, dass Lotte einfach ohne Entschuldigung davonlief.

Sie war überzeugt, man würde ihr folgen und sie für das Biergartendesaster zur Verantwortung ziehen. Sie hoffte nur, dass Otto vor lauter Schunkeln ihr Schlussauftritt entgangen war.

Sie hätte sich sehr gerne in das nächste Taxi fallen und heimfahren lassen, aber da war kein Taxi. Kein Wunder, die Straße war ja gesperrt.

Und so blieb Lotte nichts anderes übrig, als bis zur Bushaltestelle zu laufen, müde, verschwitzt und saucenbekleckert.

Sie musste im Bus ein wenig eingedöst sein, was sie der ungewohnten Wirkung des warmen Bieres zuschrieb, und atmete schwer, als sie endlich an ihrer vertrauten Haltestelle ausstieg.

Ach, noch einmal ein Anstieg bis zum Stift. Das Kleid klebte an ihrem Körper, schweißnass und saucensatt. Die Blase an ihrer Ferse scheuerte, das warme Bier und die Sonne brummten in ihrem Schädel.

Doch da nahte die Rettung in Form von Frau Dr. Graberts altem Cabriolet. Sie bremste neben Lotte, alle Scheiben waren sowieso heruntergelassen und so musste sie nur, den Ellenbogen lässig aus dem Autofenster hängend, rufen:

„Großer Gott, wie sehen Sie denn aus, Frau Askoleit? Das ist ja dégoutant, bringen Sie doch mal dies Kleid in die Reinigung! Na los, nun steigen Sie schon ein! Oder wollen Sie so über die Lästerallee stolzieren?"

Sie hatte vollkommen recht. Lotte Askoleit, ramponiert von einem heißen Biergartennachmittag, das wäre ein gefundenes Fressen geworden für alle diejenigen, die gelangweilt auf den Bänken vor dem Stift saßen und nicht den Nachmittag in engem Kontakt mit alten Dorfritualen und fremdem Schweinebraten verbracht hatten.

So ließ sie sich nur zu gerne chauffieren.

Dr. Grabert brauste den Berg hinan, setzte keinen Blinker, sondern streckte einfach den linken Arm aus dem Wagen, zum Zeichen, dass sie abbiegen wollte, kurbelte gleichzeitig mit drei Fingern ihrer Rechten am Lenkrad, das noch nichts von einer Servolenkung wusste, und brauste dann nahezu ungebremst am Eingangsbereich und den Blumenrabatten vorbei über das Stiftsgelände in Richtung auf das mehrgeschossige Garagendeck.

Auch die ansteigende Auffahrt zu den Stellplätzen der Stiftsbewohner nahm sie mit Verve.

Endlich ein wenig Schatten und Kühle. Die Parkdecks lagen im Halbdunkel, die Parkbuchten mit den betagten Autos schossen an Lotte vorbei, schon kam die nächste

Kurve, die nächste Rampe, das nächste Parkdeck. Lotte kniff angstvoll die Augen zu. Der Wagen warf sich quietschend in die engen Kurven der Auffahrt, um dann jedoch abrupt abzubremsen.

„Voilà", sagte Frau Dr. Grabert. „Endstation. Sagen Sie mal, wollen Sie hier übernachten? Na los, wir sind da."

Sie zog die Handbremse an, drehte den Zündschlüssel um, an dem ein kleiner bronzefarbener Eiffelturm baumelte, griff sich vom Rücksitz ihre kompakte Handtasche, schmiss die Fahrertüre zu und sagte:

„Na los, Frau Askoleit, wir sind da."

Lotte war noch taumelig von der temperamentvollen Karussellfahrt in dem tiefen Ledersitz, da war Frau Dr. Grabert schon auf ihrer Seite, riss die Beifahrertüre auf und sagte:

„Wir nehmen den Hintereingang. Sie können mir ewig dankbar sein, dass ich Sie unbemerkt ins Haus schleuse, so wie Sie heute aussehen."

Sie lehnte sich gegen die Beifahrertüre und trommelte mit ihren lackierten Fingernägeln ostentativ gegen das Seitenblech, denn Lotte war nach diesem Nachmittag noch schwerfälliger als sonst.

Zum Glück war der Parkplatz nebenan frei, das gab Lotte ein bisschen mehr Spielraum beim Aussteigen. Sie stützte sich mit beiden Händen auf dem Ledersitz ab und versuchte sich hochzudrücken.

„Tut mir leid, wenn ich heute ein wenig unbeholfen bin. Zum Glück ist Ihr Nachbar mit seinem Wagen gerade unterwegs."

Dr. Grabert kramte nach ihren Zigaretten und zuckte die Achseln:

„Unterwegs? Das ist vielleicht nicht der richtige Ausdruck. Er ist tot. Der Parkplatz gehört Winter. Oder sollte man sagen – gehörte?"

Sie deutete mit der Zigarette auf das Autokennzeichen, das hier, wie an allen anderen Parkbuchten, die Stellplatzbesitzer auswies.

„Und wo ist sein Wagen?"

Dr. Grabert schnippte ihr Feuerzeug, inhalierte lustvoll den ersten Zug und blies dann Rauch durch die Nüstern.

„Hat er verkauft. So etwa zehn Tage vor seinem Tod."

„Wieso das denn? Er ist doch nie zu Fuß gegangen!"

Dr. Grabert zuckte die Achseln und angelte nach Lottes Stock, der im Fond lag.

„Keine Ahnung. Ist doch auch egal. Jetzt ist er sowieso tot."

Lotte hatte sich endlich hochgearbeitet und Frau Dr. Grabert schmiss die Türe zu, saugte an ihrer Zigarette und lief los. Lotte versuchte sie aufzuhalten:

„Moment mal, Frau Dr. Grabert, Sie haben Ihren Wagen noch nicht abgesperrt."

Aber die machte eine qualmige, lässige Geste und zuckte die Achseln:

„Ist doch ein ehrenwertes Haus hier, da passiert doch nichts, oder?"

„Na, ich weiß nicht", erwiderte Lotte. „Ein bisschen komisch ist das alles schon."

Lotte war klar, dass die Telefonate, die sie nun unbedingt führen musste, im Augenblick keinen Erfolg haben würden. Es war Sommer, es war August und es war Freitagnachmittag.

Wenn man schon zu den Armseligen gehörte, die jetzt nicht an der Costa Brava, Smeralda oder Amalfitana lagerten, dann hatte man doch wenigstens das Recht, endlich den Staub zwischen den Aktendeckeln bei einem Cappuccino in der Fußgängerzone oder einem Weizenbier im nächsten Biergarten hinunterzuschlucken.

Lotte blieb nichts anderes übrig, als sich in Geduld zu fassen und nachzudenken.

Es wurde ein ruhiges Wochenende. Sie versuchte erfolglos, die Saucenreste aus ihrem Kleid zu waschen, sie saß auf dem kleinen Balkon und sprach mit ihren Tomaten, sie kraulte Killer am Hals und überlegte, wie lange sie ihn noch würde behalten können. Ihre einzige Aktivität war ein abendlicher Spaziergang hinüber zum Garagendeck und zum leeren Parkplatz von Leonhard Winter.

XXII

Am Montagmorgen rief sie in der Zulassungsstelle an.

„Also hier, hier spricht Frau Winter", nuschelte sie mit bebender Stimme in die Muschel und vor Aufregung brach wieder einmal ihr ostpreußischer Dialekt durch. „Me-i-j-n Mann war dieser Tage bei Ihnen, um sein Auto abzumelden. Er ist schon ein bisschen verwirrt, wissen Sie. Er hat die Unterlagen verlegt. Könnten Sie vielle-i-j-cht nachsehen, wann er bei Ihnen war?"

...

„Das Kennzeichen? Es sind die Anfangsbuchstaben se-i-j-nes Namens, Leonhard Winter, also LW, und dann unser Hochzeitsjahr, neunundvierzig."

...

„Er hat Ihnen doch hoffentlich den Namen des Käufers gegeben? – Nur damit es hinterher keine Schwierigkeiten mit unserer Autoversicherung gibt."

...

„Verschrottet?! Ja richtig, wie dumm von mir. Natürlich. Wissen Sie, manchmal bin ich selbst wohl schon e-i-j-n wenig verwirrt. – Eigentlich habe ich ihm geraten, auch gleich noch seinen Führerschein endlich abzugeben."

...

„Nicht? Na ja, Fräulein, so sind die Männer eben. Aber dazu überrede ich ihn schon auch noch. Hauptsache, das Auto ist erst mal weg. Ich danke Ihnen und eine schöne Woche noch."

Der Kommissar! Sie musste dringend und ohne Aufschub den Kommissar sprechen.

Auch der Kommissar gehörte zu jenen Elenden, die gezwungen waren, diesen Jahrhundertsommer im Büro zu verbringen. Das Wetter am Wochenende war zwar herrlich gewesen, aber er hatte es nicht wirklich genießen können. Carla war eben eine sehr kapriziöse Geliebte. Wenn er es sich zu Hause gemütlich machen wollte, dann wollte sie ausgehen („Willst du mich värrrstecken?? Bin ich dirrr nicht gut genug?"), wollte er aus dem Haus, dann wollte sie lieber daheim bleiben („Ich langweile dich! Du liebst mich nicht mährrr!").

So ging das hin und her, bis sie sich am Samstagabend so richtig in die Wolle bekamen und Carla seine Wohnungstüre hinter sich zuknallte. Wahrscheinlich fuhr sie zu Antonio, diesem Schwein.

Am Sonntagabend war sie wieder da. Sie versöhnten sich stürmisch, aber irgendwie hatte der Kommissar kein gutes Gefühl. Diese Schlange, fuhr sie zweigleisig?

So saß er am Montagmorgen in seinem Büro, drehte seinen grünweißen Kuli in der Hand und versuchte, sich auf die Akten zu konzentrieren. Er hängte das Telefon aus und ging noch einmal die Tatbestände durch.

Die Ermittlungen im Mordfall Tetzel liefen. Niemand im Altersheim hatte ein unbekanntes Gesicht zur Tatzeit gesehen. Es sah ganz danach aus, als stammte der Täter aus dem Haus. Andererseits: War den Zeugenaussagen von Leutchen zu trauen, die es gerade noch mit Mühe schafften, ihre Gehwägelchen vom Aufzug bis zum Speisesaal zu kutschieren?

Weiterhin war immer noch unklar, mit welchem Wagen Tetzels Leiche fortgeschafft worden war.

Er nahm die Liste der Stiftsbewohner zur Hand, denen man als PKW-Halter auf den Zahn fühlen wollte. Na ja, die Kollegen von der Spurensicherung waren auch nur Menschen, es war Urlaubszeit. Das konnte noch ein Weilchen dauern.

Er nahm seinen Kuli, machte sich ein paar Notizen, starrte aus dem Fenster in den milchweißen Hitzehimmel.

Ob sie sich heimlich mit Antonio traf, während er hier schuftete? Er griff nach dem Telefon und wählte seine eigene Nummer.

Niemand ging ran. Wo steckte das Luder?

Aber es war Montagvormittag. Er war im Dienst, er hatte Wichtigeres zu tun. Er griff nach dem zweiten Ordner.

Der Fall Winter. Wenigstens das war klar. Tod durch Ertrinken, keine Fremdeinwirkung. Eigentlich sollte er jetzt den Abschlussbericht schreiben, aber erst musste er wissen, wo Carla steckte.

Er wählte wieder die eigene Nummer, das Telefon tutete. Miststück.

Jemand klopfte an der Türe, die Sekretärin steckte den Kopf zur Türe rein, er winkte unwillig ab: „Sie sehen doch, dass ich arbeite."

Er starrte wieder auf den Hof mit den Einsatzfahrzeugen und auf den heißen Himmel, wählte erneut seine eigene Nummer zu Hause.

„Pronto, hier bei Commissario Groß."

Süß, wie sie das sagte. Sie hatte ihre Haare gewaschen? Natürlich, er wusste, was das für eine heilige Zeremonie bei ihrem schwarz glänzenden Haarwasserfall war. Manchmal, wenn sie besonders gut gelaunt war, durfte er ihr eine spezielle Olivenöltinktur in die Haarspitzen massieren.

„Du fehlst mir so, Manfrrredo“, gurrte sie ins Telefon. „Es tut mir leid, unser Streit. Wir müssen uns sehen. Ich habe Sähhhnsucht, Manfrrred.“

Ja natürlich, er verstand sie ja. Sie fühlte sich einsam. Sie war ein Sonnenkind. Ihr fehlte die südliche Leichtigkeit, das Dolcefarniente, die Hitze, das Meer. Schwimmen gehen? Am Montagmittag? Bei aller Liebe, unmöglich. Er verabschiedete sich von ihr, hängte das Telefon wieder aus und brütete über seinen Akten.

Lotte wählte sich die Finger wund. Die Nummer des Kommissars war den ganzen Vormittag über besetzt. Sie versuchte es ein ums andere Mal. Sie würde nicht aufgeben, es war zu wichtig. So wählte und wählte sie erfolglos.

Schließlich beschloss sie, erst einmal essen zu gehen und es dann noch einmal zu versuchen.

Nun war die Leitung endlich frei, aber es ging keiner ran. Doch, nach zwanzigmaligem Tuten meldete sich das Vorzimmer. Er habe einen Außentermin und sei erst morgen wieder im Büro erreichbar.

Jetzt hatte Lotte endgültig genug. Er hatte zwar gesagt, die Nummer sei nur für Notfälle, aber dies war ein Notfall. Sie kramte in ihrem Portemonnaie, wo sie noch immer das Kärtchen mit der Nummer seines Notfallhandys aufbewahrte, die er ihr nach Tetzels Ermordung gegeben hatte.

Sie waren im Wasser, als Manfred Groß’ Handy in Carlas Badetasche klingelte.

Er hatte gerade ihre Taille umfasst und hob sie theatralisch ein Stück aus dem Wasser hoch. Sie trug einen weißrot getupften Bikini und ihre wasserperlende, mattbraune Haut glänzte wie die eines jungen Delfins. Sie lachte.

Er tauchte unter ihren Beinen durch und stieß prustend wieder zur Wasseroberfläche durch. Sein halblanges Haar, das er immer noch nicht geschnitten hatte, teilte sich in der Mitte zu einem Scheitel und er sah aus wie Jesus.

Sie schwammen nebeneinander zum Beckenrand, hängten sich mit den Armen am Überlauf ein und paddelten mit den Beinen. Schade, dass der Sprungturm abgerissen worden war, er hätte ihr jetzt gerne ein paar seiner Kunststückchen vorgeführt. Am roten Backsteineingang aus den zwanziger Jahren stauten sich bestimmt jetzt schon die Besucher. Es wäre eine Schande gewesen, diesen herrlichen Tag nicht zu nützen.

Neben ihnen schlugen zwei zehnjährige Jungs mit ihren mageren Hinterteilen auf der Wasseroberfläche auf, dass es nur so spritzte. Von der anderen Seite ließ ein Bademeister pflichtschuldigst seine Trillerpfeife gellen, Carla lachte und wischte sich das Wasser aus den Augen.

Sie hängte sich an Manfreds Schultern, bog den Kopf nach hinten, dass ihre Mähne wie ein Pfauenfächer auf dem Wasser lag, und ließ sich von ihm küssen. Die Sonne warf glitzernde Pfeile aus Wasserreflexen, die auch hinter ihren geschlossenen Lidern noch funkelten, und so trieben sie noch eine Weile in der kühlen Bläue, bis Carla zu frösteln begann.

Als sie aus dem Wasser stieg, hätte er sie am liebsten sofort niedergerissen. Ihre Haut unter dem Bikini hatte sich zusammengezogen, winzige goldfarbene Härchen glänzten auf ihren Armen unter den Wassertropfen und aus ihrem Haar flossen funkelnde Bäche.

Er war so voller Stolz und Begehren, dass er fast über die flachen breiten Stufen stolperte, an deren oberem

Ende ihr Badehandtuch lag.

Das Handy in Carlas Badetasche flehte noch immer. Er wühlte fluchend und plötzlich wieder nüchtern danach. Die Nummer auf dem Display kannte er nicht.

Gerade in dem Moment, als er die grüne Taste drückte und das Gespräch annahm, traf ihn ein orangefarbenes Geschoss am Kopf. Es war ein knüppelharter Beachball, der über das Absperrnetz zwischen Liegeflächen und Sportfeld gekracht kam, abgeschossen von einer Sportstudentin, die auf dem Nebenfeld die Flugrichtung ihres gebaggerten Konters falsch eingeschätzt hatte.

Manfred Groß sah Sternchen, er kippte zur Seite, das Handy fiel aus seiner Hand. Carla kreischte, schrie erst: „Manfrrred!" und dann ins Handy: „Pronto!"

Lotte blieb ganz ruhig. Sie sagte:

„Hallo Fräulein. Sind Sie der Außentermin des Kommissars? Sagen Sie ihm bitte, wenn er mir nicht in einer halben Stunde im Stiftscafé gegenübersitzt, dann rufe ich seinen Vorgesetzten an!"

XXIII

„Also“, sagte Lotte eine halbe Stunde später im Stiftscafé, und taxierte den Kommissar, „wir sollten uns nicht lange mit Vorreden aufhalten, dazu ist die Sache zu wichtig.“

Sie zog energisch an dem weißen Schnürchen, an dessen Ende ihr Teebeutel baumelte, und beobachtete einen Moment lang das tiefbraune Säckchen, wie es sich an der Schnur über ihrem Teeglas zwirbelte.

„Erinnern Sie sich an das Medaillon, das Herr Winter bei sich hatte, als er starb?“

Sie spreizte die Finger und der Teebeutel fiel auf die Untertasse, eine dunkle Teespur sabberte zur Mitte, Richtung Teeglas.

„Natürlich erinnere ich mich, ich habe es ja persönlich asserviert.“

Der Kommissar hob die Hand, um die Bedienung herbeizuwinken.

„Ich habe Ihnen etwas mitgebracht.“

Lotte kramte in ihrer Handtasche und breitete ein Blatt Papier zwischen ihrem Teeglas und ihrem Teller mit sandfarbenem Rührkuchen aus. Das Papier war wellig und hatte in der Mitte den bräunlich verlaufenen Abdruck eines Maßkruges.

„Sie erkennen das Medaillon wieder?“

„Natürlich, das ist Winters Talisman. Ein enthaupteter Mann, eine Frau fängt sein Blut auf. Blödsinnige Geschichte.“

Lotte warf dem Kommissar einen strafenden Blick zu.

„Das Medaillon ist älter, als Sie denken, zirka dreihundert Jahre."

„Ach was", machte der Kommissar uninteressiert und schnippte noch mal nach der Bedienung, die mit leerem Blick neben der Espressomaschine lehnte.

„Aber ich habe noch etwas für Sie", Lotte sah sich verschwörerisch um. Sie war gleich nach dem Telefongespräch mit dem Kommissar mit dem Lift hinauf ins Café gefahren und hat einen Platz im hinteren Eck gewählt, möglichst weit weg von der Canasta-Runde und dem Montagskränzchen.

Sie holte noch ein zweites Blatt Papier aus ihrer Henkeltasche. Doch in diesem Moment nahte die Bedienung. Ihre Schuhe machten ein schlurfendes Geräusch auf dem Nadelfilzboden und Lotte beugte sich nach vorne, um mit ihrem Oberkörper den Blick auf das Papier zu verdecken.

„Bringen Sie zwei Cappuccino mit Milchschaum – um Himmels willen nicht mit Sahne! – für mich und die Dame."

Manfred Groß machte eine Handbewegung zum Kuchentresen, denn dort lehnte Carla, die Badetasche über der linken Schulter, in die Betrachtung der Tortenstücke versunken. Der dünne Kleiderstoff spannte sich über ihrem sensationellen Hinterteil ...

„Herr Kommissar, es wäre schön, wenn Sie Ihre ungeteilte Aufmerksamkeit wieder diesem Foto zuwenden könnten ..."

Wieso war er eigentlich mit diesem Mädchen hier aufgetaucht? Eine Südländerin ganz offensichtlich und mehr als zwanzig Jahre jünger als er. Der typische Fall von Torschlusspanik. Wahrscheinlich ließ er sich deshalb auch die Haare wachsen. Lächerlich für einen Mann seines Alters.

Als die beiden zusammen im Café aufgetaucht waren, hatte Lottes Gehirn sofort Alarm gefunkt. Die Frau sah nicht gerade nach einer Mitarbeiterin aus dem Kommissariat aus mit ihren hochhackigen Schläppchen und der überdimensionalen Sonnenbrille im feuchten Haar.

Nun gut, noch hatte sie sich nicht zu ihnen gesetzt. Lotte war nicht sicher, wie sie dann reagieren sollte. So war sie bemüht, das Gespräch voranzutreiben, solange die Dunkelhaarige noch da vorne am Kuchenbüfett herumlungerte.

„Wie gesagt, ich wäre Ihnen dankbar, wenn Sie sich nunmehr wieder auf dies Foto konzentrieren könnten!"

Ihre Stimme hatte etwas ungewohnt Energisches, ja Schneidendes.

„Soll das ein Suchbild sein? Na gut, hier rechts unten ist wieder der Enthauptete."

Der Kommissar hatte sich über das Foto gebeugt, aus seinen strähnigen Haaren stieg eine Wolke von Chlorgeruch.

„Ich hoffe, Sie erinnern sich, dass ich Ihnen nach dem Tode des bedauernswerten Herrn Tetzel erzählt habe, dass auch er immer ein Medaillon bei sich trug. Er hat es mir des Öfteren gezeigt. Es ist das Medaillon, das sie hier links unten auf dem Bild sehen."

Manfred Groß war ja nicht blöd, er sah den Elfenbeinbischof vor einem Gitterfenster sitzen.

Er sah aber auch, dass sich Carla weit nach vorne über das Tortenbüfett lehnte. Wie sich ihr freizügiger Ausschnitt auf der Vorderseite ihres roten Kleides für den Kellner hinter der Theke präsentierte, das konnte er nur ahnen. Ihm reichte schon Carlas Rückansicht.

Lotte räusperte sich laut und ärgerlich. Der Kommissar fuhr zusammen.

„Das Medaillon von Herrn Tetzel ist leider verschwunden, nicht wahr? Aber ursprünglich gehörten beide zusammen. Sie sind Teil des Kunstwerkes, das Sie hier auf diesem alten Foto sehen. Der heilige Januarius mit zwei Assistenzfiguren und zwei Medaillons – man verehrt ihn heute noch in Neapel. Das Kunstwerk stammt aus der Zeit um 1700. Es gehört dem Germanischen Nationalmuseum."

„Und sie gehört mir!", dachte Manfred Groß, „was stiert der Milchbubi ihr so in den Ausschnitt?!"

„Ach was?", sagte er laut. „Wer hat Ihnen denn das erzählt?"

Lotte stutzte einen Moment.

„Erwin", erwiderte sie dann irritiert. „Erwin. Er ist Kunstexperte."

„Erwin?", wiederholte der Kommissar spöttisch, „Erwin – und weiter?"

Lotte schwieg. Fast hätte der Kommissar es geschafft, sie aus dem Konzept zu bringen, aber dann fuhr sie energisch fort:

„Jedenfalls hat Erwin herausgefunden, dass dies Kunstwerk zur berühmten Elfenbeinsammlung des Germanischen Nationalmuseums gehört. Die Sachen wurden im Zweiten Weltkrieg auf der Plassenburg in Sicherheit gebracht, auch unser Kunstwerk. Dort verliert sich die Spur Anfang 1945. Es hat Plünderungen und Diebstähle gegeben. Die gesamte kostbare Elfenbeinsammlung des Museums ist seit damals spurlos verschwunden."

„Hmm", machte der Kommissar unkonzentriert.

Die Bedienung nahte gerade und stellte zwei Tassen mit Cappuccino vor ihm ab. Wo verdammt blieb Carla?

„Und da ist noch etwas, Herr Kommissar. Herr Tetzel und ich haben des Öfteren über die alten Zeiten gesprochen. Er hat mir erzählt, dass er sich seine Verwundung in der Nähe von Kulmbach zugezogen hat. Eine Mine ist in der Nähe einer Brücke hochgegangen."

Der Kommissar stierte zum Kuchentresen. Seine Verwundung am Kopf von diesem blöden Beachball tat auch noch weh.

„Ich nehme doch an, dass Ihre Allgemeinbildung weit genug reicht, um zu wissen, dass sich die Plassenburg in Kulmbach befindet? – Sagen Sie mal, sind Sie überhaupt an der Aufklärung dieses Falles interessiert?"

Ihre Stimme hatte etwas Schneidendes. Der Kommissar zuckte zusammen und wandte sich Lotte zu.

„Natürlich, natürlich. Fahren Sie fort."

„Nun gut, wenn Sie darauf bestehen. Also: Winter und Tetzel waren im gleichen Alter, sie kannten sich seit Kriegszeiten. Sie besaßen zwei wertvolle Medaillons, die offenbar zusammengehören und die vor langer Zeit in Kulmbach gestohlen wurden, wo auch Herr Tetzel damals stationiert war. Erstaunliche Übereinstimmungen, finden Sie nicht?"

„Übereinstimmungen auch am Kuchentresen", dachte Manfred Groß. Er hörte Carla und den Kellner lachen.

„Man müsste herausfinden, ob sich auch Herr Winter in dieser Zeit in Kulmbach aufgehalten hat. Das können Sie doch herausfinden, nicht wahr, Herr Kommissar? Und wenn sie damals in dem allgemeinen Durcheinander gemeinsam die Elfenbeinsammlung gestohlen haben – wo ist sie geblieben? Wer wusste davon? Haben sie Teile davon verkauft? Ist jemals irgendwo ein Stück der Sammlung wieder aufgetaucht? Was ist mit dem Kästchen, das nach der Ermordung von Herrn Tetzel aus seinem Schrank verschwunden ist? Haben wir hier ein Mordmotiv?"

„Tja, Frau Askoleit", sagte Manfred Groß, „meinen Glückwunsch. Ich werde das alles natürlich noch mal nachrecherchieren, aber so wie es aussieht, haben Sie unsere Ermittlungen einen Riesenschritt weiter gebracht. Als Erstes werde ich mich mit dem Museum in Verbindung setzen. Darf ich die Fotos mitnehmen? Vielen Dank, Sie hören wieder von mir."

Er wollte aufstehen und endlich da vorne dazwischenfunken. Der Kellner schien auch Italiener zu sein. Er hörte Carlas gurrende, rollende Muttersprache. Verdammt, was hatte sie dem Kerl zu erzählen?

„Und da ist noch etwas, Herr Kommissar. Haben Sie mittlerweile das Auto von Herrn Winter untersucht?"

Das war eine heimtückische Frage; aber langsam hatte Lotte genug von der unkonzentrierten Glotzerei des Kommissars Richtung Theke.

„Noch nicht. Er steht ganz hinten im Alphabet. So weit sind wir noch nicht. Es ist Urlaubszeit ..."

Ehrlich gesagt, heute Morgen hatte er Winter von der Liste gestrichen. Der war ja schließlich tot.

„Direkt nachdem ich ihm bei einem zufälligen Zusammentreffen vor dem Stift erzählt habe, dass die Polizei in alphabetischer Reihenfolge alle Wagen der Stiftsbewohner auf Spuren untersuchen lässt, hat er sein Auto abgemeldet. Nicht etwa, weil er in seinem Alter mit dem Autofahren aufhören wollte. Den Führerschein hat er behalten. Aber sein Wagen sollte verschrottet werden, obwohl ich meine, dass das Auto noch gut in Schuss war – also, wenn Sie noch Spuren finden wollen, dann sollten Sie sich beeilen."

Beeilen, ja zweifellos, das sollte er. Er hatte sich alles gemerkt, was diese Frau Askoleit ihm erzählt hatte, und er würde das alles erledigen: das alte Elfenbeinzeug wieder finden, Winters Auto noch schnell vom Schrottplatz schnappen und den Mord aufklären. Aber erst einmal war es höchste Zeit, der Sache am Kuchenbüfett Einhalt zu gebieten.

Er sah gerade noch, wie die haarige Italienerhand des Kellners über die Trüffelsahnen und Mandarinenkäsekuchen hinweg Carlas Wange tätschelte. Dann war er schon mit einem Satz an der Kuchentheke.

Er holte zu einem linken Haken aus und die Damen vom Montagskränzchen und von der Canasta-Runde schrien auf.

Und Lotte dachte: Das kommt also heraus, wenn Männer in diesem Alter verrückt spielen.

Memento IX

Der Tag der Entscheidung, der letzte Tag ist da.

Die wenigen öffentlichen Luftschutzkeller sind überfüllt mit Frauen und Kindern. Die Verwundeten des Krieges liegen in ihren Betten.

Er hat Glück gehabt, daß man ihn nicht ins Lazarett der Onoldia gebracht hat. Dort liegen jetzt fünfzehn Tote. Volltreffer.

Man hört das Heulen der Granaten, das Bersten.

Er liegt still und starr.

Dann plötzlich steht der Freund in der Türe, reißt ihn aus dem Bett, schleift ihn zu einem Leiterwagen, die Kiste packen sie unter das Stroh. Um vierzehn Uhr soll die Stadt bombardiert werden.

Ein Wagen rast an ihnen vorbei, jemand hält eine weiße Fahne aus dem Fenster. Ein großer Mann um die fünfzig in Uniform und mit runder Brille sitzt im Fond, sehr aufrecht.

Der Leiterwagen rattert über das Kopfsteinpflaster, abwärts Richtung Schwabach und Essenbacher Brücke.
Die Kiste rumpelt unter dem Stroh, jeder Schlag ist wie ein Schuß in das fehlende Bein.
Er sieht die Schweißperlen über den Stiernacken seines Freundes rinnen, der wie ein Schlachtroß den Leiterwagen hinter sich her zerrt.
Um sie herum all die anderen: Kinder mit Feldrucksäcken, Mütter mit hoch aufgepackten Kinderwagen, das älteste auf der Hüfte, überladene Fahrräder, Verwundete auf Krücken, Pflegerinnen mit Tragen, schreiende Kinder, Ärzte, Kranke, Schwerkranke, Alte.

Der Fluß ist die Grenze. Jenseits davon sind schon die Panzer der Amerikaner.
Die Geschützrohre zeigen Richtung Stadt.

Ein Flüchtlingsstrom ergießt sich jenseits der Schwabach in den Wald. Ist das Bombergeschwader schon im Anflug, das die Stadt dem Erdboden gleich machen wird?

Der Wagen mit der weißen Fahne fährt in die entgegengesetzte Richtung, zurück in die Stadt.

Er stoppt am Altstädter Rathaus. Der Mann mit der Brille springt heraus, hastet die steile Treppe hinunter in den Keller, dann die Treppen wieder hinauf. Ein paar knappe Worte, der Wagen rast wieder davon, Richtung Kanal. Jemand hält eine weiße Fahne aus dem Seitenfenster. Die Zeit läuft ab. Er hat nur noch wenige Minuten, wenige Minuten für sich und für die Stadt.

Der Mann mit der Brille im Fond weiß, daß er sein Leben verwirkt hat. Vielleicht hat er nicht gedacht, daß es so schnell gehen wird.

Wenige Minuten später fallen die Schüsse.

Der erste trifft ihn in den Kopf.

Man findet ihn später.

Da sind all die Flüchtlinge schon wieder zurück in den Häusern, die Kranken in ihren Betten.

Die Stadt ist verschont.

XXIV

Alle, die damals im April 1945 die Entscheidungen zum Überleben der Stadt zu treffen hatten, waren längst tot. Nicht nur Oberstleutnant Lorleberg, der Kampfkommandant von Erlangen.

Die Lazarette waren geräumt, die Brücken wieder aufgebaut, die Erinnerungen in den Archiven abgelegt, dic jährlichen Dankeskränze eine Pflicht der Offiziellen.

Diejenigen, die noch lebten und damals in der Stadt waren, die waren damals jung und sind heute alt.

Die Verluste waren verschmerzt.

Die toten Brüder und Ehemänner.

Die verschwundenen Schätze aus den Museen.

Der Verlust der Heimat.

Lotte war damals noch auf der Flucht gewesen, nicht ahnend, dass diese verschonte Provinzstadt in Süddeutschland einmal ihre zweite Heimat sein würde.

Sie kannte die dramatische Geschichte natürlich:

Das letzte Osterfest des „Tausendjährigen Reiches“.

Eine überfüllte Lazarettstadt mit über sechstausend Verwundeten und Kranken. Buben und alte Männer, auch am Ostersonntag im Bubenreuther Wald.

Mit Hacken und Schaufeln errichtete, lächerliche Hindernisse gegen die Front aus heranrollenden Panzern.

Das Aufbäumen der letzten Parolen. Siegen oder Fallen. Kampf bis zum letzten Atemzug.

Der Exodus der gehfähigen Verwundeten Richtung Amberg.

Die Ohnmacht der Zurückbleibenden.

Der kriegsverletzte, völlig unbekannte Kampfkommandant Lorleberg, entschlossen, den heiligen Eid auf den Führer mit eiserner Faust zu halten.

Das Herrichten der städtischen Befehlszentrale im Keller des Altstädter Rathauses.

Plünderungen.

Der letzte Sonntag. Granateinschläge.

Amerikanische Truppen an der Regnitz und am Ludwigskanal. Und dann der alles entscheidende 16. April.

Der Kampfkommandant, noch immer entschlossen.

Amerikanische Truppen in der Rathsberger Straße.

Noch zwanzig Minuten, dann wird die Stadt beschossen. Fünfzigtausend Menschen, ausgeliefert.

Das verzweifelte Ringen des Bürgermeisters um ein Einlenken des Kampfkommandanten.

Und endlich. Lorleberg willigt in die kampflose Übergabe ein: „Ich weiß, dass ich mein Leben verwirkt habe."

Das Ultimatum läuft in drei Minuten ab. Das Parlamentärsauto mit der weißen Fahne an einem Besenstiel rast über die Schwabachbrücke zu den amerikanischen Stellungen. Die Stadt ergibt sich.

Nur die Truppe in der Thalermühle nicht.

Verlängerung des Ultimatums. Noch eine Stunde, dann wird die Stadt bombardiert.

Der Exodus der Verzweifelten aus der Stadt, über die Kampflinie, in Sicherheit, bevor die Bomben fallen und die Stadt brennt.

Die letzte Fahrt des Kommandanten, die weiße Fahne herausgestreckt. Vom Altstädter Rathaus zur Thalermühle.

Die Zeit läuft ab.

Der letzte Weg zu Fuß bis zur Mühle. Erregte Diskussion mit den restlichen Kombattanten.

Der Rückweg. Hundert Meter, schon fast an der Böschung.

Und dann die Schüsse. Der erste Schuss trifft den Kopf. Lorleberg fällt.

Das ist das Ende des Kampfkommandanten.

Das ist das Ende des Krieges für die Stadt. Amerikanische Panzer rollen ein.

Die Stadt ist frei.

Staub und Asche darüber.

Das ist alles lange her. Nur noch Papier in Geschichtsbüchern.

Oh nein! Die Pfahlwurzeln der Geschichte sind lang und sie reichen bis in die Gegenwart.

Als Lotte ein paar Tage später die Zeitung aufschlug, trat aus dem Mantel aus Verdrängtem, Vergessenem, Verlorenem die Vergangenheit wieder auf sie zu. Die stummen Abgründe aus Ohnmacht, Furcht und Schuld, aber auch die wunderbaren Fügungen, die übermenschlichen Taten und die kleinmütigen Gaunereien, Albträume und Heldentaten einer längst vergessenen Zeit.

Winter und Tetzel waren Teil dieser Geschichte gewesen und das, was sie damals getan hatten, stieg nun aus dem Schlamm der Vergangenheit wie eine Lavablase hoch.

Der Kommissar hatte sich, trotz privater Turbulenzen, redliche Mühe gegeben, Licht in das Dunkel zu bringen – nun ja, sein Verdienst alleine war es weiß Gott nicht. Aber da klotzte an diesem Morgen die Überschrift in der Zeitung:

Der mysteriöse Mordfall an Max Tetzel, dem beinamputierten Weltkriegsveteranen mit der im Feuer fast verglühten Prothese, war gelöst. Man hatte den Täter gefunden! Kommissar Groß hatte ihn gefunden! Da saß er an seinem Schreibtisch, lockenumkränzt, und kniff die Augen im Blitzlicht des Pressefotografen zusammen. Er war der Mann des Tages: *„Polizei klärt Bluttat im Altersheim auf!"*

Manfred Groß hatte der Presse bereitwillig Auskunft gegeben, dass es nur mit der Präzision polizeilicher Ermittlungsarbeit, der auch nicht das kleinste Detail entging, möglich gewesen sei, den grausigen Mord im Seniorenstift aufzuklären:

Mörder und Opfer kannten sich seit je. Max Tetzel war in heimtückischer Weise von seinem alten Freund Leonhard Winter niedergestochen worden. Der hatte den Toten in einen Müllsack gepackt und in seinem eigenen Auto zum Weiher gefahren und unter einen Holzstoß geschoben. Die Spuren in Leonhard Winters Auto waren eindeutig. Welch ein Glück, dass der Kommissar das Altfahrzeug noch rechtzeitig vom Schrottplatz geholt hatte – ohne sein Eingreifen wäre es sonst vielleicht schon zu einem handlichen Metallpaket gepresst worden.

Man stelle sich vor: Die Hauptfiguren in diesem Kriminalstück waren zwei weit über Achtzigjährige! Wo doch der natürliche Lauf der Dinge das Problem in absehbarer Zeit auch gelöst hätte. Warum also ein Mord?

Der Kommissar legte der staunenden Leserschaft das Motiv dar. Täter und Opfer waren durch eine jahrzehntealte Straftat verbunden. Die beiden hatten in der Endphase des Zweiten Weltkrieges offensichtlich Kunstwerke, die vor den Kriegswirren in Sicherheit gebracht worden waren, aus einem Depot in der Plassenburg gestohlen, jedenfalls hatten sich kostbare Einzelteile davon in ihrem Besitz befunden. Nur dank der Zuziehung von Experten habe man diese eindeutig dem verschwundenen Elfenbeinschatz des Germanischen Nationalmuseums zuordnen können. Offenbar sei es, Jahrzehnte nach der Tat, über diesen Diebstahl zum Streit gekommen. Worum es dabei im Einzelnen gegangen sei, das konnte man nur vermuten, denn der Täter, Leonhard Winter, der schwer zuckerkrank war, sei mittlerweile auch verstorben.

Tagelang hatte Lotte nach dem Zusammentreffen im Stiftscafé nichts vom Kommissar gehört. Der hatte nach dem tätlichen Angriff auf den italienischen Kellner seine dunkelhaarige Begleiterin am Handgelenk gepackt und war davongestürmt.

Und nun, ohne dass er sich noch einmal mit ihr in Verbindung gesetzt hätte, dieser Artikel! Dieser Kommissar mit seinen albernen Kinderlocken heftete sich den Erfolg an die Brust! Er ließ sich hier feiern als der Mann mit dem angeborenen Spürsinn für das Verbrechen, als der Mann mit der unerbittlichen Logik, als der Mann, dem auch das kleinste Detail nicht entging. Dabei war sie es gewesen, die ihn mit der Nase auf die gestohlenen Medaillons und auf Leonhard Winters Wagen gestoßen hatte, während er nur um seine glutäugige Schöne scharwenzelt war.

Lotte legte die Zeitung zur Seite.

Sie hatte also recht gehabt. Leonhard Winter war der Mörder gewesen. In seinem eigenen Auto hatte er die Leiche abtransportiert und am Weiher unter dem großen Feuerholzstapel versteckt.

Sie fuhr sich mit der Hand über die Augen. Selbst jetzt

hätte sie dennoch nicht beschwören können, dass es Winters Stimme war, die sie an jenem Juniabend durch die Türe gehört hatte.

Der Kater sprang auf den Frühstückstisch, um sich kraulen zu lassen, aber Lotte stieß ihn ärgerlich fort und griff zum Telefon:

„Guten Morgen, Herr Kommissar. Ich wollte Ihnen gratulieren. Sie haben den Fall also tatsächlich gelöst."

Ihre Stimme war kühl.

„Hören Sie, Frau Askoleit, ich gebe zu, dass die Sache suboptimal gelaufen ist. Sie haben zwar leider damals nach dem Mord an Tetzel Winters Stimme nicht identifizieren können, was den Fall sofort geklärt hätte, aber dafür waren Ihre späteren Hinweise doch sehr hilfreich. Aber Sie wissen ja, wie vorschnell die Presse ..."

„Ich brauche keine öffentliche Beweihräucherung, Herr Kommissar. Ich möchte nur, dass die Wahrheit ans Licht kommt. Wenn Sie es schon nicht für nötig erachtet haben, mich vorab zu informieren, so können Sie mir jetzt vielleicht erklären, wie Sie herausgefunden haben, dass die beiden tatsächlich zu Kriegsende auf der Plassenburg waren?"

Manfred Groß hätte an diesem Tag seines großen Ermittlungs- und Presseerfolges in Hochform sein müssen, aber er war es nicht. Nur mit Mühe konzentrierte er sich auf Lottes Frage:

„Wir haben Dorle noch einmal befragt. Erinnern Sie sich? Tetzels Exfrau. Sie hat ausgesagt, dass damals die ‚Organisation Todt' auf der Plassenburg kriegswichtige Schulungskurse für Ingenieure und Techniker durchführte und dass Tetzel und Winter im Frühjahr 45 daran teilgenommen haben. Kurz darauf ist Tetzel in der Nähe einer Brücke auf eine Mine getreten und hat sein Bein verloren. Man hat ihn nach Erlangen ins Lazarett geschafft. Winter war dann in der Nähe von Bamberg eingesetzt und hat sich nach dem Fall der Stadt am 13. April auch nach Erlangen abgesetzt."

„Und warum gerade nach Erlangen? Ich an seiner Stelle hätte mir einen weniger gefährdeten Ort gesucht als eine Universitätsstadt nahe Nürnberg ohne Verteidigungsanlagen."

Die Frau war eine Nervensäge. Es ging ihm wirklich nicht gut. Da war schon wieder ihre Altfrauenstimme in der Leitung:

„Ich will Ihnen sagen, warum Winter damals kurz vor Kriegsende nach Erlangen gegangen ist."

Manfred Groß schwieg. Gleich würde sie es ihm sagen. Es ging ihm wirklich nicht gut – trotz des halbseitigen Artikels und des Fotos in der Zeitung.

„Tetzel hatte es irgendwie geschafft, die Elfenbeinkunstwerke mit ins Lazarett nach Erlangen zu nehmen. Deshalb kam Winter zu ihm."

„Kann sein, jedenfalls hat Dorle erzählt, dass Winter seinen Freund auf einem Leiterwagen aus dem Lazarett geholt und in Sicherheit gebracht hat. Dorle sagte, die Amis wollten die Stadt bombardieren. Es stand Spitze auf Knopf."

„Ich weiß", sagte Lotte.

Hätte ihn gewundert, wenn sie ihm eine andere Antwort gegeben hätte.

„Ist denn von den gestohlenen Kunstwerken in der Nachkriegszeit wieder etwas aufgetaucht? Haben Sie die vermissten Sachen aus dem Museum bei Winter gefunden?"

„Das nicht. Aber wir arbeiten mit dem Museum zusammen und werden die einschlägigen Auktionskataloge durchforsten. Aber das kann dauern. Gut möglich, dass die beiden Teile der Sammlung verkauft haben. Viele Privatsammler fragen lieber gar nicht erst, wo ein Kunstwerk herstammt. Aber keine Sorge, wir sind dran an dem Thema."

„Soso, Sie sind dran an dem Thema."

Wie sie das schon sagte. Weiber. Die wollten ihn alle fertigmachen. Carla, diese Frau Askoleit, alle.

„Darf ich denn aus dem Zeitungsbericht schließen, dass Sie fertig sind mit dem Fall?"

Fertig? Und zwar so was von fertig. Da nutzte auch der schönste Bericht in der Zeitung nichts.

Als ob der Ermittlungsstress der letzten Tage nicht reichte. Aber das Gefühl, vielleicht nicht der einzige Stier in der Arena zu sein, das machte ihn komplett fertig. Carla telefonierte in letzter Zeit dauernd mit Antonio, auf Italienisch natürlich.

Andere Männer mochte Stress beflügeln. Ihn lähmte die Situation. Er war ein Versager. Quatsch. Er hatte seinen Fall mit Bravour gelöst. Und für das andere Problem fand sich auch eine Lösung. Es gab doch diese Tabletten, die man vorher schlucken musste. Jürgen. Er würde gleich Jürgen mal anrufen und fragen.

Er merkte, dass er den Telefonhörer noch in der Hand hatte. Es tutete. Richtig, diese Frau Askoleit. Sie hatte aufgelegt.

Als Lotte den Hörer auflegte, stand Frau Gütlicher schon in der Türe. Lotte war so auf das Gespräch mit dem Kommissar konzentriert gewesen, dass sie das morgendliche Klingeln an der Türe überhört hatte.

Killers Ohren waren offenbar besser gewesen. Er hatte sich schon auf Karls Bett im Schlafzimmer in Sicherheit gebracht und leckte dort seine rosa Tatzen.

„Ah, Frau Askoleit, ich sehe, bei Ihnen ist alles in schönster Ordnung."

Frau Gütlicher deutete auf Lottes aufgeschlagene Zeitung:

„Und dieser abscheuliche Mordfall, der uns alle so belastet hat, ist endlich auch gelöst."

„Finden Sie?"

„Ja natürlich. Zweifeln Sie etwa daran?"

„Na ja, ich finde, es gibt noch viele offene Fragen. Warum hätte Herr Winter nach so langer Zeit seinen ältesten Freund umbringen sollen?"

Nun tat Frau Gütlicher etwas, was sie in all den Jahren ihres Morgenrundganges noch nie getan hatte: Sie legte ihren Schlüsselbund auf Lottes Tisch, stellte die kleine Klapptasche mit Spritzen und Verbandszeug auf den Teppich und ließ sich in einen von Lottes Plüschsesseln fallen. Sie strich mit der Linken ihren Rock glatt und sagte nach einer kurzen Pause:

„Sehen Sie, Frau Askoleit, ich denke, es gibt einen Grund. Eigentlich darf ich natürlich nicht darüber sprechen, aber ich glaube, es ist wichtig, dass jemand Ihnen Ihre Ängste und Fragen nimmt. Herr Winter war zuckerkrank, wie Sie wissen. Aber er war weit schwerer krank, als er allen eingestehen wollte. Ihm war klar, dass er über kurz oder lang zum Pflegefall werden würde. Er wollte so lange wie möglich in seiner Wohnung bleiben, um ein möglichst normales Leben zu führen. Nur – keine Krankenkasse bezahlt den Luxus einer privaten Pflegekraft. Es gab deshalb Gespräche mit der Stiftsleitung, aber die kann da auch nichts machen. Heutzutage ist jede Pflegeleistung auf Minutenwerte heruntergerechnet. Ich weiß, wovon ich rede. Dieser Beruf macht einen kaputt. Nun –

er war sicherlich nicht arm, aber auch nicht vermögend. Er brauchte Geld, um sich einen privaten Pflegedienst leisten zu können. Ich bin überzeugt davon, er wollte all die Schätze verkaufen, die die beiden so lange gehütet hatten, um an Geld zu kommen. Darüber ist es zum Streit gekommen."

„Sie meinen, er hat Tetzel umgebracht und alles verkauft?"

„Ganz bestimmt."

Frau Gütlicher nickte, dann sah sie auf ihre Uhr:

„Himmel, ich muss sehen, dass ich weiterkomme. Hetze, Hetze. Man sollte das Leben genießen, so lange es geht, Frau Askoleit. Alles ist wieder in Ordnung, nicht wahr?"

Sie lächelte Lotte aufmunternd an, griff nach ihrem Schlüsselbund, erhob sich, straffte die Schultern und Lotte hörte, wie hinter ihr die Apartmenttüre zuklappte.

Killer hatte nur auf diesen Moment gewartet. Sein schmaler Katzenkörper zwängte sich durch den Spalt der Schlafzimmertüre, elegant schnürte er auf Lotte zu, sah die fremde Tasche am Fußboden stehen und fauchte.

„Ach, jetzt hat sie ihre Tasche vergessen, wie ärgerlich."

Lotte bückte sich seufzend, der Kater machte einen Buckel, Lotte hob die Bügeltasche hoch, das schwere Seitenfach klappte auf, der Inhalt ergoss sich auf den Fußboden und mit einem jammervollen Seufzer ließ sich Lotte auf ihre Arthroseknie fallen, um alles wieder einzusammeln.

„Killer", sagte sie, „nun sieh dir das an."

Und nach einiger Zeit setzte sie hinzu:

„Killer, ich glaube, wir sollten Otto anrufen. Wir brauchen noch einmal seine und Erwins Hilfe."

XXV

Wenn es eine Friedhofsexpertin gab, dann war es Lotte Askoleit. Der Altstädter Friedhof auf dem uralten Sandhügel des Martinsbühl war ihr der liebste. Sie kannte die Gräber, die Toten, die Schicksale auf dieser kargen Kuppe zwischen Autobahn und Eisenbahnlinie. Die Sandwege hier waren ihr so vertraut wie ihre Wege im Stift und es hatte Zeiten gegeben, wo sie nichts mehr herbeigesehnt hatte, als endlich hier zu liegen.

Nun ja, wenn sie ehrlich war, hatte sie an diese Chance schon länger nicht mehr gedacht. Es gab so viel anderes, was sie beschäftigte.

Wenn sie sich den frivolen Gedanken einer Hitparade ihrer Lieblingsfriedhöfe gestattet hätte, dann wäre der Zentralfriedhof auf einem achtbaren Platz im Mittelfeld gelandet (weit hinter dem Altstädter Friedhof und dem Johannisfriedhof in Nürnberg) und der Friedhof in Steudach – na ja, das stand ja in ihrem Testament, dass sie da nicht hin wollte.

Sie hatte gelesen, dass man ihn auf dem Zentralfriedhof bestattet hatte. Natürlich war sie auch hier schon oft durch das dunkel verwitterte Portal gegangen. Sie wusste, dass man nach dem Ersten Weltkrieg hier die russischen, italienischen und französischen Insassen des Kriegsgefangenenlagers beigesetzt hatte und dass hier auch zweihundertfünfundzwanzig Tote des Zweiten Weltkrieges lagen.

Sie war mit Otto verabredet, aber die Nacht war schlaflos gewesen, trotz des beruhigenden Brummens von Killer im Nebenbett.

Wie meistens war sie zu früh dran. Sie lief am Blumenkiosk vorbei, der schon die ersten Asternschalen anbot, durchquerte das Sandsteintor, fand gleich rechts davon den Lageplan des Friedhofes, lief mit schwerem Schritt an der neoromanischen Aussegnungshalle mit der frei aufgehängten Totenglocke vorbei; eine Witwe von vielen, die hier Laub von den Gräbern ihrer Ehemänner klaubten und für die Nachlässigkeiten ihrer Ehen um Vergebung baten.

Lotte aber suchte etwas anderes. Der Kies knirschte unter ihren flachen Kreppsohlen, sie lief die stillen Wege entlang, bis zu den Soldatengräbern im südlichen Teil.

Da lagen sie in stummem Gehorsam, in abgezirkelten Reihen, still und in strenger Geometrie.

Lotte ging die Reihen entlang, in tief gebückter Haltung, schwer auf den Stock gestützt, der Rücken schmerzte. Die Namen waren so klein geschrieben, dass ihre Augen brannten. Sie fand und fand ihn nicht.

Schließlich richtete sie sich mit einem Schmerzenslaut auf und sah sich suchend um. Da drüben fuhr ein kleiner Traktor mit einem Tankanhänger voll Wasser herum und spritzte eine Gräberreihe. Sie winkte und gestikulierte im Näherkommen.

„Ich suche ein bestimmtes Grab. Können Sie mir helfen?“, schrie sie gegen das Motorengeräusch.

Der Mann auf dem Traktor zuckte die Schultern.

„Gengas hald aufs Friedhofs-Amd!“

Er deutete Richtung Osten, zum hinteren Ausgang des Friedhofes.

Lotte dankte und überquerte schnell den Weg, bevor sie in Reichweite der Wasserdüsen kam.

„Lorleberg?", sagte die junge Angestellte in dem sommerschwülen Zweierbüro.

„Nehmen Sie doch Platz. Wie schreibt sich denn der?"

Lotte stutzte einen Moment, dann buchstabierte sie: „L-O-R-L-E-B-E-R-G ... Lorleberg."

„Vorname?"

„Werner", erwiderte Lotte.

Die Tasten klickten, die junge Frau starrte gleichmütig in ihren blau blinkenden Bildschirm, auf dem eine hauchdünne Staubschicht lag. Sie zuckte die Schultern:

„Lorleberg? Finde ich nicht. Ist anscheinend aufgelöst."

Sie griff nach einer kleinen Plastikwasserflasche neben ihrer Tastatur, nahm einen Schluck und ergänzte dann:

„Hier gibt's keinen Lorleberg."

„Wie bitte? Das Grab existiert nicht mehr? Das kann nicht sein", fuhr Lotte auf:

„Es wurde doch hier in der Stadt sogar ein Platz nach ihm benannt."

„Ach so, genau, das ist der runde Platz beim MTG. An dem Platz ist eine super irische Kneipe – stimmt's?"

Das Mädchen blies sich eine feuchte Strähne aus der Stirn und setzte dann versöhnlich hinzu:

„Wissen Sie was, ich versuch's noch mal."

Die Tasten klickten.

„Er muss sogar ein Ehrengrab haben. Er hat die Stadt gerettet."

Das Mädchen nickte abwesend und klickte noch ein paar Mal.

„Ich versuch's mal auf den anderen Friedhöfen."

Dann schüttelte sie den Kopf, drehte ihren Bildschirm so, dass Lotte darauf sehen konnte, und sagte:

„Nichts zu machen. Sorry, Sie sehen ja: Keine Datensätze vorhanden."

„Keine Datensätze vorhanden", wiederholte Lotte ungläubig. „So ist das also. Ja dann, dankeschön, Fräulein."

Das Mädchen nickte freundlich, nahm einen zweiten Schluck aus seiner Wasserflasche und wandte sich wieder den Datensätzen seiner Toten zu.

Lotte ging schwer, mit gesenktem Kopf, und murmelte immer wieder vor sich hin:

„Keine Datensätze vorhanden, keine Datensätze vorhanden."

Otto wartete am Eingang. Besser gesagt vor dem Eingang.

Das symbiotische Verhältnis Lottes zu Friedhöfen war ihm fremd. Er machte einen großen Bogen um Orte, wo er noch genug Zeit verbringen würde. Er mied Begräbnisse, Aussegnungsfeiern, Jahresgedächtnisse, den ganzen traurigen Kram. Aber gut, für Lotte war er bereit, eine Ausnahme zu machen.

„Ich hab ihn nicht gefunden. Und die im Friedhofsamt kennen ihn auch nicht. Keine Datensätze vorhanden."

Ihre Knie schmerzten, sie hängte sich einen Moment bei Otto ein. „Das gibt's doch nicht", versetzte Otto mit Entschiedenheit.

„Jedes Jahr ist doch ein Bild in der Zeitung, wenn unsere Stadtoberen einen Kranz niederlegen. Es gibt doch noch diesen Ehrenfriedhof, gleich neben dem reformierten Friedhof. Vielleicht liegt er dort?"

Lotte war froh, dass sie die kurze Strecke mit Ottos Wagen fuhren.

Von dem kleinen Parkplatz hinter der Feuerwehr waren es nur wenige Meter zum Eingang. Das Tor stand weit offen. Niemand war hier.

Gegen die Sonne sahen sie das tote Heer. Aufmarschiert in Reih und Glied, ein stummer Appell der Vergessenen.

Alle, die hier lagen, waren zu früh gestorben.

Alle, die hier lagen, waren sterbensalleine krepiert.

Alle, die hier lagen, hatten die Briefe ihrer Mütter und Liebsten nahe am Herzen getragen.

Alle, die hier lagen, hatten auf den nächsten Heimaturlaub, den Sieg oder das Ende gehofft, aber allen hier hatte es nichts geholfen.

Alle, die hier lagen, waren aus den Datensätzen der Nachgeborenen längst herausgefallen.

Schon die Vornamen klangen seltsam fern: Josef, Richard, Hermann, Wilhelm.

Und auch das, was man ihnen in diesen Kriegen aufgetragen hatte, klang fremd: Minenwerfer, Infanterist, Musketier, Füsilier.

Die Blutspur eines Vaterländischen Krieges und zweier Weltkriege zog sich durch diesen stillen Ort.

Die Helden, die gefallenen Söhne lagen in Schweigen.

Niemand störte sie mehr.

Lotte und Otto gingen nebeneinander her. Der Rindenmulch unter ihren Füßen staubte und wirbelte einen tröstlichen Waldgeruch hoch.

Die Gefallenen von drei Kriegen lagen hier zwischen Stadtautobahn, Feuerwehr und Friedhof, beschirmt von leise rauschenden kühlen Eichen und herzblättrigen Linden, überragt von einem hohen Holzkreuz.

Darunter war sein Grab.

In den Tagen nach der Einnahme der Stadt sammelte man die Leichen der gefallenen Soldaten. Unter ihnen war auch der Leichnam eines großen Mannes. Sein Körper trug die Spuren der Schüsse. Die Abzeichen seiner Uniform waren heruntergerissen. Blut klebte noch an seinem Kopf.

Ein Friedhofswärter brachte den Leichnam zum Zentralfriedhof. Am 24. April 1945 um dreizehn Uhr bestattete der evangelische Pfarrer zehn Soldaten auf dem Zentralfriedhof, darunter auch den Oberstleutnant Lorleberg. Außer der Leichenfrau und den Sargträgern war niemand anwesend. Ein halbes Jahr später bettete man seine sterblichen Überreste um, vor das große Kreuz im Ehrenfriedhof.

War Werner Lorleberg, hoch dekorierter Weltkriegsoffizier und treuer Anhänger des Regimes, ein Held? Befehl und Gehorsam hatten sein Leben geprägt, nur in dieser einen, alles entscheidenden Stunde hatte er sich bewegen lassen, nicht zu tun, was er sollte, sondern das, wovon er überzeugt war, es tun zu müssen. Im Wissen um die Folgen.

Davon sprach die Grabinschrift nicht. Sie nannte nur lakonisch den Namen, die Lebensdaten und den Dienstgrad. Niemand hatte Blumen hingelegt. Und so reihte sich Werner Lorleberg ein in die Schar derer, die mit ihm im Todesrachen dieses Jahrhunderts verschwunden waren.

Die beiden standen für einen Moment stumm nebeneinander und wandten sich dann um.

Wäre Lotte alleine gewesen, hätte sie sich nach einer Löwenzahnblüte gebückt und sie auf das Grab gelegt. In Ottos Anwesenheit aber kam ihr diese Geste armselig und zugleich pathetisch vor.

Ein Stück weiter hinten, nahe dem Ausgang, war eine

Bank. Sie ließen sich dort nieder, als wollten sie die Toten, die drüben zwischen Kleewiesen, Löwenzahn und Vogelgezwitscher ruhten, nicht stören.

„Dum tacent clamant", murmelte Lotte. „Gerade ihr Schweigen lässt sie schreien."

Otto nickte begütigend:

„Ja, Lotte, ja. Aber warum wolltest du ausgerechnet hierher mit mir gehen?"

„Alleine habe ich es nicht gewagt. Es ist immer noch so nahe. Die Erinnerungen steigen hoch, auch meine Erinnerungen ... Aber gut ..." Sie wischte mit der Hand ein nicht vorhandenes Sandkorn aus ihrem Augenwinkel. „Stell dir diese Stadt vor. Die Amerikaner rollen heran. Sie stehen schon in Möhrendorf, in Uttenreuth, ja am Burgberg und im Eichenwald. Winter ist ihnen gerade vor Bamberg entkommen und nun ist er freiwillig in einer Stadt, die in den nächsten Stunden dem Erdboden gleichgemacht werden soll. Keiner weiß, wie er" – sie deutete zu dem Holzkreuz da vorne – „sich entscheiden wird. Er ist Berufssoldat. Er erklärt in diesen Tagen immer wieder, dass er Erlangen bis zum letzten Ziegelstein halten und bis zum letzten Schuss verteidigen wird. Während alle anderen fliehen, läuft Winter durch die Stadt zum Lazarett, zu seinem Freund. Er packt ihn auf einen Leiterwagen und zerrt und zieht ihn aus der Stadt heraus, auf die schon die Mündungsrohre des Gegners zeigen. Würdest du so etwas tun?"

„Ich wage nicht, es mir vorzustellen. Aber bedenke: Es war sein Freund."

„Den er Jahrzehnte später brutal umbringt."

„Oder aber das, was sein verwundeter Freund bei sich hatte, war so wertvoll, dass Winter dafür alles riskiert hat."

„Eben. Otto, wo ist die Kiste mit dem gestohlenen

Elfenbeinschatz geblieben?"

„Vielleicht haben sie längst alles heimlich verkauft."

„Nein, sicher nicht! Der Kommissar hat nach der Ermordung von Max Tetzel in dessen Schrank eine helle Stelle entdeckt, wo bis vor kurzem eine kleine Kiste gestanden haben muss. Wenn Winter sie mitgenommen hat, wo ist sie geblieben?"

Otto zuckte die Achseln.

„Vielleicht hat er doch auf schnellstem Wege alles verkauft."

„Weißt du, was Goethe gesagt hat?"

Otto schüttelte den Kopf. Für Literatur und für Friedhöfe war Lotte zuständig.

„Wir alle leben vom Vergangenen und gehen an Vergangenem zu Grunde. Ich glaube, dass diese Geschichte noch nicht zu Ende ist. Und nun erzähl mir endlich, ob Erwin etwas herausgefunden hat."

„Erwin sagt, da hast du ihm eine harte Nuss zu knacken gegeben. Er lässt dir aber auch ausrichten, es gibt keine harten Nüsse, es gibt nur schlechte Knacker. Na ja, Erwin liebt solche Sprüche. Ich sage dir jedenfalls sofort Bescheid, wenn ich etwas von ihm erfahre. Und pass um Gottes willen auf dich auf. Willst du nicht doch den Kommissar anrufen?"

Nein, das wollte sie nicht. Lotte schüttelte energisch den Kopf.

XXVI

Wieder so eine schlaflose Nacht.

In Lottes Kopf türmten sich die Gedanken zu schwarzen Wolkengebirgen auf.

In den kurzen, unbewussten Phasen ihres unruhigen Schlafes hörte sie den Donner von Geschützen und das Pfeifen von Kugeln. Hilfe suchend tastete sie nach dem warmen Fell von Killer, der neben ihr schlief.

Morgens, beim Blick aus dem Fenster, sah sie, dass ein Gewitter niedergegangen war. Äste lagen auf der Zufahrt. Sie musste also wohl doch geschlafen haben.

Sie beschloss, erst einmal zu frühstücken, wenn auch mit schlechtem Gewissen. Man frühstückte nicht ungewaschen und im Nachthemd, aber heute war ihr eben danach.

Sie holte sich die Zeitung vor der Türe, machte sich ihren schwarzen Tee und nahm sich eine Scheibe Schnittbrot und die Kalbsleberwurst aus dem Kühlschrank.

Killer schnürte um ihre Beine. Als sie sich setzte, sprang er auf den Tisch und schnurrte, den Kopf gegen ihre Stirne gesenkt. Er wartete auf das Achtel Brot, das sie sich angewöhnt hatte, ihm beim Frühstück abzugeben.

Sie legte es ihm auf ein kleines Tellerchen zu ihren Füßen und dachte: Ich muss aufpassen, dass ich ihn nicht zu sehr verwöhne, er nimmt schlechte Angewohnheiten an.

Killer brummte enthusiastisch, während seine raue

rosa Zunge über die Leberwurst fuhr.

Sie erkannte sofort an dem energischen, heiseren Klingelton, dass Frau Gütlicher auf ihrem Morgenrundgang vor der Türe stand.

Lotte warf einen kurzen Blick auf Killer, der hingebungsvoll schleckte, und überlegte, ob sie ihn erst ins Schlafzimmer scheuchen sollte.

Da war schon der zweite Klingelton. Sie hastete zur Türe, ohne Morgenmantel, nur im Nachthemd, und öffnete gerade eben nur einen Spalt.

Frau Gütlicher hatte ein blaues Kleid an mit einem weißen Kragen und einer Perlenkette. So etwas wie ein Leuchten ging von ihrem Gesicht aus:

„Alles in Ordnung bei Ihnen, Frau Askoleit? Haben Sie gut geschlafen?"

Lottes wirres Lockenhaar lugte durch den Türspalt:

„Jaja, wunderbar, besten Dank, Frau Gütlicher. Wiedersehen."

Aber Frau Gütlicher, die immer Hastige, blieb stehen, sie wandte Lotte ihr Gesicht zu und verharrte vor der Türe, als warte sie auf etwas.

„Also dann, Frau Gütlicher – einen schönen Tag."

Lottes Gegenüber schien aus ihrer Erwartungshaltung zu erwachen, sich wieder zu straffen, und dann erwiderte sie:

„Ja, einen schönen Tag auch für Sie, Frau Askoleit."

Lotte schloss hastig die Türe und atmete, mit Blick auf den Kater, erleichtert auf. Killer hockte noch immer vor seinem Frühstücksbrot und leckte säuberlich die letzten Leberwurstspuren vom Brot. Dies mit zu fressen war unter seiner Würde.

Auch wenn der Tee kalt werden sollte, nun war es doch an der Zeit, sich etwas Ordentliches anzuziehen, aber da schrillte es schon wieder. Diesmal war es das Telefon. Max war am Apparat. Seine Stimme klang piepsig:

„Hey, Tante Lotte. Ämmm ... Bist du uns sehr böse?"

„Böse? Wieso sollte ich böse auf euch sein?"

„Wegen Killer und dass wir uns nicht gleich nach dem Urlaub gemeldet haben. Aber jetzt ist alles klar. Wir holen ihn heute Mittag. Wir haben jemanden gefunden, der ihn nehmen kann."

Nein, an diese Möglichkeit hatte sie nicht mehr gedacht. Er war hier. Er schlief in Karls Bett, er stolzierte über ihre Küchenzeile, er beschnupperte die reifen Tomaten auf dem Balkon, er hielt sein Nickerchen auf ihrem Blumenfenster zwischen den Alpenveilchen, ja er leistete ihr sogar, auf dem Badewannenrand sitzend, Gesellschaft, wenn sie sich morgens wusch. Sie brauchte ihn, dies Stückchen Lebenswärme

Alte Heulsuse. Früher oder später wäre es ja doch herausgekommen. Spätestens, wenn der Fensterputzer das nächste Mal gekommen wäre oder wenn sie im Herbst mit Grippe im Bett liegen würde. Man konnte so ein Tier nicht verstecken. Und dann das alberne Einschmuggeln von Katzenfutter ins Stift, die schwarzen Haare auf allen ihren Kleidungsstücken, das nervige Betteln vor ihrem Kühlschrank, die unhygienische Hockerei auf ihrem Toilettendeckel. Ekelhaft.

Sie weinte hemmungslos. Sie schluchzte, schniefte, schnaubte, jammerte so ohne Maß, dass sie das neuerliche Klingeln an ihrer Türe überhörte.

Erst ein lautes Klopfen, auf das Killer mit einem Fauchen antwortete, schreckte sie auf. Sie stolperte tränenblind zur Türe, versuchte durch ihren Spion zu erkennen, wer da vor der Türe stand, nahm aber durch den schlierigen Schleier vor ihren Augen nur Umrisse wahr und öffnete.

„Mon dieu, wie sehen Sie denn aus? Ist jemand gestorben? Sie sind ja total verheult. Sagen Sie bloß, Sie haben den Fünfzigsten von Frau Gütlicher vergessen!?"

Dr. Grabert schob Lotte energisch zur Seite, trat ein und verkündete:

„Los, ziehen Sie sich an. Wir wollten ihr doch im Namen des Stiftsbeirates gratulieren. Ich warte auf Sie!"

In diesem Moment sprang Killer sie an. Woran mochte es liegen? Vielleicht war er den Kontakt mit anderen Menschen außer Lotte nicht mehr gewohnt. Vielleicht reizte ihn der orange flatternde Kaftan, den Dr. Grabert wieder einmal trug, vielleicht war es auch ihre schneidende Kommandostimme?

Jedenfalls flog ein schwarzes Fellknäuel auf Dr. Graberts Dekolleté zu und verkrallte sich in den Ausläufern ihrer Respekt einflößenden Oberweite.

Aber Frau Dr. Grabert blieb Herrin der Situation, sie griff an ihren Busen, riss das schwarze, fauchende Bündel herunter samt einigen Stofffetzen ihres in Tunis erworbenen Kaftans und schleuderte den Kater mit einem unanständigen französischen Fluch auf Lottes Plüschsofa.

Das machte Eindruck auf den Kater. Kein Wunder, Pädagogik blieb eben Pädagogik, egal ob bei Katzen oder Kindern.

Der Kater verharrte einen Moment auf dem Sofa, als jedoch Dr. Grabert einen weiteren französischen Fluch ausstieß und ihm nachsetzte, nahm er Reißaus, flüchtete sich zur offenen Balkontüre hinaus und sprang – was er noch nie getan hatte – auf die schmale Balkonbrüstung.

Lotte stieß einen Schrei aus, denn sie fürchtete schon, Dr. Grabert werde das Tier in den Selbstmord treiben, aber der Kater sprang nicht in den Abgrund, sondern saß stocksteif und fauchend auf dem Geländer, denn die orange gewandete Feindin näherte sich erneut. Sie hatte ihn, der auf der Brüstung kauerte, schon fast erreicht, da machte er einen gewaltigen Satz, sein kohlschwarzer Körper flog an ihr vorbei, er setzte elegant auf den Balkonfliesen auf, schoss zurück ins Zimmer, hielt auf Lottes Frühstückstisch zu, schnappte sich das Stück Kalbsleberwurst von ihrem Teller und floh zur Apartmenttüre hinaus auf den Stiftsflur, denn Frau Dr. Grabert hatte vergessen, Lottes Wohnungstüre zu schließen.

Der Kater, der Freiheit und des unbegrenzten Auslaufs in Lottes engem Apartment schon ziemlich entwöhnt, schoss in Panik den Flur entlang, bis er auf der rechten Seite eine offen stehende Türe entdeckte, er schlug einen Haken, wobei seine Hinterläufe einen Moment kratzend über den Nadelfilz schlitterten, und verschwand von der Bildfläche.

Aber er kannte Frau Dr. Graberts Unerbittlichkeit noch nicht. Sie hatte gerade noch gesehen, wie Killers schwarzes Hinterteil im Stationszimmer von Frau Gütlicher verschwand, und nahm mit den Worten: „Los, Frau Askoleit, nun sind Sie doch einmal nicht so lahm, sonst entwischt uns der Kerl!", die Verfolgung auf.

Lotte allerdings war nicht so schnell. Das lag in diesem Falle nicht nur an ihrer Arthrose und an dem Stock, sondern auch daran, dass ihr im letzten Moment einfiel, dass sie ja nur ihr Nachthemd trug. So ließ sie Dr. Grabert die Verfolgung aufnehmen, lief zuerst ins Badezimmer, angelte ihren rosengeblümten Stepp-Morgenmantel vom Haken und dann folgte sie Frau Dr. Grabert, während sie laut „Killer! Killer!“ rief.

In Frau Gütlichers Stationszimmer hatte Dr. Grabert schon Position bezogen. Sie ließ ihr unbestechliches Pädagoginnenauge durch den Raum schweifen, wie sie es früher während ihrer gefürchteten Französisch-Klassenarbeiten getan hatte. Killer war nirgends zu entdecken.

Nun war auch Lotte vor Ort, sie bückte sich, sah unter die Liege, schob den Schreibtischstuhl zur Seite, während sie wieder mit lauter, verzweifelter Stimme „Killer! Killer!“ rief.

„Killer? Nun stellen Sie sich mal nicht so an, Frau Askoleit, so schlimm war sein Angriff nun auch wieder nicht. Ich bin ganz anderes gewöhnt. Das kriegen wir schon, das Katzenvieh!“, schaltete sich Frau Dr. Grabert wieder ein.

Und wie auf Kommando hörte man in diesem Moment ein Kratzen. Es kam aus dem schmalen Kleiderspind in der Ecke, dessen Türe einen Spalt weit offen stand. Ohne eine Sekunde des Zögerns stach Frau Dr. Grabert auf den Schrank zu und riss mit den Worten: „So etwas macht man nicht ungestraft mit mir!“, die Türe auf.

Der Kater geriet in Panik, sah durch die übermächtige Gestalt von Frau Dr. Grabert, die den Fluchtweg aus dem Spind fast völlig verdeckte und schon ihre Hand nach ihm ausstreckte, keine andere Möglichkeit als die Flucht in die Senkrechte, stieß sich elastisch vom Schrankboden ab und sprang mit einem Fauchen nach oben, wo er sich in den Trenchcoat von Frau Gütlicher verkrallte.

Der Mantel rutschte vom Bügel und fiel auf den Schrankboden, Killer mit ihm.

Den Überraschungsmoment, als sich Frau Dr. Grabert nach dem Mantel bückte, nutzte er, um aus dem Schrank zu entwischen und sich in wilder Flucht unter dem nächstmöglichen Gegenstand – und das war der Arzneischrank – in Sicherheit zu bringen.

Dort lag er nun flach am Boden, die Hinterläufe zur Seite abgewinkelt, Spinnweben im kohlschwarzen Fell, und spähte aus grüngelben Augenschlitzen nach seiner Gegnerin.

Die aber erkannte, dass sie ihn für den Moment aus seinem niedrigen, engen Versteck unter dem Arzneischrank nicht ohne Blessuren hervorzerren konnte, und beschloss, sich erst einmal eine Verschnaufpause zu gönnen.

Killer hörte, wie sie schwer atmend in einer Tasche nach etwas kramte, hörte das Ratschen eines Feuerzeuges und seine zarte rosa Nase kräuselte sich angewidert, als er den Geruch von Zigarettentabak einatmete.

Aus seiner flach hingepressten Perspektive sah Killer auch Lottes ausgetretene Hausschuhe, ihre nackten, bläulich geäderten Unterschenkel und den kleinen Gegenstand, der bei seinem Sprung und dem Absturz mit dem Popelinmantel im Kleiderschrank aus einer Manteltasche gerollt war.

Keiner schien zunächst den Gegenstand, der jetzt neben dem linken, nickelglänzenden Bein der Untersuchungsliege lag, zu bemerken, obwohl Lottes Füße und ihr Stock ganz in der Nähe waren. Doch, jetzt erschien ihr strubbeliger Lockenkopf in Killers Blickfeld, eine Ader an ihrer Stirne war beim Bücken hervorgetreten, ihre altersfleckige Hand griff nach dem kleinen Gegenstand am Boden und er hörte sie rufen:

„Um Himmels willen, was ist das denn?“

Ihr Kopf verschwand in die Höhe, den kleinen Gegenstand hatte sie aufgehoben.

„Sehen Sie nur, Frau Dr. Grabert, was ich gefunden habe. Das ist das Medaillon von Max Tetzel. Es muss eben aus dem Mantel von Frau Gütlicher gefallen sein. Der heilige Januarius im Kerker! Ich kenne das Medaillon gut. Er hat es mir oft gezeigt. Ich dachte, es sei mit ihm im Johannisfeuer verbrannt!"

Killer spitzte die Ohren. Es war gefährlich still da draußen im Zimmer. Man hörte nur, wie Frau Dr. Grabert inhalierte.

Doch da war noch ein anderes Geräusch. Seine Ohren waren besser als die der beiden Frauen im Raum. Da waren Schritte, sie kamen näher.

Killer presste sich unter seinem Schrank noch näher an den Boden.

Und dann kam Frau Gütlicher zur Türe herein. Sie hatte ihren Morgenrundgang beendet und hielt ein Rosensträußchen und eine Schachtel Merci-Schokolade in der Hand, die ihr eine Stiftsbewohnerin zum Geburtstag geschenkt hatte. Ein besonderer Tag. Sie hatte noch immer dieses Strahlen im Gesicht.

Und nun standen in ihrem Dienstzimmer die beiden Stiftsdamen, eine davon noch im Morgenmantel. Noch zwei Gratulantinnen? Sie lächelte. Dann fiel ihr Blick auf Lottes ausgestreckte Hand.

Sie legte die Rosen und die Schokolade auf ihren Schreibtisch, ihr störrisch abstehendes graues Haar umrahmte ihr ausdrucksloses Gesicht wie ein grau angelaufener Heiligenschein, sie fasste an ihre Perlenkette und sagte schließlich:

„Oh wie schön, ein Medaillon! Ist das für mich?"

„Oh nein", erwiderte Lotte. „Es befand sich zwar in Ihrer Manteltasche, aber es gehört weder Ihnen noch mir.

Es gehörte Max Tetzel, obwohl es dem eigentlich auch nicht gehörte. Aber das muss ich Ihnen ja nicht erklären."

„Also wirklich, Frau Askoleit, was reden Sie denn für einen Blödsinn? Wem gehört es denn nun?", schaltete sich Frau Dr. Grabert ein, aber Lotte beachtete sie gar nicht.

„Wie sind Sie an dieses Medaillon gekommen, Frau Gütlicher?"

Killers Haare stellten sich auf, denn er hörte die ungewohnte Schärfe in der Stimme seiner Gönnerin.

Einige Augenblicke war es still im Raum, dann antwortete Frau Gütlicher zögernd, mit belegter Stimme:

„Nun gut, Frau Askoleit. Sie haben eine ehrliche Antwort verdient: Sie wissen ja, ich war die Unglückliche, die den Mord an Herrn Tetzel entdeckt hat. Alles war voll Blut, der Leichnam von Herrn Tetzel aber war verschwunden. Nur sein Medaillon lag noch auf dem Fußboden. Ich habe es als Erinnerung an mich genommen. Ich weiß, ich habe Unrecht getan. Es tut mir leid ... Mein größter Geburtstagswunsch an Sie beide wäre, wenn Sie diese kleine Missetat für sich behalten könnten. Ich meine, es ist ja niemand geschädigt worden ..."

„Na ja" schnaufte Frau Dr. Grabert, „in Ordnung ist das ja nicht, was Sie sich da erlaubt haben, aber ich habe in meiner pädagogischen Praxis bei jedem Unterschleif die Maxime vertreten: Einmal ist keinmal, aber beim zweiten Mal knallt's."

„Oh nein, Frau Dr. Grabert, da muss ich Ihnen entschieden widersprechen", fuhr Lotte mit ungewöhnlicher Schärfe dazwischen, „ich fürchte, hier geht es um weit mehr. Erzählen Sie uns doch mal, Frau Gütlicher, wo Sie geboren sind!"

Frau Gütlicher sah Lotte unverwandt an. Sie schwieg,

dafür schaltete sich Frau Dr. Grabert in das Gespräch ein:

„Also wissen Sie, Frau Askoleit, ich wüsste wirklich nicht, was diese Frage für einen Sinn haben sollte."

Aber Lotte in ihrem rosengeblümten Morgenrock ließ sich nicht beirren:

„Als Sie neulich Ihre kleine Arzttasche mit den Spritzen und dem Verbandszeug in meinem Zimmer vergessen haben, fiel zufällig Ihr Ausweis heraus. Sie sind in Kulmbach geboren, nicht wahr?"

„Ja und?", erwiderte Frau Gütlicher.

„Ja und?", sekundierte Frau Dr. Grabert.

Nur Killer unter dem Schrank zog es vor, ganz mucksmäuschenstill zu sein.

„In Kulmbach wurde während des Zweiten Weltkrieges der Elfenbeinschatz des Germanischen Nationalmuseums verwahrt. Von hier ist er gegen Kriegsende spurlos verschwunden. Tetzel und Winter haben ihn gestohlen. Das Medaillon, das Sie in Ihrem Mantel getragen haben, das stammt aus dieser Sammlung. Wegen dieses Schatzes wurde Max Tetzel von seinem alten Freund Leonhard Winter umgebracht."

„Aber doch nicht von mir!", stieß Frau Gütlicher hervor.

„Frau Askoleit, als die beiden die Sammlung gestohlen haben, da war Frau Gütlicher noch nicht einmal auf der Welt! Der Fall ist bereits geklärt, lesen Sie keine Zeitung?", sekundierte Frau Dr. Grabert.

Killer spitzte die Ohren. Da war wieder die Stimme seiner Gönnerin:

„Wissen Sie was? Ich bin der Meinung, unser lieber Kommissar ist mal wieder auf halbem Wege stehen geblieben. Ich gebe Ihnen recht, der Fall Tetzel ist geklärt. Aber was ist mit dem Fall Winter? Ich bezweifle ganz einfach, dass er eines natürlichen Todes gestorben ist. Er hat sein Auto verschrotten lassen, damit niemand in seinem Wagen Tetzels Blutspuren finden sollte. Aber wir alle kennen ihn gut: Es wäre ihm nicht im Traum eingefallen, mit dem Bus nach Dechsendorf zu fahren, nur um dort alleine um den Weiher herum spazieren zu gehen. Ich bin sicher, jemand hat ihn begleitet, hat ihn dort hingefahren, ist mit ihm spazieren gegangen. Und so wie wir Herrn Winter kennen, kann es sich dabei eigentlich nur um eine Frau gehandelt haben."

„Hm", machte Frau Dr. Grabert, „das sähe dem Kerl allerdings ähnlich."

„Ich finde es geschmacklos, dass Sie mir mit solchen Geschichten meinen Geburtstag verderben wollen. Wenn ich Ihren Gedanken folgen würde, käme jede Dame hier im Stift in Betracht. Also – was ist mit Ihnen selbst, Frau Askoleit?"

„Ich habe leider nicht einmal einen Führerschein. Aber Sie haben einen Wagen, Frau Gütlicher."

„Den hat Frau Dr. Grabert auch."

„Also, nun machen Sie mal einen Punkt. Mit diesem Kerl? Ich bin doch nicht pervers!"

Killer unter dem Schrank hob den Kopf. Auf dem Flur waren Schritte zu hören, jemand klingelte irgendwo, klopfte gegen eine Türe, laut, immer lauter, rief: „Lotte! Lotte!"

Hörte sie es denn nicht? Killer lugte unter seinem Schrank vor, die Ohren aufgerichtet.

Na endlich, jetzt reagierte sie. Lotte ging zur Türe, steckte den Kopf aus dem Stationszimmer, rief: „Hier bin ich!", um dann im nächsten Augenblick an ihrem offen stehenden Morgenmantel herunter zu sehen, einen entgeisterten Blick auf ihre ausgetretenen Pantoffeln zu werfen, sich hektisch in die verstrubbelten Locken zu greifen und zu flüstern: „Oh Gott, es ist Otto."

Da stand er schon in der Türe. Er schien weder Frau Dr. Grabert, deren Kaftan-Oberteil durch den Angriff Killers in Mitleidenschaft gezogen worden war, noch Lottes merkwürdige Morgenkleidung wahrzunehmen, stürzte auf sie zu, umarmte sie mit ungewohnter Heftigkeit und stieß hervor:

„Was machst du hier bei ihr im Zimmer? Geht es dir gut?"

Und auch Lotte reagierte anders als sonst. Für einen Moment schien sie ihren peinlichen Aufzug zu vergessen, umschlang seine Taille mit beiden Armen, flüsterte: „Ich bin so froh, dass du da bist", und fügte im nächsten Moment, wieder ernüchtert, hinzu:

„Ich bin noch im Morgenrock. Ich sehe schrecklich aus. Warum kommst du so früh?"

„Erwin hat mich eben angerufen. Er hat es tatsächlich herausgefunden. Du hattest recht mit deiner Vermutung. Der Burgkustos hieß auch Gütlicher."

„Was denn, was denn? Soll das heißen, der Aufpasser auf der Plassenburg war Ihr Vater? Na das ist ja ein Ding!", trompetete Frau Dr. Grabert los. „Sagen Sie mal, stimmt das?"

Der Finger ihrer rechten Hand fuhr auf Frau Gütlicher wie auf eine zum zweiten Mal beim Unterschleif ertappte Schülerin los.

Killer sah aus seinem Versteck die muskulösen Beine von Frau Gütlicher, wie sie gerade und fest auf dem Linoleum standen, und hörte sie sagen:

„Das ist richtig. Aber mein Vater ist schon seit über dreißig Jahren tot. Also was soll das alles?"

Da war wieder die Stimme seiner Gönnerin:

„Er hatte Zugang zu den Schätzen auf der Plassenburg. Hat er den beiden geholfen bei ihrem Diebstahl? Ist er leer ausgegangen? Haben die beiden anderen den Vater von Frau Gütlicher übertölpelt? Wollten Sie sich nun zurückholen, was Ihrem Vater entgangen ist?"

Killer hörte das verächtliche „Pah!" von Frau Gütlicher und dann wieder Lottes Stimme:

„Ich will Ihnen sagen, was ich glaube: In einem Punkt haben Sie nicht gelogen: Als Sie die Leiche von Max Tetzel entdeckt haben, sahen Sie sein Medaillon auf dem Fußboden. Ihr Vater hat Ihnen als Kind von der verschwundenen Sammlung erzählt und auch davon, dass ihn damals zwei Männer übers Ohr gehauen hatten. Nun lag da ein Medaillon aus Elfenbein. Sie haben es an sich genommen und sofort vermutet, dass der Ermordete einer der beiden Diebe war. Sie wussten, dass Tetzel und Winter alte Kriegskameraden waren. So führten alle Spuren zu Winter. Sie haben den Schlüssel zu allen Apartments. Ich bin sicher, Sie haben heimlich Winters Zimmer nach dem Elfenbeinschatz durchsucht. Er hat Sie dabei überrascht, nicht wahr? So haben Sie pro forma zugestimmt, zu teilen. Aber dann haben Sie Winter umgebracht, um alles für sich alleine zu haben."

„Boah, Frau Askoleit,", machte Dr. Grabert, „na das ist ja ein Ding."

„Ich verbitte mir diese Verdächtigungen, das muss ich mir nicht bieten lassen", zischte Frau Gütlicher.

„Sie sind mit ihm zum Weiher hinausgefahren. Der Kommissar wird zweifellos die Spuren in Ihrem Wagen finden. Sie sind mit ihm spazieren gegangen. Er hat mal wieder einen seiner Anfälle bekommen. Auf diese Gelegenheit haben Sie gehofft und ihm da draußen genau das Gegenteil gespritzt von dem, was er gebraucht hätte. Es ging ihm von Augenblick zu Augenblick schlechter und Sie haben ungerührt zugesehen, wie er ins Wasser getaumelt und ertrunken ist."

„Das ist lächerlich, Frau Askoleit – nein, das ist unerhört!", erwiderte Frau Gütlicher kalt.

„Na ja" mischte sich Frau Dr. Grabert wieder ein, „ich finde, es hat eine gewisse logische Wahrscheinlichkeit."

„Mehr als das!"

Das war die Stimme von Otto:

„Frau Gütlicher, man hat Sie beim Spaziergang mit diesem Winter gesehen. Es gibt Zeugen. Das Spiel ist aus."

In dem Moment, als Otto diesen klassischen Satz aus jedem Kriminalroman sagte, kam Bewegung in die soliden Beine von Frau Gütlicher.

Killer sah, wie ihre Wadenmuskeln sich spannten, die Nylonstrümpfe darüber sich glatter zogen, der Sehnenstrang an ihrer Ferse weiß wurde und ihr rechter Fuß in den groben Laufschuhen sich vom Boden abstieß. Er sah die rasante Bewegung ihrer Füße Richtung Türe. – Die Beine der anderen standen noch wie am Boden festgeklebt.

Doch da war die Flucht von Frau Gütlicher auch schon zu Ende, denn in eben diesem Moment wurde die Türe des Stationszimmers von außen geöffnet und ein Paar fremde Männerbeine in dunklen Hosen, nein dahinter gleich eine ganze Reihe davon, schoben sich herein.

Es waren der Stiftsleiter und dahinter der Shanty-Chor.

Der Stiftsleiter trug einen riesigen, in durchsichtige Geschenkfolie verpackten Blumentopf mit einer Zimmerlinde in den Armen. Er hatte sich eine kleine Rede überlegt zu Frau Gütlichers Fünfzigstem. Leider auch zu ihrem baldigen Ausscheiden aus den Diensten des Stifts. Sie wollte sich privat und beruflich verändern, wie sie ihm vor kurzem mitgeteilt hatte.

Als Frau Gütlicher in der Türe mit ihm zusammenprallte, tat es einen Schlag.

Der Übertopf samt Zimmerlinde knallte auf dem Boden auf. Killer quetschte sich verstört und mit aufgerichtetem Nackenhaar ins hinterste Eck unter den Schrank, doch die Scherben des Übertopfs, die herausquellende schwarze Blumenerde und ein paar beim Sturz abgefallene Zimmerlindenblätter sammelten sich in der Folie, sodass sich der Schaden in Grenzen hielt und Killer wieder ein Stück unter dem Schrank nach vorne robbte.

So konnte er beobachten, wie die Beine des Shanty-Chores ins Zimmer nachrückten, die Türe verstellten und vor den festen Beinen von Frau Gütlicher zum Stehen kamen.

Killer mit seinen feinen Ohren hörte, wie der Shanty-Chor wie auf Kommando einatmete und die Luft schon zum ersten Ton des Geburtstagsständchens in den Lungen sammelte (in Ermangelung eines seemännischen Geburtstagsliedes hatte man sich auf das immer gern gehörte „Wie schön, dass du geboren bist, wir hätten dich sonst sehr vermisst“ geeinigt), als wieder einmal die Stimme seiner Gönnerin laut und bestimmt dazwischenfuhr:

„Heute gibt es keinen Geburtstagschor! Haltet sie fest, sie hat Leonhard Winter umgebracht!“

Und Killer sah, wie sich ein Ring aus Männerbeinen fest und unverrückbar um die solide bestrumpften Waden von Frau Gütlicher schloss, und er hörte, wie Frau Dr. Grabert schrillte:

„So ein Miststück! Und wo steckt eigentlich dieser Kommissar, wenn man ihn mal braucht?“

Kommissar Groß hatte einen morgendlichen Außentermin. Nichts Dienstliches.

„Ich warte auf Dr. Kallfels. Ich habe telefonisch einen Termin mit ihm vereinbart."

Die Schwester blätterte in ihrem Kalender:

„Nicht dass ich wüsste. Hier steht nichts. Worum geht es denn?"

„Eine medizinische Frage. Ich würde sie gerne mit dem Herrn Doktor persönlich besprechen. Er ist ein Freund von mir", erwiderte der Kommissar und rutschte auf dem grün bezogenen Patientenstuhl herum.

Die Schwester sog vernehmbar Luft durch die Nase ein und knallte ihren Kuli auf den Terminkalender.

„Du spinnst", sagte Jürgen eine Viertelstunde später.

„Du bist über fünfzig. Das ist nicht krankhaft, das ist normal. Wir werden alle älter, mein Junge. Finde dich ab damit."

„Du tust dich leicht. Du hast Jutta. Aber Carla ist halb so alt wie ich. Ich schaff das nicht mehr."

Scheiße, genau in diesem Moment klingelte sein Diensthandy. Schon wieder diese Frau Askoleit.

Nun, er würde die Fragen seiner nachlassenden Potenz und der weiteren Beziehung zu Carla, so elementar sie waren, ein andermal mit Jürgen besprechen müssen. Diese Frau Askoleit behauptete, Leonhard Winter sei keines natürlichen Todes gestorben, sondern sei ermordet worden. Sie, Otto, Frau Dr. Grabert, der Stiftsleiter und der Shanty-Chor hätten die Täterin dingfest gemacht, an der Flucht gehindert und umstellt und erwarteten den Kommissar im Stift, um die Täterin abzuholen.

So war es. Die ganze Truppe erwartete ihn in dem

engen Stationszimmer auf der vierten Etage. Der Shanty-Chor blockierte den Ausgang, die Täterin hatte bereits gestanden.

Frau Askoleit trug ein Flanellnachthemd und einen geblümten Morgenrock. Der anderen Dame hingen Fetzen von ihrem orangen Kaftan in ihrem blutig zerkratzten Dekolleté. Auf dem Fußboden lag ein riesiger zerbrochener Blumentopf in Plastikfolie. All dies deutete auf ein heftiges Handgemenge bei der Überführung der Täterin hin. Ihm, dem Kommissar, blieb nicht viel mehr zu tun, als seines Amtes zu walten.

Und so zogen sie geschlossen aus dem Stationszimmer aus:

Der Stiftsleiter vorneweg, aufgewühlt und enttäuscht.

Dann Frau Dr. Grabert, rauchend. Der Stiftsleiter war zu schockiert, um sie zurechtzuweisen.

Dann der Shanty-Chor, frustriert über den geplatzten Sangesauftritt, man hatte schließlich geprobt.

Dann der Kommissar, die Faust um den Oberarm von Frau Gütlicher gespannt.

In seiner Konzentration auf die Täterin bemerkte er nicht, dass auf dem Flurfußboden etwas lag, in das er hineintrat.

Zurück blieben Otto und Lotte.

„Ich danke dir", sagte Lotte. „Ohne deine Hilfe hätte ich es nicht geschafft."

„Du solltest dich bei Erwin bedanken."

„Wo hast du nur den Zeugen gefunden, der Frau Gütlicher am Weiher gesehen hat? Ohne ihn hätte sie niemals gestanden."

„Welchen Zeugen?"

Ottos Augen blitzten, Lotte sah die sonnengebräunten

Lachfältchen.

„Es gibt keinen Zeugen. Aber du siehst ja, es hat gewirkt", grinste Otto.

„Sogar ich bin auf dich hereingefallen."

„Schön", sagte Otto, „das freut mich zu hören, Lotte."

„Ich glaube, ich sollte jetzt mein Nachthemd ausziehen."

„Wirklich? Soll ich mitkommen?", feixte Otto.

In diesem Moment entschloss sich Killer, sein Versteck fluchtartig zu verlassen.

Er schoss unter dem Arzneischrank hervor, schwarz und ein wenig spinnwebenstaubig, und stob mit schlitterndem Hinterteil aus dem Stationszimmer hinaus und um die Ecke auf den Flur.

Er roch es. Sie war noch da. Aber wo?

Er roch es. Da vorne.

Er sah sie kleben an der Schuhsohle des Mannes, der als Letzter gekommen war.

Er spurtete los, sprang, schwarz wie Luzifer.

Noch im Flug fuhr er die Krallen aus und landete. Er landete im Hosenbein des Kommissars. Für ein Stück Leberwurst war Killer bereit, fast alles zu tun.

XXVII

Lotte war extra beim Friseur gewesen. Und nun prangte ihr Foto mit frisch gelegten Locken auf der ersten Seite des Lokalteiles:

„Seniorin klärt kaltblütigen Mord auf. Altenpflegerin gab tödliche Spritze."

Lotte Askoleit lächelte den Lesern entgegen, eine freundliche alte Dame wie so viele, harmlos und adrett.

„Eigentlich müsste dein Bild auch in der Zeitung sein, Otto. Ohne die Falle, die du ihr gestellt hast, hätte Frau Gütlicher nie gestanden!"

„Ach lass nur, ich gebe dem Kommissar gerne den Vortritt", antwortete Otto.

Das zweite Foto zeigte Manfred Groß. Er sah deprimiert aus. Vielleicht lag es daran, dass er sich nun doch von Carla getrennt hatte, vielleicht daran, dass er mit seiner neuen Kurzhaarfrisur unglücklich war, vielleicht daran, dass die Krallenspuren in seinem linken Bein sich zu entzünden begannen – vielleicht lag es aber auch daran, dass er erkannte, in den letzten Wochen zu wenig Zeit zum Nachdenken gehabt zu haben?

Es war gut, dass Carla zu Antonio zurückgekehrt war. Der nächste Mordfall würde ihm nicht wieder durch die Lappen gehen.

„Meinst du, dass Tetzel auch deshalb so ein großzügiger Mäzen war, weil ihn sein schlechtes Gewissen geplagt hat?", fragte Lotte.

Otto bremste ab, denn sie bogen nach rechts ab und fuhren nun durch den alten Dorfkern, vorbei an Drogeriemarkt, Bäckerei und Metzger.

Er zuckte die Achseln.

„Schon möglich. Jedenfalls scheint Winter von solchen Anwandlungen nicht geplagt worden zu sein. Wie viel die beiden von der Sammlung in den letzten Jahren wohl heimlich verkauft haben?"

„Ich glaube, nicht allzu viel. Sonst hätte sich Winters Mord an Tetzel wohl kaum gelohnt."

Otto nickte.

„Wenn ich mir vorstelle, dass ich Frau Gütlicher immer vertraut habe, dass sie die Zimmerschlüssel hatte und jederzeit zu mir hereinkommen konnte ...", Lotte schüttelte sich und fuhr dann fort:

„Sie war sicher nach Winters Tod noch einmal in seinem Apartment. Wo hat sie nur den Elfenbeinschatz versteckt? Nun, irgendwann wird sie es gestehen."

Otto bremste, sie hatten inzwischen den waldigen Parkplatz in der Nähe des Weihers erreicht:

„Da wäre ich mir nicht so sicher, Lotte. In ein paar Jahren ist sie wieder frei, dann verkauft sie die Sachen an irgendeinen privaten Sammler und lässt es sich gut gehen."

Sie stiegen aus. Die Kiefernnadeln unter ihren Füßen knackten nach dem langen, heißen Sommer, Lotte strauchelte ein wenig.

„Komm, häng dich ein, wir laufen ein Stück. Bist du traurig, dass der Kater wieder weg ist?"

„Nein, nein. Ich bin froh. Weißt du, er hat gehaart, auf meinem Toilettendeckel gesessen und heute Morgen hat er zum Abschied meine Tomaten alle angebissen, jetzt wo sie endlich fast reif waren. Nein, nein, er braucht ein Haus, einen Garten. Ich bin froh, dass Max nette Leute für ihn gefunden hat."

Sie rieb sich die Augen, Otto warf ihr einen langen Blick zu, strich ihr über die Wange und sie liefen schweigend.

Vorne, an dem ausgelassenen Weiher, roch es modrig. Die letzten Wasserlachen waren ausgetrocknet. Die Spätsommersonne zog die Reste von Feuchtigkeit langsam aus dem Boden. Tiefe Risse fraßen sich durch den sandigen Boden und schnitten immer weiter in den Untergrund, der nun Schicht um Schicht schrundiger wurde.

Der leere See lag verlassen. Otto hatte Durst und erbot sich, an dem einsamen Kiosk nach einem Bier und einem Tee für Lotte zu fragen.

Lotte ging alleine die wenigen Meter bis zu dem See mit seinen leeren Augen.

Da lehnte ein einsames Rennrad an einer Birke. Ein Mann mit Helm und Radlerhose stand am Ufer und ließ seinen Blick einmal ums Rund schweifen.

Der Mann drehte sich um und sprach Lotte an:

„Ich bin fest davon überzeugt, wir hätten den Weiher doch den Karpfen und den Blaualgen überlassen und einen Fahrradrundkurs anlegen sollen. Aber meinen Parteikollegen fehlt einfach der Schneid für innovative Lösungen. Von der Opposition gar nicht zu reden. Es ist ein Jammer."

Lotte nickte anteilnehmend.

„Na ja, vielleicht schaffen wir es wenigstens, uns diese verschwundene Elfenbeinsammlung zu sichern, falls sie wieder auftaucht. Ich meine, die Nürnberger haben doch genug von diesen tollen alten Sachen und unser Stadtmuseum könnte ein wenig mehr Pep dringend gebrauchen ... Aber vielleicht bleibt das Zeug ja auch verschwunden, dann geschieht's den Nürnbergern ganz recht."

Er lachte versonnen in sich hinein, dann sah er Lotte scharf an, während er zu seinem Fahrrad ging:

„Sagen Sie mal, kennen wir uns? Oder habe ich Ihr Foto in letzter Zeit irgendwo gesehen, Frau ..."

„Askoleit", sagte Lotte. „Ich heiße Lotte Askoleit."

„Hm", machte der Oberbürgermeister.

Dann schwang er das Bein über den Sattel seines Rennrades, zog den Helm fest, trat in die Pedale, drehte sich noch einmal um, winkte und rief:

„Es hat mich jedenfalls gefreut, Sie kennenzulernen, Frau Askoleit!"

Nachwort

Die Endphase des Zweiten Weltkrieges wurde von dem Erlanger Historiker Professor Harald Popp in zahlreichen Publikationen untersucht, unter anderem in den *„Bausteinen zur fränkischen Heimatforschung"* 1995. Ich danke Professor Popp für die kritische Lektüre des Manuskripts und seinen fachlichen Rat.

Mit der Büchenbacher Kerwa aus soziologischer Sicht hat sich Klaus Geiselhart beschäftigt.

Einen großen Dank an Thomas für Geduld und Unterstützung.

Kennen Sie den ersten Erlanger Stadtkrimi?

Ines Schäfer
Der steinerne Markgraf

€ 9,90
ISBN 3-924158-40-1

Erschienen im Fahner Verlag, Lauf. Auch als Hörbuch, erhältlich in allen Buchhandlungen.

Wenige Tage vor Beginn der Bergkirchweih wird aus der Schwabach die Leiche eines Studenten geborgen. War es Unfall oder Mord?

Diese Frage lässt Lotte Askoleit nicht mehr los. Zielstrebig verfolgt sie die Spuren dieser mysteriösen Geschichte, deren Schauplätze auf dem „Berg", im Schlossgarten mit dem steinernen Denkmal des Markgrafen, in der Universität und im Erlanger Markgrafentheater eine geeignete Bühne für fachverliebte Professoren, Angehörige der „Firma", Rad fahrende Politiker und gestresste Klinikärzte abgeben.

Kennen Sie auch die Fortsetzung des ersten Erlanger Stadtkrimis?

Ines Schäfer
Martini-Mord

€ 9,90
ISBN 3-924158-60-6

Erschienen im Fahner Verlag, Lauf.
Erhältlich in allen Buchhandlungen.

Ein dramatischer Zwischenfall in einem Karpfenlokal. Ein Toter bei einem Handballspiel. Schließlich ein Mord am Martinstag im Schlossgarten! Ganz gegen ihren Willen sieht sich Lotte Askoleit, Bewohnerin eines Erlanger Seniorenstifts, in den Strudel tödlicher Ereignisse gezogen, zwischen denen es zunächst keinen Zusammenhang zu geben scheint.

Ihre Suche nach einer Erklärung führt Lotte kreuz und quer durch das herbstliche und winterliche Erlangen. Nebenbei muss sie im Haushalt ihres Neffen, des Oberarztes, aushelfen, denn dort kriselt es, während sie selbst sich mit Gefühlen konfrontiert sieht, die sie nicht mehr für möglich gehalten hätte ...

Und kennen Sie den dritten Teil der Erlanger Stadtkrimis?

Ines Schäfer
Regnitzgold

€ 9,90
ISBN 3-924158-74-6

Erschienen im Fahner Verlag, Lauf.
Erhältlich in allen Buchhandlungen.

Es wird Frühling in Erlangen und Lotte Askoleit gerät in einen fürchterlichen Verdacht. Ist sie mitverantwortlich für den Tod des Hilfshausmeisters in ihrem Seniorenstift? Schon bald zeigt sich, dass sein Tod erst der Beginn einer mörderischen Kette von Vergiftungsfällen ist. Jedes Mal findet sich das tödliche Gift in einer harmlosen Flasche Bier und das versetzt nach und nach die ganze Stadt in panische Angst.

Lotte Askoleit, die alte, eigenwillige Heldin in Ines Schäfers Stadtkrimis, ist inzwischen für viele Erlanger eine gute Bekannte, ebenso wie ihr Neffe, der Oberarzt, und seine Familie. Bereits zum dritten Mal ist Lotte dem Verbrechen auf der Spur, diesmal zwischen Büchenbach und Tennenlohe, zwischen dem Redoutensaal und der Gruft der „Erlanger Markgräfin" in der Neustädter Kirche.

Kennen Sie den vierten Teil der Erlanger Stadtkrimis?

Ines Schäfer
Hugenottenblut

€ 11,80
ISBN 3-924158-88-6

Erschienen im Fahner Verlag, Lauf.
Erhältlich in allen Buchhandlungen.

Ein heißer Augusttag. Der große Erlanger Stadtbrand liegt genau dreihundert Jahre zurück, da scheinen sich die Ereignisse zu wiederholen. Ist das mehr als ein Zufall?

Die Stadt soll ein neues Shopping-Center bekommen und ausgerechnet der größte Gegner des Projekts gerät in das Visier eines unbekannten Täters. Will man ihn zum Schweigen bringen?

Ein Mord geschieht an einer der spektakulärsten Stellen im Herzen der Stadt. Gibt es Zusammenhänge?

Lotte Askoleit, die alte, eigenwillige Heldin der Erlanger Stadtkrimis, macht sich auch dieses Mal ihre eigenen Gedanken über die tödlichen Geschehnisse.